苦命、壞人、男女之間

丁予嘉——著

目次

自序

這是我的第二部長篇小說，寫社會現實的小說。三男三女，共六位主角，每一位主角，都有鮮明的性格，他們因為不同的原因而認識，卻編織成複雜的故事。有出生就「苦命」的，有後天才苦命的，有先天就注定是「壞人」的，有到後來才變壞的；苦命的，常常遇到壞人，很壞的，常常卻是現世不報。這就是社會的現實。更有趣的是，我用各種不同的「男女之間」的感情，串出六位主角一生的精彩故事。

本書中的「我」，是一位法官。臨近退休的時候，為了正義，為了心中揮不去的嫉妒，為了得不到的鍾愛，而萬念俱灰，放棄辯護，坦然入獄。這位法官把六位主角所涉及的案件，拼湊、私訪、整理，佐以法庭內外的證據，在外役監獄裡，娓娓道來。一直到第五章的後半，「我」才出現。這時，主角們一個一個地進入「我」的法庭，開始與他們相知相識，展開扣人心弦的情節。

我的第一部小說《今貝世界》，寫的是人性的貪。我在金融業廁身三十年，貪的題材與花樣，垂手可得。我的這部小說，《苦命、壞人、男女之間》，寫的是人性的壞。壞的種類太多了，從古到今，不分中外，任何事情都可以牽扯到壞。小壞，如心中閃過的非分的念頭；中壞，如貪圖他人之物，傷害人於有形；大壞，如使人家破人亡，陷眾人生命財產於危險。壞的範圍太廣，人皆有之，又無所不在，所以，人們心中總是想著壞與報應的連結，然而，在我的觀察裡，人心的好與壞，與不同命運、不同成長背景的連結，更發人省思。我費盡心思，寫了不知多少張廢紙，畫了不知多少張錯誤的架構，終於，我決定用一位正直的法官，用說故事的方式，以男女之間不同的感情為主軸，訴說成長、命運與壞的連結。壞可能明顯，也可能隱晦，端看你自己的判斷。

印刻出版社的初安民社長，很懷疑地跟我說：「你懂什麼命苦？你是含著金湯匙出生的啊！」我說：「正因為如此，我才有更深刻的體會啊！」我一輩子順遂，但是，我看過、接觸過苦命的人，因為我跟他們不是同一國的，他們的敘述才沒有顧忌，有時更為真切，對於我來說，更打動我心。我的小說裡，苦命的人，相同或更苦命的，在現實社會裡多了去了，但是，苦命的你，會跟我的小說一樣，如此多劫，如此引人熱淚嗎？心存壞念的人，付諸行動的壞人，在現實的社會裡多了去了，但是，窮你一生，你曾經有好的念想，卻被沒得選擇的出生與成長的背景給吞噬嗎？

這部小說，十萬餘字，對沒有閱讀習慣的人，聽起來，頗為厚重、遙遠。其實，完全不需擔憂、卻步，我的口語白話文，讓你看得輕鬆，六位主角的一生，像看著一場一場的連續故事一樣，把你帶進你人生少遇的境界。

寫於二〇二三年十二月二十九日

楔子

我出生於一九五二年，台北縣的新店，二戰後嬰兒潮的中後期，小姓吳。爸爸是公務員，他的曾祖父在清朝末年遷徙到台灣雲林，世代務農，直到我的爸爸愛唸書，不墾地，力求上進，北上念書，大學畢業後，考上公務員，才離開雲林。我的媽媽，小學沒畢業，是老輩逼著爸爸娶的，媽媽是稱職的家庭主婦。我是么兒子，上面有三位姊姊，各大我兩歲。在那個匱乏的時代，我家清寒，但是溫飽足矣。家中的好食物、好用品，基本上，是我獨享，就跟那個時代所有的家庭一樣，重男輕女。我在一九七六年，尚未滿二十五歲的時候，就考上了司法官，受完訓，選擇了當法官的這條路。

我當了快四十年的法官，寫了近四萬篇判決書、裁定書。我見多識廣，自不在話下；我正直不阿，不弄權不仗勢，偶有出軌，也只是逢場作戲，身處在大男人的社會裡，自認無傷大雅。我與老婆的感情，歷久彌堅，兩個兒子，一位是中規中矩的耳鼻喉科的醫師，一位是正義凜然的律師，兄友弟恭，全家和樂。

我從小到大，除了吃飯、念書、睡覺，最愛的就是拼圖。一千片、二千片的拼圖，對我都不是難事，難的是，家中空間不夠，我又常常同時拼三、四塊不同的拼圖，地上、桌上，堆得到處都是，拼完的拼圖也是多到沒地方放。反正，這是我每天必做的事，不論多麼忙碌，不管家人的抱怨。

在我快要退休的前一年，因為我本性固執，所以常招怨恨，我悲天憫人，所以故意疏漏，偏袒弱勢。二〇一五年，遭不良同僚的檢舉，在我的固執與氣憤之下，我放棄纏鬥，放棄相當豐厚的退休金，二〇一六年坦然入獄。還好，坐監牢的苦日子，沒有太久，就被發配至外役監獄，平日照顧花草，週末還可出監休假，還算舒適。

我要跟你們說一個故事。這個故事，跟拼圖一樣，是我從判過的無數的案子中，整理法庭上的告白、法庭外的傾訴；訪查出身悲慘、歷經苦難的好人，探究慾望無窮、壞到骨子裡的壞人；我思索他們的童年成長與社會化的過程，對一輩子的影響；我抽絲剝繭，找出相關細微的線索，推敲男女之間的關係，佐以在法庭上的證據，一點一滴拼出來的。故事裡的主角們，我本來都不認識，直到他們一個一個的來到我的法庭。

第一章

「把你的小雞雞收起來！」舒琪靜靜地說。

「唉！妳幫我抓兩下，又不會怎樣！」陳桑有點不高興，「幫我搞出來，給妳小費一千元。」

舒琪熟練地整了整陳桑的內褲，讓半勃起的雞雞，躲在內褲裡。

「換人！換人！」陳桑生氣地叫著，「我要打電話去妳們中心，告妳們！」

「幹恁娘！什麼爛服務！」

舒琪一聲不吭，繼續幫陳桑指壓按摩。看著瘦骨如柴的陳桑，兩隻肌肉萎縮的鳥腿，嘴巴還在支支吾吾地罵著三字經。

這是每個禮拜四，下午四點的場景。一個月前，舒琪接下這個案主，中心主任就已告知，這位陳桑，七十六歲，是個小麻煩，中低收入戶，但是很有錢，用親戚的名字充當人頭戶，土地、房屋少說也有五、六筆，著實的收租寓公。之前好幾個長照，都被他客訴，大家都不想接這位陳桑，陳桑也樂著一直換人。舒琪是這家長照中心的疑難解決者，特別難搞的，就往她身上推。

「我沒有失智，我剛才說的都是真的！」馬阿姨說著說著，眼淚就流下來了，「我的財產，就這樣被騙光了，只剩下這間公寓了。」舒琪點著頭，聆聽著。

「我弟弟、我妹妹，都住在仁愛路的帝寶，豪車、司機、傭人，享受得很！」馬阿姨，八十二歲，說著說著，自己轉動著輪椅，到旁邊的櫃子，打開抽屜，拿出一疊錢，說：「就這些了，都給妳！妳要一直陪我，到我死。」馬阿姨央求著，很不甘願地把錢遞給舒琪。「妳留著慢慢用，我每個禮拜都會來陪妳的。」舒琪緩緩推開遞上來的錢。「啪」的一聲，一疊鈔票砸到舒琪的臉上，仔細一看，全是燒給死人的冥鈔。上禮拜，砸到舒琪臉上的，是七、八顆馬阿姨口中僅存的珠寶——玻璃彈珠。

舒琪穿著薄紗睡衣，腰際輕輕倚著陽台上落漆的紅色欄杆，口中慢慢吐著煙，望著青綠的山巒，覺得自己像是北宋女詞人李清照筆下的女主角，想起小時候的苦，想起當酒店公主時的天真，更不由得想起，自己的勇氣，直接從公主當上媽媽桑，扣客、陪客用餐、安排小姐、划拳、敬酒、買單、送客，還要墊款、催款。她熄了手上的菸，靜靜地、毫無情緒地想起她暗戀的那位常客，思君身在何處？

舒琪，姓楊，五十五歲，長照工作者，終身沒嫁，沒小孩。年輕的時候，不愁吃、不愁穿，傻不溜秋的，個性開朗，大笑起來的時候，聲音宏亮，比男生還大聲。她念書完全不上腦，成績都是後面數過來的，因為家境不錯，會吃會玩，人緣很好，常被捧著。十二歲那年，父親生意倒閉，欠了一屁股債，父親焦頭爛額、各處奔走之餘，對這位大女兒，還有舒琪的妹妹舒涵的照顧，依舊盡心盡力。父親苦撐了兩、三年，病倒了，沒多久，也就過世了。母親就是個家庭主婦，除了煮飯做菜、打掃清洗、悉心疼愛兩個女兒之外，沒有見過什麼世面，更不知道商場上的詭詐，老公去世後，朋友、債主連哄帶騙地，把楊家位在長安東路、伊通街口的獨棟三層樓的透天厝給賣了。楊母帶著二女，幾乎身無分文，不得以遠離台北市，輾轉到基隆的半山腰上租了間破房子住下，僅僅十坪搭出來的鐵皮屋，沒有廁所，公廁在稍高的地方，一路上坡，要走個一分鐘左右。楊母替人洗衣打掃，賺取微薄的收入，確保兩個女兒不餓肚子。

十五歲半的舒琪，由天墜地，想著這三年來的遭遇，想著父親的奔波求助，然後抑鬱而終，想著母親求天求地求人，依然無法保護家業，她收起開朗大聲的笑容，收起愛吃愛玩的本性，傻不溜秋的大眼睛，開始有怨恨的眼神，原本胖胖的臉龐、身體，也漸漸變瘦。老天總是要眷顧一下吧！舒琪的眼神，帶著一些怨、憂，卻特別迷人，舒琪的身體，瘦到恰到好處，玲瓏有致。

＊

「妳給我憋氣！頭悶下去，至少要一分三十秒。」嚴厲的趙爸爸在泳池旁邊吆喝著。「計時開始！」

「手膀自然漂著，」「頭別亂動！」趙爸爸邊看著計時器邊喊叫著。

才四歲的趙暖芯，奮力地抬起頭，用力地吸了一大口氣，甩甩頭，臉上的水被甩得左灑右飄的，叫著：「多久？」趙爸爸生氣地說：「才一分十五秒！」「再來！今天一定要超過一分三十秒。」

暖芯的眼淚，與泳池的水混在一起，眼角泛紅，不知是哭出來的，還是泳池的水弄的。就這樣，無聊又耗費精力的憋氣，搞了兩小時，從泳池上來的暖芯，眼睛紅腫，小小的雙手雙腳也因浸泡在水裡太久，而皺摺泛白。她從不哭出聲音來，只盡力憋著眼淚，跟憋氣一樣，越憋越久。

嚴格到不行的趙爸爸，跟發了瘋一樣，每天訓練他的女兒，完全不在意暖芯的身體能不能承受、心裡痛不痛苦。接下來的兩年，趙爸晚上看美國最著名的游泳教練的錄影帶，一早就把暖芯帶到泳池，依照錄影帶的內容，鉅細無遺地訓練，雙臂划水的角度、雙腿踢水的節奏，吐氣、吸氣的調配，比訓練成人的職業選手，還要嚴格。直到暖芯滿六歲，上國小一年級，參加全國少年游泳比賽，拿了六面金牌之後，趙爸才稍稍滿足，每天變成每個週末，還是要在泳池裡訓練至少三小時。

憑著過人的毅力、忍耐力，暖芯的功課也蠻不錯的，高中考取北一女，同時也獲得全國中運會游泳比賽七面金牌。她從四歲開始就接受嚴格的訓練，參加無數次的比賽，沉默、冷靜、爭取第一的本性深深地鑄刻在她的心裡，也正因如此，她沒什麼朋友，也沒有閨密，大部分的時間都花在訓練、比賽、功課上，不愛打扮、沒有男生理睬。暖芯身高一百六十八公分，不是長得漂亮的那種，但她眼睛大大的，嘴唇薄薄的，看起來就是很有自信的樣子，加上從小就是游泳健將，四肢勻稱，比例很棒，更突出的是，胸部很大，高中的時候就絕對是E罩杯了。

暖芯大學念的是資訊工程系，交大的，全班三個女生而已，全校也沒多少女生，全校都是愣頭愣腦、髒兮兮的工科男生。暖芯當然是眾所矚目，討好、追求的目標。在宿舍裡，送早餐、送宵夜的傻男生，魚貫進入，暖芯根本吃不了，倒是同宿舍的女生沾了光，免去買早餐、宵夜的麻煩。每當暖芯在泳池裡練習、比賽的時候，池畔就擠滿了男生，歡呼、鼓掌聲不曾間斷，多少雙猥猥瑣瑣、色瞇瞇的眼睛盯著她看，盯著她那雙大奶奶，有些臭男生，左手或右手，放進口袋裡，蹭著蹭著，想趁著人多，偷偷地卯一管。

在交大，暖芯被寵得好好的。從小堅忍，有淚往肚子裡吞，只為她爸爸的榮耀、虛榮，或是她自己也要的成就感與虛榮心，不達目的絕不放棄。按理說，暖芯從小沒得到的寵愛，在大學裡所受的寵，雖然膚淺，但，至少應該讓她感覺舒服，可是，她的心裡，不但沒有軟化，追求控制的快感，卻與日俱增。

趙暖芯，壽險公司海外投資部，襄理交易員，結婚四年，育有一子。丈夫是電子公司的工程師，與暖芯是以前的同事。暖芯對寫程式、依循標準作業程序、在製程的第一線當工程師的一成不變，頗感厭倦，雖然老闆給她很大的彈性，參與公司部分的決策，但是，暖芯對資本市場的魔力，無法抗拒。工作之餘，找會計學、經濟學、財務分析的書，自我學習，越念越有興趣，索性去考個財務金融的碩士，有毅力又聰明的她，輕輕鬆鬆地進入台大，碩士畢業後，進入壽險公司，開始當分析師、交易員，短短三年，就升任海外投資部的小主管。工作上，她極有表現，可能是有扎實的理工基礎，很冷靜很科學，不帶情緒，每次出手，都能為公司賺進大錢；長期投資的選股、分析，也能說服高層，十足的紅人。與同事相處，暖芯總是輕聲細語、面帶微笑，給人的感覺總是柔柔的、靜靜的，全然沒有侵略性。她把她的好身材，掩飾得好好的，就像掩飾她的婚姻一樣，伺機而用，各有功能。

＊

「嗯……嗯哦，嗯呃……哦哦哦，不要停，等等我！」「哇……太爽了，撐不住了！我出來了。」林雅君跪著，她最喜歡的姿式，慢慢地，趴下來，有點失落。在她身上的男生，射了很多精液，精疲力盡地趴在雅君背上，精液已被他的身體，抹遍了雅君整個下背、腰際、屁股上。「幹恁娘！相幹較細聲咧！」三夾板隔著的另外一間房客大聲抱怨。這是雅君在補習街附近租的小房間，公寓的三樓，隔了足足有十間小房間。男生是重考大學的高四生，住在她隔壁。

「妳太會動了，這樣，我撐不了多久的，抱歉！沒讓妳爽到。」男生喘著，輕聲歉疚地說。

「沒關係，你休息一下，我們待會兒再來！」雅君輕輕地說。

男生聽了，被雅君篤定的語氣，驚得屌兒縮了一下。

這時的林雅君，二十歲，十五歲北上，混了五年，註冊過一家高職，想混個文憑，但學費不是她能負擔得起的，更不想留下任何可以被她爸媽找到的蛛絲馬跡。自食其力的她，打過各式各樣的工，餐廳洗碗、擺地攤、賣場清潔人員、酒吧服務生等，不用腦的體力活，幾乎都做過。天生骨架小，一百五十八公分，圓身，身上蠻有肉的。圓圓的臉、瞇瞇眼，不算美，但是，讓人看上去挺舒服的。

從小家境清寒，爸爸是個捆工，壯碩無比，雖是苦力，工錢不少，但，嗜酒，只要第二天沒有一大早的工班，就呼朋引伴，喝個爛醉，有時沒朋友一起，他就去家附近的、鄉下的卡拉OK，抱抱恐龍阿姨，不醉不歸。雅君的媽媽也不遑多讓，胖得比豬還胖，吃、喝的量也驚人，說起話來，更是粗俗不堪，三字、五字、七字經，張嘴就來。這對大字不認識幾個的夫婦，還好只生了一個女兒，就是雅君，真是苦了她了。

「幹破恁XXX，我人不爽快，剛才你嫂子來跟我喝酒，幹XX，喝多了，恁娘ㄟ，還要弄我！」雅君媽大罵雅君爸，不願被也喝醉的雅君爸輕浮。

「幹恁娘！」雅君爸毫不客氣地，「啪」的一聲，搧了雅君媽一巴掌，憤憤地走出又髒又亂又臭的房間。已經熟睡的雅君，被父母吵架的聲音驚醒。這是常常發生的事，雅君翻了翻身，準備繼續睡覺。這一晚，不一樣了，要洩慾的、生氣的、喝醉酒的爸爸，進了雅君的房間。

「給爸爸親親，」「爸爸舔舔妳耳朵，很爽的！」「別出聲，爸爸很快就好。」從小就常常被這對爛人夫婦打的雅君，一聲不吭、雙眼緊閉，認命地任由禽獸般的爸爸在自己的身上蹂躪。

「啊……！」長叫一聲，禽獸洩了。看見滿臉是淚的女兒，「啪」的一巴掌就搧過去，「哭什麼！幹恁娘！」邊罵邊拿著衣褲，走了。

雅君完全不敢動彈、完全不敢出聲，忍著臉上父親骯髒的口水，不去擦拭，忍著肚子上、下陰旁的精液，不敢碰觸。清晰聽見媽媽在隔壁的咒罵，她專心地流著眼淚，中和掉禽獸口水的臭味，小腦袋裡一片空白，只想著：「不能出聲，要不然，又要被媽媽打！」這年，雅君八歲。

逆來順受，忍人所不能忍的雅君，躺在床上，抽著事後菸，想起小時候在鄉下破爛的家、性侵她的爸爸、打她罵她的媽媽，斜眼看著擠在她身旁剛射完精，假裝睡著的男友，雅君不知不覺地挪動右手，摸著自己的陰蒂，咿啞嗯哦地，把自己帶入高潮。

＊

昏暗的、滿是煙霧的酒吧裡，滿滿的人。吧檯邊站著的、高腳椅上坐著的，男的、女的幾乎都扯著嗓子聊天，這些人叫著說話，像是習慣，但也好像是不得不如此，酒吧的中央有一個高起六十公分的小舞台，舞台上只夠放一張可以旋轉的高腳椅，坐在上面的是一個彈著吉他、唱著鄉村歌曲的壯漢，挺著偌大的啤酒肚，十足的工人打扮，牛仔褲、寬大的格子襯衫，外面罩著一件黃色的皮背心，下襬是切割得亂七八糟的鬚鬚條條，頭上一頂黑色牛仔帽，這位歌手滿臉絡腮鬍子，五十多歲，聲音沙啞，連接著木吉他的揚聲器、麥克風的音量都開得死大，舞台旁的三、五桌酒客，或站或跳或坐著大叫，跟著歌手唱著。再往裡面，是酒吧裡最安靜的地方，三個撞球檯，橫著依序擺著，最後面是兩張投影螢幕，沒聲沒息播放著各式賽事。說是安靜，是相對之詞，球檯邊也擠得滿滿的人，拿著啤酒瓶，音樂、吼叫、唱歌混雜在一起的噪音，完全沒有一刻是休止的，只是當某位酒客架好球桿，要打決定性一球的時候，才有難得相對的安靜。球打出去的一剎那，幹聲、驚嘆聲、球桿敲球檯、跺地的聲音，簡直震耳欲聾。

這是一家在澳洲布里斯本（Brisbane）的工人酒吧，重機騎士、當地農夫、牛仔、工人齊聚一堂，每逢週末就是這般場景，喝多了，相互叫罵、打打架，互揮幾拳，服務的老女人們，都甚有威嚴，衝上去擋開、大聲制止一下，這些壯漢，也就乖乖聽著，停了嘴、停了手。若再不停止，驚動老闆，輕則當場趕出酒吧，重則就成為拒絕往來戶，一個月，不得踏入酒吧半步。這幫長得凶神惡煞的紅脖子酒客，其實又單純、又笨，識不得幾個大字的大個兒們，最怕被趕出去，更怕成為拒絕往來戶，好像沒了這間酒吧，就活不下去了。

酒吧老闆叫 Larry，快六十歲了，滿頭白髮，矮矮壯壯的，聲若洪鐘，很有威嚴，也很會做生意。Larry 在布里斯本市郊有一座不小的農場，養著成群名貴的馬，更有數不清的綿羊，在當地算是有錢的，以他地頭的身分地位，對付這些紅脖子酒客，實在輕鬆。三不五時請他們一杯酒，死忠的工人就對他畢恭畢敬，偶而小賭賽馬的工人（大賭客是不會到這個酒吧的），更對 Larry 敬畏，因為 Larry 是有名的馬主。整個酒吧，清一色，都是白人，百分之九十五是男性，偶而有幾位黑人常客，都乖得很，也有些肥胖、粗魯的村婦，常常喝多了，錢帶得不夠，掀起 T-shirt，露出一雙巨乳，到處討酒喝。在這個純屬當地的低級酒吧裡，農夫、工人、重機騎士、卡車司機、無業牛仔雜聚的地方，有一位東方臉孔的台灣人，三十出頭歲，一百八十公分的個頭，瘦瘦長長的身形，戴著一副細黑框的眼鏡，相較其他酒客，個頭兒小不說，斯文的裝扮、整齊的頭髮、溫文儒雅的談吐，簡直突兀極了！

Jason，劉承義，三十三歲，新竹縣人，父親早逝，與母親相依為命。台大電機系畢業，服完了兵役，就進入聯發科當工程師，努力工作之外，就宅在家裡，勤念英文，不搞男女關係，偶而與幾個高中死黨聚餐、聊天，一心一意只想著出國深造。資質不錯，加上努力不懈，Jason 二十五歲就攢足了錢，申請到美國卡內基美隆大學（Carnegie Mellon University）電機系，二十七歲就拿到碩士學位，本想繼續攻讀博士學位，但是，好幾份高薪工作的引誘，讓 Jason 無法抵擋，博士，以後再說吧！經過深思熟慮之後，Jason 選擇進入波音公司，這家世界級的飛機製造公司，除了是民航飛機的霸主之外，更是國防工業的領導廠商。Jason 就是進入波音公司的國防工業部門，擔任軟體工程師。

Jason，刻苦耐勞，工作表現優秀，為人圓滑，深受上司賞識，他被派到布里斯本，波音國防的子公司，這時候 Jason 已經是一個不小部門的主管了。閒暇時間，偶而跟同事打打牙祭、上上酒吧，再就是參加 Backgammon 公開賽，這種桌遊，一對一的博弈，用戰術、用策略、算概率的動腦遊戲，可追溯到古羅馬時代，十二、三世紀時，風靡法國、英國、德國、瑞典，隨著美洲新大陸的發現，也被帶進美國。Jason 在美國匹茲堡念碩士的時候，同學教他玩的，越玩越起勁，越玩越精進，常常參加比賽，獎金、獎盃多了去了。一年多前，剛到布里斯本，他就上網查詢當地的 Backgammon 俱樂部，比賽規則、地點、時間等等，Jason 就是在參加 Backgammon 比賽時，認識 Larry 的。

Larry 一直以為自己的 Backgammon 厲害得很，很少棋逢敵手，但是，當他碰到 Jason，總是輸多贏少，極沒面子不說，常把自己氣到半死，滿臉通紅、滿嘴詛咒，這種博弈，最忌諱失去冷靜，全力進攻的同時，常常碰到對手的堅強防守，只要對手將骰子擲出對的組合，你就兵敗如山倒。

Larry 的棋藝，其實跟 Jason 差一大截，但，Larry 從不願意認輸，除了自己偷練、更偷學 Jason 的策略，時日久了，Larry 跟 Jason 的比賽，就很有看頭了。這就是為什麼 Jason 會出現在 Larry 的低檔酒吧裡。一老一少，博弈了不知多少回，早就是好朋友了。Larry 極重視 Jason，除了是 Backgammon 高手，更像是 Larry 的師傅，加上，Jason 又在波音國防擔任要職，薪水高不說，又是孤家寡人在澳洲，Jason 不但是 Larry 農場的常客，更是賽馬場上賭馬的夥伴、低檔酒吧最受尊敬的貴客。

Jason 也交過女朋友，台灣人、大陸人、外國人都有，但是，都淡淡地。只要有進一步的肢體關係，他就本能的慢慢退卻，害怕被綁住，害怕失去自由，害怕從口中說出任何有關愛的字眼。跟 Larry 交朋友，不是因為他的棋技，不是因為他有錢，而是 Larry 偶而會幫 Jason 找些女玩伴，那種就睡一晚（one night stand）的玩伴。酒吧裡也偶而有看得過去的村婦，上前挑逗，Jason 也會悄悄地帶她們去便宜的汽車旅館，發洩一下。

浸潤在工作中，獲得成就感，是他的最愛。在人群中，不顯孤僻，也能歡愉，只是若群聚的時間長了，Jason 就會感到煩躁，迫不急待地回到獨處，靜靜地想著自己的事，天馬行空，好不快哉。

*

「緒台！緒台！起床了！」「快點！要遲到了！」黃媽媽嘶喊著。她的獨子，十三歲，念初中一年級，生得蠻好看，白白的、招風耳朵肉肉的、鼻子挺挺的、嘴巴嘟嘟的，但不是那種嘟出來，超過鼻頭的尖嘴，看起來就是張富貴臉。

其實，黃緒台的家裡，就是個富有的家庭，他家是一幢大別墅，在復興南路與東豐街的靜巷內，司機一名、傭人兩名，明明走路就可以到敦化南路的復興中學，緒台的媽媽還是堅持司機每天接送，不為安全，只是為了炫耀，不能輸給其他同學家的黑頭車。緒台的爸爸是上海人，跟著緒台的祖父在大陸做紡織的生意，隨著政府遷台，仍然做紡織，只是做得更大，整個紡織業的上、中、下游，都有整合，不折不扣的大商人。緒台的爸爸為人海派，常常應酬，活躍在同業之間不說，政府高官出現在他家的餐桌、麻將桌的，也是常有的場景。緒台從小嬌生慣養，除了禮貌周到、嘴上春風之外，壞習慣、壞點子也是不少。

「你怎麼搞的啊！又看這種不正當的雜誌，怪不得起不了床！」黃媽媽在床頭拿著一本被翻得皺巴巴、滿是撕痕的《Playboy》，語氣溫和地說。「快點啦！洗臉、刷牙了！」順手扶起緒台的腦袋，催促她的獨子起床。緒台不甘願地起床，坐在床沿，拿起皺巴巴的《Playboy》，翻開一頁更皺的、右上方有折角的，看著媽媽說：「媽，妳看！這女人多漂亮啊！」黃媽媽不耐煩地搶下那本雜誌回應：「洗臉、刷牙！」

緒台自小，三、四歲的時候，還常常吵著要吃奶，媽媽的奶，媽媽抱著，他的左手，或右手，看哪隻手方便，就往媽媽的胸部摸，媽媽的衣服，若是圓領、雞心領，緒台的手，就直接伸進去摸奶。偶而，媽媽的友人，看著這小傢伙，長得可愛，就說要抱抱，緒台立馬伸開雙手，然後就趁機摸著她們的乳房。叔叔伯伯們要抱他，他就來個相應不理。這類的事情，發生太多次，大人們怎麼會不知道！只是，孩子還小，也不知怎麼教導。緒台念小四的時候，不知怎麼翻的，從爸爸衣櫃的抽屜裡，找到幾本《Playboy》，從那以後，他的小雞雞，看著看著，就槓起來了，槓著槓著，加上左手快速的捂動，就有一種說不出的爽快，整隻小雞雞，發脹到像是要噴出什麼，然後就是像抽筋一樣的抖一下、抖一下，這時，腫大的小雞雞，其實有一點痛，左手的動作必須放慢，否則，說不出的那種疼痛會更痛一點，但是，說不出的爽快也會更多一點。因為年紀小，還沒有精液，但是，緒台樂此不疲。後來，看著噴出的精液，幾十公分高，更有快感！有時一天兩、三次，他的被褥就必須常常換洗，精液乾了以後的印子，滿被套、床單都是。黃媽媽拿著被套給黃爸爸看，沒辦法地說：「你去跟緒台說一下吧，你們男人的事，你去講一講，這樣會防礙發育的。」黃爸爸也覺得事態嚴重，好好地說了好幾次，嚴肅的、用罵的，也罵了好幾回的，總算床單、被套有改善，但是，他們不知道的是，緒台改用衛生紙了，噴出後，扔在馬桶裡沖掉。

在復興中學的時候，緒台好幾次掀女同學的裙子，看到發育好、奶大的女同學，就忍不住，趁別人不注意的時候，伸手抓別人的奶奶，學校差一點就把緒台開除，只是礙於黃爸爸的央求，加上不少的捐款，緒台後來才能順利畢業。

他在班上的成績，總是後段的，考高中，當然上不了建中、附中，但，矇上了成功中學，也順利考上私立大學。小時候的懂禮貌、滿嘴春風，依舊存在；長大了，也懂得克制自己，不亂掀裙子、不亂蹭胸部；家境富裕，不與人爭，人緣超好，只不過，這時的緒台，常常幻想，編排出各式各樣的角色，假裝自己是米其林星級餐廳的老闆，想著自己是諾貝爾物理學獎得主的兄弟，扮演天生小兒痲痺、家徒四壁的小可憐，007 James Bond，超級情報員，更是他的最愛。他看書、找資料，深入研究各種不同的角色所必備的特質，除了讓自己浸潤其中，更常常真刀真槍的演練。緒台初中的兩位死黨，就親眼看見緒台裝做小兒痲痺，慢慢走過訓導主任的眼前，而躲過上學遲到的處罰。丁肇中獲得諾貝爾物理學獎的時候，緒台模仿丁的得獎感言，聲音、表情都很到位，大學同學和老師都震驚極了，全班報以如雷的掌聲、歡呼聲。

＊

「好膽嘜走！我等一會兒來收拾你！」邊喊邊跑的阿義，速度快得很，後面三、五個大漢盡全力追著，但，跑不過阿義。原來，阿義與同學在西門町閒逛，跟其中的一個大漢有微不足道的口角，只因為阿義看了他們一眼，可能是毫無意識地看了一眼，其中的一個，就手指著阿義，大聲喊道：「看三小！恁爸幹恁娘！」阿義無懼於他們人多，用力罵回去，更衝上去打了喊話的大漢一巴掌。懂得盱衡時勢的阿義，打了就跑，邊跑還撂狠話，仗著自己跑步的速度，很快地彎到巷子裡，然後消失在人群中。

這年，邱維義，阿義，十六歲，念五專二年級。小時候的阿義，庸庸碌碌的，不愛念書，也沒啥興趣，反正就是跟同年齡的一樣，義務教育，跟著念小學、國中，國中畢業，阿義爸爸說，去念個專科學校，有個可以維生的技術，餓不死，就好了。阿義的家境不錯，爸爸是桃園的地主，繼承來的。爸爸媽媽都規規矩矩，盡心盡力的保護著家業，靠著收租，撫養了五個小孩，上面的三個都是女兒，阿義是老四，還有一個弟弟。阿義的父母，都沒念過什麼書，但是，管教小孩，都往勤念書、講義氣的方向教導，因為只有會念書，而且還要念得好，才會有出息；做人要講義氣，才會有朋友，事業才會成功。老一輩說的很對，但是，阿義家的五個小孩，都不太會念書，倒是，生長在鄉下，做人誠信、講義氣，被教得不錯。不過，長大以後，阿義到台北打拚，耳濡目染下，誠信、義氣也就被甩到腦後了。

阿義還沒上小學的時候，十足的野孩子，鄉下人很重視長子，放他任性，阿義也不壞，就是愛玩，愛跑，鄉下沒有什麼幼稚園，每天跟村子裡的小朋友打泥巴仗、抓泥鰍、抓水牛尾巴，看著大坨的糞便拉出來，然後用竹枝慢慢挑開，看看有沒有銅板。打元牌、打彈弓，每天都是髒兮兮的，每天早上起床，就是各處奔跑、玩耍，忙碌得很。

阿義上小學的時候，第一次穿上球鞋，一到學校就脫下，打赤腳，一回到家，也是光著腳丫子，奔來奔去。他真的會跑步，小學三年級，個頭還很小的時候，就是學校的田徑隊，短跑、跳遠，五、六年級的學長，都望塵莫及。不過，剛進小學的阿義，是個十足的文盲，注音符號一個也不認識，除了自己的名字以外，大字不識幾個，常被老師處罰，在學校的日子，實在不好過。直到老師發覺他的體育稟賦，加上自己察覺到不稍微念念書，寫寫字，學校的日子是很難過的。小五、小六的時候，課業跟上了、田徑比賽為校爭光，值得一提的是，阿義的國文、英文都差得很，倒是算數是他的強項，數字難不倒他，算得又快又準。

念專科五年級時，阿義把他的初戀——同班的女同學，不小心弄到大肚子，瞞著家人，跟班上幾個要好的同學，加上幾個從小一起長大的同村哥兒們，笨手笨腳地張羅了一場草率、沒有主婚人的婚禮。因為女同學的肚子太大，無法掩飾，畢業典禮雙雙缺席，校方也基於醜事不外揚，有點違背體制，默默地、很不甘願地，還是發了畢業證書給他們。阿義為了年輕的同學，應該說是他的太太，跟姊姊、同學、朋友借了不少錢，在學校附近租房子，畢業後，沒多久，兒子就出生了。產前檢查、醫院生小孩、嬰兒奶粉、媽媽補品、吃的、穿的，壓得阿義喘不過氣來。不得已，回家跟父母吐實，氣得邱爸直跳腳，丟邱家的顏面，狠狠地痛打阿義一頓，木頭、竹枝做的掃帚，打斷了七、八根，差一點沒把阿義趕出家門。為了對女方及對女方家長負責、為了長孫、為了講義氣，阿義爸爸也只有認了。邱媽倒是暗中歡喜，什麼都沒做、也沒操過心，平白得了一位乖巧、美麗的媳婦，再加上一個可愛的孫子，心中暗讚：「我兒子有眼光！」

第二章

一九八九年，台股創新高。拜固定匯率及外匯管制之賜，台灣累積了多年的外匯存底，自一九八五年開始暴增，經常帳屢創歷史新紀錄，每年超過一百億、二百億、三百億美元的出超，全世界的人都知道台幣要升值，不知道是故意的，還是搞不清楚狀況，管外匯的中央銀行，每天只讓新台幣升值一分、兩分，世界的熱錢蜂擁而來，台股阿貓阿狗的上市公司，每天漲停板，大盤本益比超過一百倍。整個台灣島，錢淹腳目，目空一切！台灣的經濟邁向新紀元，太平盛世、歌舞昇平的表面，掩飾著黑暗角落裡的骯髒、邪惡、貪婪、無知與無盡的痛苦。

舒琪隱忍著，一口氣乾下一公杯的白蘭地，這是第五杯了，乾完，本能地伸出雙手，接過客人給的二千元小費，面帶笑容地說：「謝謝德哥！」德哥，開建設公司的，花中花酒店的常客，大聲笑著說：「再來！再來！」包廂裡，已經有兩位公主被灌醉，斜躺在沙發上，睡著了。業績幹部進來說：「叫她們出去吧，醉倒了！」「再換兩個會喝的。」「不要！不要！」德哥說。「今晚我要看看我能灌醉幾個！讓她們躺在這裡。」「舒琪厲害！搶了一萬元，五杯。另外兩個，三杯就垮了。」「我身上還有五萬，再灌幾個！」得意到不行的德哥，邊摸著現金，邊喝著礦泉水。他其實滴酒不沾，卻花了一百萬，在花中花開了一百瓶白蘭地，開酒當晚，鞭炮聲不斷，每個包廂的揚聲系統，喊著歌功頌德的慶祝，小小的盆花一百盆排滿了酒店的走道，更誇張的是，走道上盆花何止百盆！千盆都不止，可見開酒百瓶的人，大有人在。與花中花距離不遠的大富豪，同樣的盛況，每晚皆然。

舒琪藉口上廁所，有點搖晃地、恭敬地向德哥報告，晃出包廂，在馬桶前，熟悉地挖喉嚨，催吐。自家道中落，父親病故，母親被騙，舒琪，十七歲，高職沒畢業，看著母親為人洗衣打掃的辛苦與妹妹的年幼無知，就決心下海，在酒店當公主，分擔家計。憑著年輕、可愛、眼神中帶著點憂鬱，看上去比實際年齡大個好幾歲。偏瘦的身材，但又前突後翹，頗受酒客們的青睞。每次碰到愛灌酒的客人，如德哥之流，不管客人喝不喝，為了賺得更多的小費，舒琪總是毫不閃躲，豁出去地喝。她更常常幫著同桌的公主、小姐喝。有一次，同包廂服務的小姐，玩遊戲輸了，蠻大的一杯酒，真的喝不下去了，趁著客人不注意的時候，把喝進嘴巴裡的酒，吐在毛巾裡，被舒琪看見，接下來倒給這位偷機小姐的每杯酒，舒琪二話不說，直接幫忙，倒進自己的嘴裡。她知道，如果被客人發現，這位偷機小姐可能會被刪檯，趕出包廂，甚至可能被打。舒琪熱心助人，為人仗義，不少同事們，都受過她的好處。在酒店這種複雜、又全是女人的環境裡，舒琪的好，很快就被傳開了，就算有些公主、小姐明明可以撐的，卻處處利用舒琪的傻，讓自己全身而退，舒琪得到的卻是每晚挖吐好幾次，與虛假的好人緣。

舒琪好像對這種虛假的好人緣，無法抗拒。就像她小時候一樣，家裡有點錢，常買些好吃的給同學，請同學看電影，請同學到家裡吃飯，身邊總是圍繞著好多人，其實，她胖、不美麗、成績又不好，同學只是貪圖她的慷慨，虛偽地與她玩在一起，後來，她家道中落以後，幾乎沒有一個同學主動與她聯絡。

「妳當公主有三年了吧？我蠻喜歡妳的，要不要轉做幹部，我挺妳！」一位姓曾的常客，趁著包廂沒有幹部，跟舒琪說，「像妳這樣喝，賺不到什麼錢，自己的身體都搭進去了。」「我不行啦！我不行啦！」舒琪本能地迅速回應。「別看不起自己！我朋友多，我自己也常來，想想！每攤的消費，妳抽百分之十到十五，加上小姐被框、出場的分成，又不需要拚了命的喝，多好啊！」「曾董，真的，我不行啦！」曾董舉起酒杯說：「乾了！好好想清楚吧！」

舒琪難得清醒地回到汐止，離基隆媽媽家較近、自己租的小套房，梳洗完畢，想起曾董的話，想起媽媽與妹妹，自己三年來的打拚，媽媽已經不太需要接太多的體力活，但是，妹妹接著要念高中，家裡還是山上的鐵皮屋，自己能奮力賺的，也就是這樣了。三年來，自認自己也沒這麼傻了，在染缸裡看到形形色色的客人、被同事占便宜、被客人毛手毛腳，只有週休一日的時候才是清醒的。仗著自己年輕，退酒快，中午起床後，不但不宿醉，有時心中還想著，用啤酒漱口，順便喝兩口，可能讓自己更舒服呢！「當幹部！多光鮮啊！」「每天穿得漂漂亮亮的，談笑風生，不就是喝酒嘛，難不倒我的。」「可是，我才二十歲，有這樣年輕的業績幹部嗎？總控會答應嗎？」想著想著，微笑著睡著了。

「吃啊！用薄餅包著吃。」「這是國賓飯店有名的！」曾董教舒琪如何吃乾煸四季豆。曾董買了舒琪的外全，帶她到國賓川菜吃晚餐。小包廂裡，就他們兩個人。舒琪穿著有些縲絲的短袖白襯衫，扣子扣到脖子，黑長褲，全身包得緊緊的，只露出兩隻小臂膀。曾董跟平常一樣，黑色唐裝，領口的扣子沒扣以外，其餘的都扣得整齊，白色的棉質褲子，鬆鬆的，皺皺的，看起來就很舒適。

「我跟妳公司的總控說了，要升妳做業績幹部，」邊拿起酒杯，邊說：「來，喝！」舒琪雙手舉起酒杯，乾了。

「真的謝謝曾董！只是我不知道能不能做得好。」自己斟滿酒杯，雙手舉起，頭微向後一仰，又乾了，舒琪挺直腰桿，繼續說：「好！我來拚一下！」「不給曾董丟臉！」又乾了一杯。吃著，聊著，水果、甜點都在桌上了，套餐的菜已近尾聲。「把襯衫的扣子解開三顆，讓我看看妳的奶子。」曾董突然平靜地說。舒琪停了兩秒，解開了扣子，露出胸罩。曾董很失望地說：「搞什麼啊！」

原來，舒琪的胸罩是那種單色的彈性尼龍，平的，完全沒有繡花的那一種，像老奶奶們戴的一樣，罩著整個奶奶，絲毫不露脂肪。曾董站起來，走到舒琪的身後，恣意地把雙手伸進胸罩裡，摸著舒琪的乳房，舒琪掙扎著，「不要這樣啦！有人進來啦！」曾董毫不理會，繼續撫摸著大D小E的雙奶，時不時用手背褪開胸罩，檢視舒琪的乳暈、乳頭。結實又有型的奶子，配上淡粉紅色的乳暈、乳頭，讓曾董慾火難止，「轉過來！把我的拉鍊拉開，吹幾下！」「不行啦！不要！」舒琪肯定地說。曾董怎麼可能停止，停下摸奶的雙手，拉開褲子的拉鍊，掏出已經變大的屌兒，命令她：「親親！」舒琪當然不肯，機警地回答：「在這裡不行！」

剛巧，包廂的門叩叩地響起，曾董迅速地收起自己的那話兒，拉上拉鍊，鎮定地走回自己的座位，舒琪整了整奶罩，扣了一個扣子。服務小姐進來，將茶壺加滿了熱水，親切地、面帶微笑地問道：「餐點都到齊了，還有什麼需要服務的嗎？」曾董右手指著桌上的菜，說：「這兩樣打包，回家下酒，順便買單。」服務生爽快地答應，收了剩下的菜，臉上掛著偷笑，走出去了。

舒琪還是處女。在酒店當公主的這三年，當然有被客人輕浮過，摸摸奶、摸摸腿，是常有的事，但，都是隔著衣服，像剛才那樣，自己的胸部直接被男人的手撫摸，還真的是第一次。念高職的時候，有男同學追過她，但是，都是還沒開始，就被舒琪結束了。那時的舒琪根本沒這個心思，腦袋裡最常出現的畫面，就是媽媽帶著她和妹妹，跪在地下，央求爸爸的鐵哥們，求著他們不要變賣她家在伊通街的透天厝，去世的父親、善良懵懂的母親，萬萬沒有想到，爸爸的這些號稱兄弟的，會一步一步地把她們的家產騙光。舒琪永遠記得這一幕，一心只想著打工賺錢，分擔媽媽的重擔。在酒店上班後，每天醉暈暈的，睡醒後，就忙著趕去上班，休假的時候，就回家陪媽媽、妹妹，完全沒有時間交男朋友。正值青春的少女，怎麼不想呢！每每聽到酒店的同事說起她們的男友、同學、小時候的死黨，臉上露出的歡愉，都讓舒琪羨慕不已。舒琪啥都沒有啊！久而久之，莫名的悲傷，占據了心裡的一大部分。酒醉後的夜深人靜、起床後的宿醉清醒，讓她充滿了憤怒，憤自己的命苦、憤世界的不公。

一九九四年，舒琪剛滿二十六歲。李登輝自蔣經國逝世後，一九八八年繼任中華民國總統，後來又經第一屆國民大會選任為第八任中華民國總統，也滿五年了。台股自一九八九年創下高點之後，隨著外匯管制的取消，開始施行浮動匯率、利率自由化之後，加上本地主流派與外省非主流派的政爭，野百合學運燒遍全台灣，國際政治經濟紊亂，台股一瀉千里。

舒琪當業績幹部也五年了，藉著曾董的鼎力相挺，加上自己的努力，舒琪在基隆的山上，稍稍低一點的地方，貸款買了一間兩房一廳的公寓，媽媽、妹妹總算有個屬於自己的棲身之所。為了工作方便的關係，她自己在台北市租了一間套房，比起以前在汐止，三夾板隔的小房間，要舒適多了。曾董後來也當上國大代表，生意興隆，業務蒸蒸日上，尤其是在東南亞、中國大陸蓋了多家工廠，降低成本，增加產量。也正因如此，在台灣的時間不多，也很少支持舒琪的業績，還好，舒琪憑著自己的手腕，結識了不少新客人，收入尚可。她的手腕，其實就兩招，一是寧可犧牲一些自己的抽成，讓客人覺得划算；二是教導小姐如何親暱地招呼客人。服務不到位，小姐得不到框，賺不到錢，還會被舒琪臭罵一頓，能得到框的，她甚至還自掏腰包，發點獎金。她自己以身作則，不論是陪客人晚宴，還是在包廂服務，總是能讓客人色瞇瞇地點到為止，客人覺得占了一點便宜，小姐、自己也賺到了錢。但是，沒人知道，舒琪當了三年公主，五年幹部，依舊是處女。

一九九五年的一個平常的夜晚，舒琪陪著三位電子業的老闆，加上一位比較年輕的主客晚餐，這位主客，說年輕，也不至於，比起三位老闆，至少小個八、九歲，四十出頭歲左右。斯斯文文的，襯衫燙得挺挺的，西裝的質料是出奇的好，舒琪幫他掛外套時，手上的觸感，立刻傳達了這個訊息。三個老闆的其中一位，是舒琪的常客，電子業的名人，H董，平常呼來喝去的，囂張得很，今天的晚餐，對這位客人，卻異常的尊敬，他們對這位整齊、斯文的客人，百分之七、八十講的是英文，客人也用英文回應，只有話題離開生意的時候，才說國語。舒琪的英文一竅不通，卻了然於心，他們故意用英文談事情，覺得客人還是不相信她，雖然有一點不高興，但是，已經不錯了，這樣重要的飯局，還不忘記叫上她，飯後就去店裡續攤，十足的認可啊！

晚餐間，舒琪大多時候處於鴨子聽雷的狀態，偶而，大家舉起杯，喝一點。倒是，這位主客，Jason，得空時，眼睛望著舒琪，手扶著酒杯，示意喝一下的樣子，大家瘋言瘋語地調侃舒琪，說她真的是一等一的狐狸精。晚餐剛開始的時候，舒琪就對這位 Jason 劉先生頗為注意，酒店裡這樣的客人不多，又是她常客的座上賓，不論談吐、動作、吃相，都像是外國人，很有教養的樣子。整個晚餐，都是三個老闆恭敬地請教 Jason 的看法，什麼事情的看法，舒琪不知，反正就是某種高科技，Jason 不慌不忙地為他們解惑，常常就是幾句英文，三個老闆的表情，立刻獲得紓解。

劉承義，在波音國防公司總部三年，被外派到澳洲布里斯本分公司，又幹了五年，厭煩了他的專長，超高音速的穩定系統，這是發射衛星、發射飛彈、先進戰鬥機上不可或缺的必要技術，厭倦了澳洲，厭倦了 Backgammon，厭倦了 Union Jack 酒吧及 Larry 的農場，更對澳洲的小城市，覺得無聊極了。獵頭公司把他獵到ＧＥ（奇異），才三十七歲的 Jason，飛到波士頓的總部面試，面試第一關不是部門最高主管，而是ＧＥ的ＣＥＯ，傳奇人物 Jack Welch。兩人談了四十分鐘，只談組織管理與生產力，Jason 對穩定系統的專業，竟然應用到組織管理中的最適配置，不追求和諧，但求效率與生產力，深獲 Jack 的賞識，面試完畢後，部門最高主管 John Bradley（Jason 以後的老闆）、人資、財務、部門祕書、行政，已經在隔壁的會議室等他了。顯然，他已通過面試，主管ＧＥ的國防電子部門，雖不是最高主管，但是在美籍華人中，這個位子，可能無人能出其右。

晚餐結束後，五人分坐兩輛黑頭大賓士到舒琪的店裡。H董與 Jason 坐一輛，舒琪和另外兩位坐一輛，舒琪當然坐在副駕駛座，車程中，其中一位老闆跟舒琪大聲說：「Jason 是美國GE的高管，國防工業的專家，戰鬥機、飛彈都懂，中山科學院特別請他回來傳授經驗的。」「他的專長，應用範圍很廣，半導體的先進製程中，也需要他的 know how。」舒琪說：「我哪懂這些！劉先生整齊、斯文，像是個紳士，又很有學問的樣子。」「動心了喔！」「待會兒，好好安排幾位美女，坐他旁邊，今晚，我們要讓 Jason 爽一下！」舒琪回答：「早就安排好了！預框了四位美女，已經在包廂等候。」

一行人進入包廂，四位美女站起來迎接客人，ㄇ字型的沙發，Jason 坐了主位，左右兩邊立馬坐下兩位美女，H董坐左邊沙發，舒琪挨著H董的左手邊坐下，其他兩位坐在H董對面，各有一位美女坐在他們的邊上。H董還在繼續與 Jason 談著在車上未完的話題，絲毫沒有理會其他人，直到 Jason 說：「謝謝今晚的招待，我敬大家一杯。」大家舉起杯，一乾而盡，Jason 卻只是在杯邊啜了一小口。坐在他右手邊的美女，訓練有素地說：「你沒乾杯！」大家一起跟著吆喝，「乾了！

乾了！」Jason冷靜地說：「晚餐時，我們喝的是紅酒，現在喝威士忌，我可能不太行啊！」「並且，明早有行程，要見幾位重要人士，不好意思了。」H董不甘願：「總要喝一些吧！什麼人比你重要啊？」Jason前幾天都住在中山科學院，行程很緊，下午才到台北，晚上就被H董邀去吃大餐，現在又在酒廊裡，著實有點累了。輕聲地跟H董說：「明早見總統、國防部長。」H董無奈：「哦！好吧。妳們兩位美女，好好服務，幫劉哥按按肩頸、按按大腿唄！」舒琪坐得靠H董很近，聽見了所謂的重要人士，向小姐們示意，要親暱，不灌酒。

Jason十一點半就起身要離開，三位老闆搶著要送，盛情難卻，讓H董的司機送回飯店。梳洗過後，換上浴袍，輕鬆地舒懶在沙發上，想著舒琪的眼神，成熟，善解人意，帶著一點憂鬱，配上恰到好處的笑容，真的蠻迷人的。「自己還要在台灣待上一個星期，找一晚，自己去！」心中想定，往床上一倒，就睡了。

「請問舒琪在嗎？」Jason去電舒琪上班的酒店，酒店回應：「楊副總晚宴，約十點進公司。」「要訂包廂嗎？」Jason說：「好！小包廂就好，我一位，劉先生。」

Jason 在波音國防幹了八年，跳到ＧＥ也已經八年多了，對工作一絲不苟的他，下班回家後，就喜歡宅在家裡，腦袋還是想著與工作相關的事務。公司同事聚會，他只選擇性的去，他對情緒的控制，就像寫程式一樣，絲絲入扣，謹慎周延；遇到難事，就跟賭 Backgammon 一樣，冷冷靜靜、計算機率，沒有把握，絕不出手。Jason 是一個無趣的人，大家都這麼說，但是，他的工作績效，總是獲得許多獎勵，加薪、分紅更是令人羨慕。在ＧＥ的第四年，他就已經與他老闆 John 平起平坐了，可是，Jason 是黃種人，是歸化的美國籍，不是在美國土生土長的，在尖端國防科技上，美國政府是不會完全信任他的。Jason 在 Carnage Mellon 的台灣同學，畢業後，去ＩＢＭ工作，也做得很好，一路升到高管，只要從國外返回美國，就會有國土安全部的官員禮貌性拜訪。Jason 前幾次返台休假，再回到美國的時候，每每被拜訪，常常還不只一次，為了工作，搏取信任，索性把媽媽接到美國，與他同住。這次與中科院的交流，內部開了兩次會，國土安全部的官員還派人對中科院做了調研，確定沒有什麼問題，才放行的。

「劉先生！妳一定是想我了，昨晚才來的，今晚又來看我。」舒琪進了包廂，笑笑著說。晚宴的時候，她稍稍喝多了一點。Jason 坐著，看著舒琪走進來，一襲淺黃色的連身露肩洋裝，胸前倒ㄇ字開口，乳溝被一雙大奶擠得只剩一條線了，裙子也短，一雙白白的、均勻的、肉肉的腿，配上銀白色細絲高跟涼鞋。

「Jesus!」Jason 被電到了，吞吞吐吐地說：「妳好！」舒琪很大方地坐在 Jason 旁邊，拉著 Jason 的右手，說道：「好！你好嗎？今天早上的行程，都順利嗎？」

「順利！」兩人寒暄幾句，舒琪發現這位劉先生，乾坐著等了她四十分鐘，沒叫小姐來陪。「公主，叫雅雅來上檯。」舒琪說，「怎麼不先叫位小姐來倒酒？」

「沒關係的，靜靜的，先想想事情。」Jason 看著舒琪露出三分之一的白皙大奶，不經意地回答。「來！雅雅，坐劉哥這邊。」

Jason 身高一八〇，在澳洲、美國交過不少女朋友，但是，從未論及婚嫁，至今依然單身一人。他不太喜歡太高大的女生，昨晚，舒琪安排的兩位美女，都是一百七十公分以上的，加上高跟鞋，幾乎與他同高，都是酒店的紅牌，可是，Jason 正眼都沒瞧她們一下，倒是H董色瞇瞇的一直跟其中一位拋電眼。舒琪八、九年的酒店經驗，不是混假的，猜得出 Jason 要的是個兒嬌小，臉蛋圓潤可愛的。

雅雅一五八，二十二歲，瞇瞇眼，可愛型的，舒琪一六二，二十七歲，有點成熟的韻味，卻剛好是 Jason 的菜。

「雅雅，這位劉哥是從美國回來的重要人物，好好招呼。」舒琪說，「我那邊還有一大桌客人，要去忙一下，劉哥多喝一點，待會兒回來。」「少爺，滷拼一盤，烤個魷魚，我招待。」Jason 有點失落，不過，雅雅坐在他左邊，他喜歡女人坐在自己的左邊，不是因為這個角度，他看起來比較帥，純粹是，他的小兄弟常常偏左，要女生按摩大腿時，常因順手，一不小心就滑過他的命根子，多滑幾下、多捏幾下，就有感覺，就腫大起來，實在舒服。

「劉哥哥，雅雅敬您一杯！」「嗯。」Jason 啜了一口：「妳叫雅雅？」「這兩天真的坐太久了，幫我捏捏腿吧！」雅雅二話不說，雙手就在 Jason 的左腿上捏將起來，雅雅手小，但蠻有力氣的，慢慢出力再放開的時候，還真有按摩的感覺。「內側痠嗎？」雅雅很專業地問。「痠！也捏捏吧。」Jason 本來就想要雅雅按的，誰知這小女生竟然先問了，暗自竊喜地說。「劉哥，來台灣度假的嗎？」雅雅邊按邊問。「不是，生意上的事。」Jason 說，順便把雅雅的手往自己大腿裡面挪了一下說：「對！就是這裡，特別的痠痛。對，舒服啊！」雅雅的手當然也有感覺，碰到了不該碰的，但仍然若無其事地繼續輕輕地揑著腿：「公事，那一定很忙碌啊，得空時，也要出去走走啊！」「劉哥的褲子，質料真好，摸起來就舒服，很貴吧？」「不過，你們是大老闆，對你們來說，這不算什麼啦！」雅雅雙手沒停過，嘴上也繼續說：「劉哥認識舒琪很久了嗎？她是我們店裡最年輕、最漂亮的媽媽桑。」「昨晚才認識的。」Jason 正在舒服中，嘴巴都懶得張開，喃喃地說。「哦！她說劉哥今早見了李登輝，您一定是做大生意的！」Jason 驚了一下，緩緩地坐起身子，在褲管裡的半槓屌兒立刻軟了，慢慢地說：「休息一下，喝杯酒。」

總統召見，其實是常有的事。政府單位辦的公益、模範、貢獻等獎項得主，都會被總統召見，以資鼓勵，振奮人心，匡正社會。但是，Jason 被召見，不是因為這類的事情，而是被告知一項最高機密。Jason 搞不清楚，心中不安，以為自己昨晚多話，被H董傳開了。Jason 啜了一口酒，緩過神來，舒琪、雅雅應該啥都不知，閒聊中，提及總統召見，只是彰顯對 Jason 的逢迎拍馬，酒店女子對客人，這是再平常不過的了。

「怎麼樣？雅雅招呼得好嗎？」舒琪再次進到包廂，大方地坐在Jason的右手邊，「真不好意思，今晚客人多，忙不過來，沒陪Jason哥多喝幾杯。」舒琪舉起雙手敬酒，嘴巴沒停：「雅雅行吧？留下來吧！」雅雅雙手又蹭到Jason的左大腿上。「好啊！框雅雅全場。」Jason回答。

幾巡敬酒、幾局遊戲之後，Jason帶雅雅出場回飯店，各搭一輛計程車，分開來走的。在飯店的大房間裡，繼續喝了些酒，Jason跟美國總部通了兩通電話，雅雅靜靜地把自己洗乾淨，穿著浴袍，看著靜音的電視，耐心等候。時不時，Jason的手得空，就伸來挑逗雅雅的胸部、下體。Jason講到重要的事情的時候，手就停了，振筆做些筆記。雅雅剛開始被挑逗的時候，就已經受不了了，下體已經濕透，身體偶有微顫。Jason的手停的時候，雅雅已經迫不急待地，拉開Jason的褲襠，掏出他還沒有充血的小兄弟，一陣吸吮。Jason打手勢阻止，她才停止。兩通電話，講了四十幾分鐘，雅雅只聽得懂，什麼什麼F-16的，其餘的，因為所有對話都是英文，她渾然不知。

翻雲覆雨之後，兩人睡去。早上，叫了客房服務的早餐。跟著早餐，禮賓部的人推了手推車，車上裝著兩大箱封得極緊密的牛皮紙箱，Jason 知道那是 F-16 的細部手冊與維修說明書。「Jason 哥，你好像好忙喔，昨晚已經快一點了，還在跟美國講公事。」「就工作嘛，沒什麼。」Jason 繼續說：「待會兒，妳吃完，就先離開吧，我還有一點事。」「這是妳的。」拿著一疊千元鈔票遞給雅雅。雅雅接下來：「謝謝！這是我的手機號碼，你如果還在台灣，就扣我。我免費為您服務。」「我很喜歡跟你做愛，真的。」Jason 聽了，「真的假的，妳是愛打炮吧。」心中想著，嘴巴說：「哇！這麼好哦！」

Jason 昨天上午見了李總統、國防部長，那是個閉門會議。主旨是，美國要賣七十架 F-16 / AB 戰鬥機給台灣，接下來的維修是個問題，台灣政府已經諮詢通用動力公司（General Dynamics），該公司的回覆是，找ＧＥ的 Jason 劉，三週後，將抵達台灣。美國國務院也來電告知，這樣的安排，必須絕密，以免中國事前作梗。昨天晚上，Jason 與美國ＧＥ總部通電話，才被告知，他此行台灣的目的。另一通電話，他事先都不知道，是他的上司 John 在電話中講的，通用動力的電話號碼。昨晚他扣過去的時候，對方已在電話機旁邊等了。Jason 這時才終於知道此行真正的工作任務。

接下來的兩個禮拜，Jason 帶著兩大箱資料，住在中山科學院的學人宿舍，每天從早忙到晚上，組建一個團隊，教導 F-16 的晶片設計、電路設計、關鍵電路板的繞線邏輯；面試中科院找來的配合廠商，實地勘察廠商的廠間、產品設計等等，有時還得陪著高層與廠商吃飯、應酬。除此之外，每天晚上十一點，與通用動力的電話會議，一講就是九十分鐘以上。Jason 不但身體疲憊，心理的壓力，也讓他喘不過氣來，但是，這是一項絕對機密的任務，一旦開始，就必須不間斷地做，沒有退出的理由，直到任務完成。

一九九五年的台灣，尚未全面施行週休二日，其實，這對 Jason 與工作團隊根本沒有差別，他們週六也是從早忙到晚的。週日是唯一的休息日。Jason 在學人宿舍的兩個週日，早上，例行地跟遠在美國的母親通電話，然後，就差中科院的司機把他送到台北的永康街，囑咐司機，晚上十點準時在他下車的地方接他回院區。閒逛一下之後，就去永康公園牛肉麵，大快朵頤一番。下午就近晃進一間旅店，電話告訴雅雅房間號碼，舒服地解決一下生理需求。晚餐的時候，Jason 會在東門附近，找個好餐廳，也會邀舒琪一起，他們三人吃吃喝喝，很是愉快。當然，Jason 的小費也很慷慨，以補償她倆犧牲休息的時間。

兩週的不眠不休，Jason 帶領的團隊對 F-16 的電路系統、控制晶片、機械動力等等，已經有堅實的基礎認識，接下來，Jason 要帶兩位材料科學方面的專家，飛去美國維吉尼亞州的通用動力總部，做兩週的集訓。這意味著他即將返回美國，也可能結束參與 F-16 維修建制的計畫，百分之百確定的是，他將與舒琪、雅雅分開一陣子了。Jason 徵詢在波士頓的老闆，也問了通用動力的計劃主持人，爭取在台休假一週，然後就飛維吉尼亞。Jason 真的需要這七天的休息，處理一些被延宕的私事，再多一點時間給舒琪，看看能不能再熟識一些。John（Jason 的老闆）經過一天半的周旋、密集的會議，終於電告 Jason 說，美國國防部最後答應准予休假，原因簡單，一、Jason 訓練的維修團隊，應屬有效；二、F-16 交貨時間尚遠，且變數繁多，國防部也需要時間釐清。

Jason 知道雅雅的名字是林雅君，在中南部長大，從小很苦，從來不提家人，好像受過傷，或是受過刺激，不知為何，對上床有特別的喜好，只要稍稍在她耳邊吹吹氣，雅雅就可以開始意淫，然後，下體乃至全身都開始有反應，每次做完愛，她的雙眼總是泛出淚水，是舒服到不行？還是心理上的感傷？

舒琪，名字叫楊舒琪，父母親呵護有加，本性單純，傻大姐的性格，無奈家道中落，又被歹人誆騙，為分擔家計，才不得已在酒店上班。九年的酒店經驗，見過無數的客人，有點油滑，但不失率真。Jason 對舒琪有一種說不出來的感覺，總是想多跟她相處。以 Jason 的觀察力，他確信舒琪對他也很有好感，只是，舒琪太大喇喇了，Jason 想要表現親熱時，機會稍縱即逝，每每無功而返，加上舒琪前凸後翹的身材，更讓他有一種征服舒琪的慾望。

同樣的，舒琪對 Jason 的談吐斯文、頭腦清楚也有特別的好感，雖不是大老闆級的富有，但是，以舒琪的觀察，Jason 的口袋也蠻深的。舒琪不太在意富有，只在意自己的感覺與喜惡，對 Jason 情有獨鍾。相對的，雅雅看似只在意性愛，其實心思細膩，她當然看得出來 Jason 與舒琪的曖昧、相互有好感，三個人在一起的時候，常常幫 Jason 做球，想讓 Jason 如願，跟舒琪好上，雅雅心想：「跟這兩個人一起，玩個3P，該有多爽啊！」

H董：「怎麼消失了這麼久，都不聯繫！再幾天你就回美國了，今天算是幫你餞行吧！」酒過了數巡，Jason 才說三天後，就回美國了。「上次，我口頭上的製程改善解說，希望對你們有幫助。」Jason 說，意思好像是，「我無功不受祿。」「有！非常有！」趙暖芯搶著說，「因為線路配置的更改，不再發生高熱，影響傳導，良率因此提升，至少在這段製程中，有明顯改善。」H董帶來的工程師趙暖芯接著說：「因為這思維上的小突破，直接間接的降低成本、良率的改善，我們這些小工程師都興奮得很，真希望劉先生能蒞臨現場指導，我們應該受用無窮！」Jason 看著趙小姐，大眼睛，嘴唇薄薄的，整晚話很少，一聽到她的專業，重點說得很清楚。Jason 說：「謝謝誇獎，我沒有妳說的這麼厲害。」趙暖芯穿著藍色鬆垮的針織襯衫，鬆垮的黑長褲，臉上毫無裝扮，不過，嫩嫩、肉肉的臉，看上去就像大學剛畢業的樣子。「趙小姐，在H董麾下多久了？」Jason 也順勢誇獎：「腦袋很清楚啊！」暖芯雙手舉起酒杯，蠻不少的威士忌，一飲而盡。Jason 也輕輕地啜了一口。「不行！不行！」舒琪抱不平地說，「人家小女生都乾杯了，你才抿一下。」「乾了吧！」他們四人在一家高級的日本料理店吃飯，這家店，只有一個檜木做的長吧台，L型的，Jason與舒琪坐在最後的轉角處，H董與暖芯坐在長吧台的盡頭。暖芯的左手邊，隔著三、五個空位，還有一對男女，也在用餐。舒琪的聲音稍大了一些，引起那位男士斜了眼看了她一下。舒琪也意識到自己的音量，手捂著嘴，臉上秀出抱歉的表情。

酒店幹部到底不一樣，舒琪把自己的酒杯斟滿，走到那一對男女的身後，「真對不起！我剛才太大聲了，敬兩位一杯酒，表示我的歉意！」舒琪雙手舉杯，話說完，就乾了一杯。「沒關係的！」男士說，也喝了一大口。舒琪掏出名片，雙手遞給那位男士，「哦！我去過妳店裡喝酒。」「不過，我都是找大賴。」說著說著，也拿出自己的名片，「我姓黃。」「黃董啊！幸會！幸會！」「以後，來店裡找我，別找大賴，男人，不細緻！」舒琪爽快的笑容，寬闊的一雙大奶，早就把黃董給迷住了。原來，舒琪早就看到這對男女，不是夫妻，女的八成是酒店妹，男的約四十歲左右，衣著講究，趁著自己胡亂地大聲，逮到一位新客人。

過了十多分鐘的樣子，那位黃董起身，也過來敬酒。「H董，您好啊！」「我是黃緒台，做紡織的。」遞上名片，「我敬您一杯！」H董是電子業的名人，雖不如演藝人員那般家喻戶曉，但，在商場混的，應該都認識他。H董看著黃董的名片，再看著黃董的長相，瓜子臉、白白的、額頭寬廣、一雙肉肉的大耳朵，有點招風，鑾富貴的樣子，黃的公司他也聽過，不小的公司。「幸會啊！」H董說。「您是名人，我的榮幸！」緒台恭敬地說。舒琪一一介紹了Jason及暖芯。「待會兒，你們去楊小姐的店裡嗎？」「小弟來作東，大家小酌、聊聊。」緒台接著說。「什麼楊小姐啊！生分了！叫我舒琪。」H董沉默了一下，看著Jason，「你OK嗎？」Jason看著這位不請自來的黃董，沒什麼想法，隨意地說：「我沒事！看H董的。」當晚，H董要暖芯自行回家，他們一行五人，到了舒琪的店裡。杯觥交錯間，有了進一步的認識。

Jason回到美國後，在維吉尼亞州（Virginia）跟著學習F-16的材料與機身結構。受訓結束後，回到波士頓GE總部。台籍學員也飛回台灣，與軟體團隊，Jason訓練的，開始合體，為台灣新一代的戰鬥機維修做準備。Jason返回波士頓後，國土安全部的調查、面談、跟蹤，沒有停過。這樣的困擾，讓他更加宅在家裡，生活範圍僅限於辦公室、家裡、媽媽家。

一個半月後，幾個高中同學連袂到美東旅遊，行程當然包括波士頓，約了 Jason 晚餐，這是難得的聚會，其中有一、二位同學，有二十年沒見了。Jason 為盡地主之誼，早早就訂了波士頓最有名的龍蝦餐廳，期盼這一天的到來。聚餐當天，Jason 忙得不可開交，有一個會議，關於火箭發射的控制系統，尤其是第一節的推進器，它在第十公里高空分離時，出現高溫氣體噴出，嚴重影響到第二節推進器的穩定，預判是平衡控制晶片受熱，失去功能。這到底是機械問題，還是電子問題？畢竟，這一型的發射系統已經使用超過三十次，最近的一次，卻導致衛星未能突破大氣層之前，就失去平衡而墜落。會議中爭論不休，莫衷一是。接近傍晚，眼看著聚會時間已近，Jason 提出他有要事，必須在五分鐘內離開，John 看著他，不以為然地說：「你去吧！我們繼續。」Jason 快速地收拾手上的資料，奔出辦公室。

計程車上，Jason 想著與他平起平坐的老闆的嘴臉，心中甚是不悅，「明明昨天跟你說過，二十年沒見的高中同學一行五人，攜家帶眷的難得一聚，這個臭John還一張臭臉地嫌我！」路上塞得很，到了餐廳，已經遲了二十五分鐘了。一陣罰酒、叫鬧之外，Jason卯足了勁，點了些上等佳餚，才杜眾人之嘴。席間，那兩位二十年沒見的同學，一位姓宋，一位姓丁，是因為在大陸做生意、開工廠，Jason多次返台休假、省親時都沒見著。這次，都來了，還帶著他們的配偶。宋同學是在中國蘇州搞銅箔基版的，丁同學是在中國北京搞生物科技的，美其名是生物科技，其實是做醫療器材，一次性針管的，也兼著做一點學名藥，都是很低階的科技，為著降低成本、廣大市場而去中國的。當晚大家盡興，吃好喝好，相約後天中午再聚，然後他們就趕去機場，繼續他們的旅遊行程。

聚餐後的第二天的中午，美國國土安全部就登門拜訪Jason。國土安全部的兩位官員直接點出，Jason的丁同學在美國有官司，不實藥品廣告，除了被美國醫藥署控訴以外，更被兩、三家大藥廠告侵權之訴。Jason怒答：「這跟我有什麼屌關係啊！」調查員很客氣地說：「由衷抱歉！丁先生的事情，與您無關，可是，您目前的工作涉及敏感，我們這樣跟蹤您，實在也是職責所在，祈盼勿介。」

Jason 想：「他媽的！又來這套，不相信我就是不相信我，還假裝誠懇！」調查員繼續說：「丁先生的夫人，因為她的背景，您可能要小心相處，假如以後還會見面的話。」Jason 驚訝地說：「直接一點！」調查員接著說了一大堆，總之，丁同學的太太叫董冬冬，她父親是軍人，官拜中將，人民解放軍的導彈專家。調查員用高水準的英文在說明丁太太的背景時，時不時提及丁太太的名字，Dong Dong Dong，Jason 邊聽邊笑，一開始只是小小的笑，後來，實在忍不住，大笑起來，停都停不下來，笑得眼淚都流出來了。調查員也被丁太太的英文名字與 Jason 的笑聲，弄得笑得無法繼續。三人一起笑成一片。

隔天中午，Jason 等一行十多人在波士頓的中國城吃北京餐廳，熱鬧歡愉之際，眾人相約來年在台北再敘。席間，大夥兒談的大都是服兵役時的往事，再就是接下來的第一次總統民選，冬冬是大陸人，接不上話，只能選擇安靜。偶而，談到 Jason 的工作，什麼中科院、波音國防、澳洲、GE等，冬冬時而眼神一亮，沒跟腔，繼續和其他的夫人們細聲說話。宋同學去大陸投資的早，工廠管理得很好，產品質好，生意興隆，賺了不少錢，公司有在台灣上市的規畫，更承諾屆時會給大家認購一些便宜的股份，引起一陣歡呼。冬冬看著自己的老公說：「你要加油啊！」「盡搞些小東西，科技含量低的產品，兩下子就被殺價殺倒了，跟你同學學學唄！」丁同學滿臉苦笑：「是！老婆大人，我乾了！」一口氣乾了一杯啤酒。水果上桌，Jason 去櫃台買單，才被告知帳單已經買過了，原來，宋同學剛才假藉如廁，偷偷地把帳結了，大夥兒又一陣道謝。餐畢，依依不捨地踏上巴士，Jason 揮手道別，互道台北見。

第三章

黃緒台自從在那家日本料理店認識H董與舒琪之後，就常常去舒琪的店裡，也偶而會碰到H董。若要算上海的祖父的話，緒台是富三代。父親把祖父的事業，在台灣發揚光大，帶向顛峰，黃氏的企業集團縱橫紡織業上、中、下游，是業內的藍籌企業，更是台灣頗為知名的大企業。父親一路上兢兢業業，夙夜匪懈，人在台灣的時候，不是巡廠、開會，就是迎賓、應酬。黃爸爸迎的賓客，都是世界知名的大企業家，或是政府邀請的貴賓，不論領域，他都出錢出力，與台灣的各大媒體、政府單位、民間企業，聯手盡力邀約，辦演講會、巡迴研究機構、大學，除了做東道主與社會菁英、學者的餐敘外，黃爸爸更會邀請諾貝爾獎得主到家餐敘，常常一敘就是四個小時。黃爸爸沒出國念書過，但是，自高中、大學時期，英文就是興趣，加上後來的自學與拓展海外業務，他的英文實力，早就超過一般的留美學人。

黃爸爸聰明、穩重、好學、善於思考，又能諮諏善道、擘畫未來，難怪生意紅火，屢創高峰。但是，他太好強、太忙、太累了，黃爸爸在他的獨子緒台高二的時候，就因肝癌去世，得年五十八歲而已。黃爸爸對他的獨子，嚴厲有餘，教導不夠。緒台小的時候，行為偏差，黃爸爸因為忙碌，沒有把握住與兒子極少相處的時間循循善誘，反而只是恨鐵不成鋼，一味申斥、怒罵，完全沒有針對兒子的孤獨、過寵提出解決問題的方法。孤獨，所以要找新鮮事，再造成問題，引人注目。過寵，所以沒有責任感，每犯過錯，總有人代罪、開脫，或是靠父親的庇蔭解決。緒台自父親去世後，詭異乖張的行為，略有收斂，但，這僅僅是被他嘴上春風、願意助人的表面所掩蓋。

緒台與H董越走越近，兩人雖相差十五歲，但都還是壯年的歲數，一個四十歲，一個五十五歲，都有用不完的體力，有花不完的錢，更有滿足不了的慾望。追求女人、追求財富驅使著這兩位企業家，一位是紡織業的富三代，一位是白手起家的電子大亨，攜手打拚，形影不離。舒琪算是他們哥兒倆的介紹人，更是提供年輕貌美的酒店妹的媽媽桑。緒台與H董都有大財力、又都是社會名人，怎麼可能只滿足於酒店妹！因為出手闊綽，酒店妹很難抗拒金錢的誘惑，兩三下就被這兩位酒店魔頭擄獲，大咖取色、酒店妹取財，各取所需，皆大歡喜。但是，慾望橫流的H董與緒台，越玩越起勁，後來，非名模、明星、名藝人不能顯示他們的身分與地位。為此，H董還被狗仔隊跟拍，鬧出大大小小的緋聞無數。緒台因為是富三代，從小耳濡目染，處處小心謹慎，這位大企業的接班人，倒是沒有被直擊的緋聞，但他花名遠播，自然不在話下。

一九九六年，兩人又聯手併購一家未上市的電子公司。在併購那家電子公司的時候，趙暖芯在H董麾下，剛滿兩年，深得H董的賞識，暖芯一年前與同事結婚時，H董親自出席，並以證婚人的身分上台祝賀，這還不算什麼，H董經驗豐富、老奸巨猾，賞識暖芯的同時，也覬覦暖芯的美貌與身材，送個大禮，以後會有用處的，私下塞了個厚厚的大紅包給暖芯，二十萬現金。暖芯除了感激以外，更拚了命地工作，把被併的那家電子公司的技術、良率，翻了個透。公司的負責人是一個化學博士，只懂技術，不懂財務，更不懂資本市場。暖芯知道這家公司，是因為H董的公司的主要產品的製程中，用過那家公司的產品，是一張奈米級的金屬薄片，薄得跟頭髮一樣，塗上特殊化學溶劑，比頭髮還細的電路線，便可在薄金屬上面自由配置，不但每條電路線不相互干擾，更幾乎不產生熱量。這是一項重要的專利，即使競爭對手做出侵權的產品，品質也完全趕不上那家公司。暖芯清楚這產品的重要性，寫了好幾頁的分析報告給H董看，強烈建議購併這家公司。

「H董，買了這家公司的技術，我們在製程上，少了兩道工序，這個不發熱的專利，更使良率提升三到五個百分點。」暖芯慢慢、面帶微笑、奶奶地說。H董色瞇瞇地看著暖芯包著緊緊的胸部，「給財務長評估一下。」「緒台待會兒來辦公室，妳也跟他解釋一下。」暖芯站起身來，要走出辦公室，H董：「等等！」「就是去年在日本料理店碰到的，黃董。」「我想讓他也參與這次的購併，讓他賺一筆。」暖芯點頭，步出辦公室。心想：「真是太聰明了，太好了！」暖芯對黃董的富貴樣，本來就有好感，年齡也夠大，又不至於像H董有些顯老，她對同年齡的男生根本沒興趣，尤其是念工科的。偶而從H董口中、報章雜誌上得知，他是富三代，家大業大，紈褲子弟中的最紈褲的。將近一年沒見了，暖芯心中有點興奮，她再清楚不過了，這是一種想征服、操控的興奮。

「黃董，您好！好久不見了！」雙手遞上名片。「好！」緒台看過名片：「趙暖芯小姐，我們有見過面嗎？」緒台客氣地問。暖芯大約敘述了一下，在日本料理店的情況。緒台被暖芯的微笑、嗲嗲、奶奶的說話方法，毫無防備的擊敗了；當他看見暖芯被包得緊緊的胸部時，這位黃董，腦子裡立刻回到小時候，準備伸手去抓暖芯的大奶奶。暖芯懂得這眼神，有意無意地、往後慢慢地退了半步，緒台上前，伸出右手，忍住了，握著暖芯嫩嫩的右手，說道：「幸會！幸會！」接下來的十五分鐘，緒台鴨子聽雷一般，聽不懂，但是，很有感覺。他對暖芯的身材、說話的方式、大眼睛偶而瞇一下的眼神、微笑，一樣接著一樣，簡直目不暇給，恨不得衝上去擁抱、抓奶、親她薄薄又上揚的嘴唇。

簡報結束後，黃董問了些收購的大略，如何去接洽並了解擁有專利的化學博士，這些是他熟悉的事情，至於產品縮短製程、提升良率等技術問題，則一概不談，這讓暖芯認識了大老闆的授權與關注的焦點。緒台假裝不太經意地問了幾個較私人的問題，驚訝且失望地得知，暖芯新婚一年左右，老公也在H董的麾下，是暖芯的同事，不過是在品管部門，擔任一個小組的組長，比起暖芯，要差了一截。讓黃董又燃起興趣的是，這位嬌滴滴的女孩，是國小、國中、高中、大學的游泳冠軍，差一點點就是國家代表隊的選手，怪不得身材勻稱、動作協調，尤其是那雙大E奶，就算被包得緊緊的，緒台的眼睛都快爆出來了。

「時間差不多了，待會兒，H董約我吃晚餐，妳一起來吧。」黃董鎮定地邀請。「哇！很榮幸。」「我會不會穿得太邋遢了？您不介意嗎？」暖芯興奮地回應。「我叫其他的女伴，盡量邋遢！配合妳！哈哈，哈哈。」緒台得意地說。「哦，那麼就改天吧，這樣不好，雖然我確信可以從您兩位身上學到很多東西。好可惜喔。」暖芯嬌滴滴地說。緒台哪肯放過！拿起手機，「喂！H董，我邀了趙暖芯小姐，待會兒跟我們一起吃晚餐。」「確定？那你找的幾個名模怎麼辦？」H董擔心他心儀的其中之一模特被取消掉。「照常！」緒台說：「你還要忙多久？要不，我帶趙小姐先過去。」

就這樣，暖芯上了黃董的賓利，往餐廳奔去。這是一家大飯店的宴會廳，黃董訂的是小的宴會廳，位於五樓靠最邊上，繞兩個彎才到，很有隱私。這間小型的宴會廳，平常擺個五張十二人的大圓桌，不嫌擁擠。這晚，只有一桌，共七個人。進入廳內，右手邊是舒適的L型沙發區，加兩張單椅，質感厚重的茶几，有著特殊的造型，頗顯奢華。廳中央擺著一大圓桌，圓桌的左前方，靠著角落，有一個三人的小樂團，偌大的空間，都可以隨著音樂、歌聲起舞。暖芯沒有參加過這樣的場合，四位模特兒，身材凹凸有致，豔麗無比，鶯聲燕語，好不迷人。她的內心深處著實感覺到，這樣的世界真好，可是，自己是個醜小鴨。

席間，H董忙著與坐在他左右的兩位小模打情罵俏，沒理會暖芯，倒是黃董偶而抽空與暖芯敬酒、小聊兩句，但也僅僅是這樣而已。暖芯察覺到，這種打群架的場合雖然美好，但，這不是她的強項。心想：「我有真材實料，一定要把自己弄得美一點，更要賺大錢，美與財才是征服、操控的唯二工具。」

接下來的二、三週，收購的事情，變得很困難。一是，那位博士董事長，不願為牛後；二是，該公司的化學塗料，也可能有侵權的嫌疑，只是不甚明顯。不過，可以確定的是，H董的公司還是需要這項技術，收歸旗下所有，總比將來受人控制，要好得多了。更何況，這項產品應用範圍廣，必能大賣，只是那位傻博士不知道而已。

緒台的父親早逝，留下龐大的集團公司，旗下的子公司有八家，除了員工有些股份之外，幾乎都是黃家掌控，並且遍布中國大陸、美國、菲律賓、泰國、義大利。父親剛過世的時候，緒台還小，黃媽媽接下重擔。出生在上海的官宦家庭，也念過大學，不過，沒畢業就嫁到黃家。黃媽媽帶領著夫婿留下來的老臣、幹部，加上緒台的外公，曾是上海選出來的國大代表，有智慧、有膽識，在旁邊盯著，黃媽媽的守成之責，做得規規矩矩，堪稱典範。緒台念大學的時候，不是開著保時捷的跑車，就是司機接送上下課，每日不是泡馬子、狐群狗黨閒打屁，就是天馬行空地讓自己無止境地幻想。大學畢業，服完兵役後，被媽媽送到紐約，不是念書，而是當學徒。黃媽媽的一位堂哥在美國花旗銀行紐約的總部，做到很大的主管，拗不過堂妹的請求，答應把緒台帶在身邊，親自傳授金融業的知識、市場、商品、經驗。這一年半是緒台這一生，唯一正經、嚴肅學習的時候。

返台後，黃董慢慢地接掌整個集團，不過，他小事不問，中事靠老臣、幹部，只有面臨大事，例如，競爭激烈，生意不好，財務吃緊的時候，他才出面。而他解決問題的方法，就是把公司賣掉或解散，安置員工而已。他清楚地知道，紡織業的競爭，已經白熱化，上有歐洲的高級品，下有中國、東南亞、南美洲的殺價競爭，更有棘手的汙染問題，不去如非洲等較落後的第三世界投資，根本無法挽回昔日的盛況。他無心與製造業的工廠共存，一心嚮往金融業，靠腦袋、靠嘴皮子，就能賺大錢，就能發光發亮。

暖芯自從參加了那晚的餐會，就學著稍微打扮自己。以前在工學院念書的時候，把自己包得緊緊的，未施粉黛，都還有一大堆工科小男生前仆後繼地奉承、追求、騷擾。她想著：「公司裡都是男工程師，不知道會怎樣？」她一天一天地，每天都有些微的變化，臉上淡淡的粉底、刷了睫毛膏的睫毛、塗了口紅的嘴唇，比較貼身的上衣、領口降低、衣領翻起、偶而窄裙、迷你裙，搭配著不太高的細跟高跟鞋，足有一七五公分左右的高度，不但精神奕奕，更是明豔動人。公司的同事、主管們私下議論著、私下送鮮花的、私下邀吃飯的、送電影票的、送演唱會票的、送早餐的、送下午點心的，蜂擁而來。暖芯心中歡喜：「果然，跟在大學宿舍裡一樣！」她要證明一件事，H董、黃董，絕大多數的臭男人，擺明著結了婚，有家室有小孩，還競賽式的養小三，交女朋友，花天酒地，酒池肉林。沒錢的男人去嫖便宜的娼妓，交便宜的女朋友，喝便宜的酒池肉林。暖芯心知肚明，全公司百分之九十以上的同事、主管都知道她已婚，而奉承、追求、騷擾她的，百分之九十以上也都是已婚男人。她不服氣：「女人為什麼不行！」這個社會的男人們對婚姻的不尊重，明目張膽地讓慾望橫流，讓她覺得噁心！她自認沒做出半點引誘犯罪的行為，只不過，想打扮得漂亮一點而已。暖芯的內心深處響起：「我的慾望是想征服、操控我喜歡的男人。」她的嘴巴回應內心：「這沒錯吧！」

一天，黃董為了收購的事，到辦公室和H董開會。暖芯也是小組成員，坐在會議室裡等待。H董笑嘻嘻的，帶著黃董走進會議室。這是很少見的場景，H董平常在會議室裡，都是一張撲克臉，且明知收購發生困難，怎麼還嘻嘻哈哈的？暖芯猜著：「黃董今晚又幫你安排什麼好玩的嗎？」H董坐定，嚴肅地說：「本收購案，困難重重，先告一段落吧，各部室、各負責的同仁，把資料彙整、歸檔，請總經理存參。我們的這個任務小組會議也暫停召開。散會！」說完，招呼著黃董，快步離開會議室。

這兩人回到H董辦公室，有說有笑，高興得很。H董說：「分頭開始進行吧！」「Yeh Sir！」黃董回應，離開了辦公室。兩個小時後，黃董與傻博士約了晚餐，是一個四人的小包廂，吃日本料理。兩人換了名片，寒暄了幾句。這位化學博士，看起來約六十五歲左右，表情嚴肅，動作很慢，頗有老態。緒台開門見山：「公司賣給我們吧。您留下百分之二十五，我們一定會經營得很好，後年上市後，您的心血，十倍奉還。」傻博士說：「我搞了這麼多年，研發太花錢，花了好幾千萬；我四十歲成立這家公司，省吃儉用，搞了二十多年，我不服啊。我不願意跟H董見面，也不願意把公司賣給他，我討厭他，他不是好人。」傻博士繼續說：「我公司現在的營收已經顯現，他就要來整碗捧走。」「對！我們的業務能力不足、RD team的廣域不夠，但是，我們特殊塗料的專利，保證我們餓不死。」「緒台小弟，我知道你很有錢，經營很大的企業，因為你，我才出來吃飯的。」「你不懂電子業，H董名聲大、公司大，但是常常弱肉強食，趁人之危，壞得很！」「我們現在淨值只有五塊左右，我想辦理第三輪增資，邀你一起。」緒台聽著、想著：「傻博士不傻嘛！」傻博士機關槍一樣的，繼續說：「你們出一億買百分之七十五，每股二十二元，讓我繼續當董事長，又有薪水，看起來不錯，可是，我的心血就沒了，只值三千多萬，那我不是虧大了！」緒台搶著說：「那是您在公司市值剩餘的部分，您沒算我們出的一億元啊！不都落進了您的口袋？」博士繼續說：「小弟！你很會算！但是，我不管怎麼算，我都是虧的！」緒台心想：「真的不好搞！」「他媽的！暖芯怎麼還不來？」說著說著，有人敲包廂的門，暖芯走了進來。原來，任務小組散會後，H董扣暖芯的分機，指示待會兒黃董與傻博士吃晚餐協商，要暖芯務必出席。暖芯淡淡的妝、不太短的迷你裙、稍微貼身的上衣襯衫、精神奕奕的短髮出現在包廂裡。「不好意思！來晚了。」嗲嗲地、微笑著說。「博士好！我是趙暖芯，製造一部襄理工程師。」遞上名片，說著說著，在傻博士旁邊坐下。緒台說：「趙小姐雖然是搞製造的，不過，貴公司的價值報告，都是經由她的指導。」傻博士有些恍神，看著暖芯的笑容、盯著暖芯的身材，等到她坐下，才遲遲看了暖芯的名片，說：「哦！妳幫H董做事的哦！」連續兩個「哦」，一不小心，嘴角流下一滴口水。

緒台的情報蒐集極為正確！傻博士的生活起居、特殊愛好、工作習慣、來往交友，都被瞭若指掌之後，才有今晚的飯局。這個收購案，經黃董與H董仔細思量後，決定不循正途，分兩路迂迴攻擊，雖然有一點惡毒，但，誰叫傻博士固執，堅決不賣呢！怪不得他們。

暖芯也是被利用的棋子，黃董的推薦。「她對我有一種說不出來的慾望，跟那些酒店妹、模特兒不一樣！」緒台對H董說，「我有一種感覺，趙暖芯會聽我的。」H董說：「行啊！反正這攤是要你賺錢的，你多出點力，也是應該的。」

晚餐接近尾聲。自暖芯入坐以後，收購的話題就沒再出現過。緒台早有準備，誇張地炫燿他與歐拉（George A. Olah）的忘年之交。傻博士一聽到歐拉，耳朵一豎，大談此人的偉大貢獻，超強酸的應用，簡直是天大的突破。傻博士的專利導電又不導熱，就是因為歐拉的啟發。傻博士口沫橫飛的訴說著自己對歐拉的敬佩，曾經一心想要投入他的門下，或是跟他有點接觸，即使一點點，講兩句話就好。傻博士萬萬沒想到，歐拉還沒得諾貝爾化學獎的時候，就曾到坐在自己對面的小弟家吃過晚餐。羨慕之情，完全表露無遺。傻博士萬萬沒有想到，這些都是緒台天馬行空的想像，編造出來的。另外，坐在一旁的暖芯，一聲不吭地倒水、斟酒、夾菜，她身體淡淡的體香，更起了催化作用，傻博士高興極了，不，是興奮極了，是忘我了！

兩天後，傻博士又約黃董、暖芯吃晚餐。緒台把歐拉在匈牙利的出身、家族，如數家珍的說給傻博士聽，暖芯也談了些專利的事情，傻博士也抱怨著不能共苦的老婆，孤零零的全心投入工作。因為緒台的功課做得好，暖芯柔、嫩、嗲，完全沒有攻擊性，傻博士才放開自我，更對暖芯起了許久許久沒有的愛意。暖芯心知肚明，放任著讓傻博士對她產生好感，這是她喜歡的征服慾，更間接地對緒台發出訊號，操控列車等著你。

隔天，傻博士在辦公室收到一份美國寄來的快遞。打開一看，晴天霹靂！美國的律師函，控訴傻博士的產品侵權，並且啟動專利無效之訴。這家小公司，經過三次增資，總共六千萬的資本額，幾乎都是傻博士自己的血汗，目前淨值只剩下一半，剛開始要大量出貨，轉虧為盈，這份律師函，把傻博士從天打到地！他知道，這兩個官司，費用將是天文數字，會把公司的淨值歸零，甚至變成負數。傻博士哭泣著，仰天長嘯：「上帝！祢怎能這樣對我！」

H董的半導體公司，是提告傻博士公司的大客戶。這是一家世界一流的大公司，公司內部的法務部門，就有上百名律師，寫個三頁的告訴函，就跟呼吸一樣地簡單。H董一通電話，手下的人提供資料，美國一流的大公司均深諳此道，其壞無比，收到幾份簡單的資料，法務部門就擬稿、核准、用印，分別快遞到當事人、相關公司、所屬法院。三個小時就搞定了。

傻博士的一生心血，即將赴之東流。他不甘心！一生中規中矩，從不害人，更常常幫助弱勢；埋頭鑽研技術，從不抄襲，更常常提攜後輩。左思右想之後，他要尋求最後的幫助，第一個想到的是黃緒台。緒台假裝不知訴訟之事，繼續與傻博士談笑風生，吹噓著他爸爸與諾貝爾獎得主的餐敘、交情，他又如何如何的與他們成為好朋友。傻博士心情沉重，完全無心於此，酒過數巡之後，傻博士幾乎要哭了，說：「把我公司買了吧！」「我撐不住了！」眼淚終於掉下來：「我被告了！我便宜賣！」緒台看著他，就是這兩、三天的事，蒼老的臉變得更暗黑，斑白的頭髮變成全白，緒台有點不忍，心裡嘆道：「誠實的好人，傻博士！」

接下來的一週，連續接到三封律師函，措詞強硬，一封勝過一封。暖芯傻傻的，毫不知情的充當安慰劑，偶而與傻博士吃個午飯，陳述專利可能的灰色地帶，真正打起官司，不見得會輸，不過，風險還是存在的。她的話著實不好聽，但，她的聲音、說話的方式，傻博士絲毫不以為意，反而更加篤定賣公司的想法，撇開悲痛，靜靜地享受著與暖芯獨處的時間。

兩週後，傻博士因為堅持不賣給H董，單獨與緒台簽約。扣了些負債、存貨折價，最後的成交價是每股一點五元。傻博士奮鬥了一生，只拿回九百萬元。

H董邀黃董、暖芯吃晚餐，名義是慶祝暖芯升官，副理工程師兼董事長辦公室副主管。餐廳選在黃董與H董、暖芯第一次碰面的高級日本料理店。H董坐在L形吧檯的底端，隔著角，坐暖芯，緒台坐暖芯的左手邊。這頓晚餐，大家吃得開心。不知道的事，繼續不知道，齷齪、邪惡的事，避而不談。每個人的心中都有值得慶祝的事，每個人的心中都有下一步的行動。

一九九五年，年底開始，陳水扁市長下令掃黃，目標是舊店不開，新店不來。八大行業，面臨危急存亡之秋。酒店、酒吧、理容按摩店、小賓館旅店、舞廳、舞場、電玩遊戲機店、三溫暖會館，三天兩頭警察臨檢，持續好幾個月。店家的生意一落千丈，三、四十萬從業人員首當其衝，舒琪、雅雅當然也受影響。舒琪尤其受傷，不少客人簽了不少簽單，索性不認帳，再也不見蹤影；一些在大陸、東南亞投資的台商，也趁機返回投資地，繼續逍遙，在台灣欠的酒錢，忘得一乾二淨。舒琪應該是傷筋挫骨，損失慘重，保守估計至少一百五十餘萬。這些簽帳，她是要還給店家的。幸好，酒店的老闆實力雄厚，願意讓舒琪分期支付，並且，儘管每晚只有一、二桌客人，酒店照常營業。舒琪每晚上班，照常扣客，扣十能中一，就能高興個兩、三天。雅雅賺得是上檯、被框、買出場的錢，沒有客人，就上不了檯，遑論被框、出場。不過，當小姐有微薄的鐘點費，倒也夠胡亂吃幾個便當而已。

八大的從業人員因生活起居不同於一般人，大多在外租屋，且大多是中南部人、或是外縣市的，瞞著父母到台北淘金的。看著存摺的存款一天一天的變少，驚慌在所難免，下個月的租金要去哪兒籌？下個月貼補家用的錢在哪裡？弟妹們的零用錢能緩一緩嗎？最不能緩的醫藥費，可能是爸爸就醫，也可能是媽媽生病，該怎麼辦呢？這些隱藏在太平盛世、豐衣足食的表面下，鮮少被人發覺，更少被人關注。痛徹心扉的磨難、肢體心靈的壓榨、自甘墮落的無奈、鋌而走險的困惑，凡此種種，比比皆是。其實，人生的痛苦，如粉塵般的飛揚，如石縫裡的泥土，到處都是，堅如磐石。

＊

自從 **Jason** 返回美國以後，舒琪偶而還會與他通個電話，互道平安。**Jason** 是一個神祕又難以捉摸的人，這是舒琪與雅雅共同的感覺，然而，這並不影響舒琪對 **Jason** 的好感，幾個月過去了，好感絲毫未退。現在，舒琪的日子真的很難過，欠著她被倒的酒帳，欠著房東的租金，給媽媽、妹妹的生活費，也因房貸不能拖欠，而折了三分之二，可是日子還是要過。傻大姐的她，往日的笑容不再，每天悶悶不樂，每晚在酒店枯等客人，常常借酒澆愁。她想起小時候，媽媽帶著舒琪與妹妹，跪著磕頭，求與父親稱兄道弟的哥兒們，放她們一條生路。現在的她，跟當時的絕望一樣，舒琪想：「當時，家產被騙光了，媽媽身無分文，不也過來了嗎？」「挺住！不要再求別人了，求也沒有用！」想著想著，手機響了，以為是有客人要上門，眉開眼笑地：「您好！我是舒琪。」電話的另一頭說：「這麼開心啊！」舒琪一時間沒聽出對方是誰，客氣地說：「就是沒生意啊！客人來電，當然高興！」「嗯，我是 Jason，聽不出來我的聲音哦！」舒琪這下子是真的興奮了：「你的聲音，聽起來跟前幾週不一樣啊。」「我在台北！」Jason 沉穩地說。舒琪敞開嗓門叫道：「來呀！來店裡，快啊！我們喝兩杯。好久不見了！」

當晚，Jason 去了舒琪店裡，框了兩位小姐，為她做點業績，也對小姐略盡棉薄。Jason 問：「雅雅呢？她不做了？」「雅雅去高雄了，那邊的生意較穩定，不掃黃。」舒琪冷冷地說，心想：「我要不是欠老闆錢，我也去了。」錢，對她們來說，太重要了。

Jason 到台灣已經有五天了，整天在中科院忙。他自去年一九九五年五月帶兩位中科院的軍官赴美受訓後，回到波士頓，雖然還在GE任職，卻都沒有做GE的工作，都是在搞美國國防部給他的工作，國土安全部對他的調查，密集且完整，才放心交付工作給他。Jason 清楚地知道，這類的監控會持續進行中，反正，他沒有叛逆之心，又是幫助自己的家鄉，台灣，用心去做就好，更何況，GE每個月還多給了一萬美金的加給金，可能是國防部給的，何樂而不為呢！不過，這件事讓

John Bradley 記恨在心。

美國國防部這次給的任務有點複雜。國防部的人為他做簡報，說是李登輝總統去年（一九九五）到康乃爾大學，雖是私人訪問，仍然激怒了中國，畢竟這是從一九七九年以來，美台斷交後，台灣的現任總統訪美，實在是前所未有的大事。國防部判斷，自一九九五年七月開始，中國又是飛彈，又是演習的，這些動作，不會戛然而止。所以，派他去改造台灣現有的飛彈系統，增強防禦能力。美國國防部知道 Jason 不是武器專家，但是，飛彈的射程、彈道及火藥的控制，跟發射衛星大同小異，Jason 是這方面的專家，應該不難。另外，有一組五人小組，已經先遣到台灣了，請他從旁指導即可。Jason 問：「那我先前做的 F-16 的維修作業，都建置完成了嗎？」國防部的人說：「這事，你不需要知道。」「飛彈的製造、使用手冊呢？我可能要先研讀一下吧！」Jason 說。「這也不需要！台灣有。」簡報人員站起來說，行了軍禮，就走了。

就這樣，Jason 又飛來台灣。Jason 到店裡捧舒琪的場，讓舒琪感激萬分。不過，Jason 當晚雖框了兩個小姐，卻不帶她們出場，倒是支開了她們，邀舒琪去他下榻的飯店，再敘敘、聊聊。舒琪欣然答應，跟 Jason 上了計程車。到飯店時，時間還早，Jason 不邀舒琪回房間，在飯店的酒吧裡找了一張較僻靜的桌子，點了一瓶紅酒，兩人就輕輕鬆鬆地聊聊這半年多來的近況。舒琪依然前凸後翹，眼角略帶的憂鬱似乎多了一點，不過，笑起來的時候，還是嫵媚好看。舒琪臉上淡淡的，沒抹什麼妝。穿戴也很一般，不性感也不挑逗。儘管舒琪避而不談她的窮困，但報章媒體大肆報導掃黃的新聞，Jason 知道舒琪的近況很差，忍不住心中的憐愛，緩緩地說道：「我明天請人匯點錢給妳，就當是我借妳的。」「哎呀！不需要啦！我過得去。」舒琪好強地說。剎那間，舒琪心中充滿愛意，但她不願意與 Jason 之間變成金錢上的交易。舒琪不知道 Jason 是做什麼的，但是，她知道 Jason 很有專業，談吐斯文，又穩重有禮，是她喜歡的那種人。她第一次在H董的飯局上，就對 Jason 極有好感。「換個話題，談談你吧！」「這次回台灣，要待多久啊？」「我找找雅雅看看，看她能不能休個假，回台北，我們三人一起吃飯、喝酒。」「真懷念那個時候，我們每個週末都一起吃飯、聊天。」舒琪一連串的話，想要轉開話題。Jason 豎起食指，往嘴唇中間一放，示意別說了，然後，嘴唇湊上去，輕輕地親了舒琪一下。舒琪的身體好像有一股暖流，從頭一直流向心臟、胃脾、下體、甚至連雙腿、雙腳都有感覺，絲毫不因為距離而減退。這位酒店的媽媽桑，從小時候家境富裕，到父親經商失敗，家產被哥兒們騙光，看不到絲毫希望，十七歲下海當公主，憑自己的好心、努力，當上媽媽桑，攢了一點錢，好不容易讓母親、妹妹生活好過一點，現在又被倒酒帳，負債累累，租金都沒著落。起起落落，好不辛苦！Jason 輕輕的一吻，緩了舒琪近來的苦，暖了舒琪的心。

當晚，Jason 沒邀舒琪到他的房間，叫了計程車送舒琪回家，自己回到房間，靜靜地想著，想著自己多年來交過的女朋友，或是一夜情，所有接觸過的女人，都是短暫的，沒什麼激情，更沒有衝動想要固定哪一個做女朋友。是自己無情，還是還沒碰到對的女生？反覆想著，腦袋裡再也裝不下女生的事了，每隔幾秒鐘，腦袋裡就只是工作上的事，衛星、飛彈、F-16、控制晶片、同事等等，沖走了男女之間的奧妙、沖走了難以捉摸的感覺。

舒琪回到租屋處，盤算著這個月的房租，大概有著落了。坐在床邊的大沙發上，床加上沙發，除了一間衛浴、一張小桌子，走路也沒有什麼空間了。她喜歡坐在沙發上暇想、發呆。「他為什麼不帶我到他的房間？」「難道房間有女人？」「跟他在一起講講話，真的感到舒服、平靜，他的嘴唇有點緊，不太像是很會親嘴的。」「他都可以跟雅雅做愛，為何不找我呢？」「真應該主動一點！下次，下次一定要！」舒琪的腦袋裡，都是 Jason，滿滿的迴盪著，再也裝不下其他的東西。

美國國防部的預判，對極了！美國得到的情報是 F-16 交機時，中國會再度武嚇台灣，形式上應該還是發射飛彈，加上陸、海軍登陸演習，但是，這次的飛彈應該是從台灣領空飛過，危險得很！Jason 的任務，不只是改裝台灣現有的天弓二號，使其射程增加，從防禦變成攻擊；更要針對中共可能發射的飛彈，進行彈道研究，火藥推進的速度與彈頭的重量比對。這個工作很艱難，在沒有精密的長程預警雷達偵測系統的狀況下，必須依靠衛星監測，一九九六年的時候，台灣根本沒有長程預警雷達偵測系統的裝置，更沒有操控衛星監測的技術。美國國防部方面的情報，只知道大陸要發射飛彈，至於發射什麼飛彈、從哪裡射、要射到哪，一無所知。Jason 必須仰賴美軍的配合，至於如何配合？Jason 也不知道，但他知道，這絕對是最高機密。

中國共產黨也不是省油的燈，除了知道劉承義 Jason，這個人以外，更知道他的波音國防與GE衛星電子技術的背景，工作狂的本性，不太在意美國國土安全部的調查與不信任。中共的值得觀察對象的名單，因為 Jason 的工作，早就被包括在內，只是還不值得跟蹤調查而已。一九九五年開始的台海危機，加上丁太太董冬冬，跟父親董中將，不經意的提起美東之旅，董中將何許人也，劉承義立刻被提升到必須跟蹤調查的名單，並且，名列前茅。Jason 的一舉一動，來往故舊，中共完全掌握，只是，不知道他的心裡在想什麼而已。

Jason 的工作越來越緊張、越來越機密。天弓二號飛彈的改裝，緊鑼密鼓地進行中，既不能實彈測試，又不讓他觸碰推進飛彈第二節的控制系統，到底射程增加多少？Jason 完全被排除在外。另外，F-16 已陸續交機，飛抵台灣，維修保養工作也不讓他參與演練。Jason 待在中科院，雖然閒著的時候很多，但是，台灣國防部官員、美方在台將領命令 Jason 隨時在營待命。他感覺到他們的緊張，緊張到這些高階將領都面無血色，好像一場戰爭即將開打。一九九六年三月，Jason 被叫去開會。會議室內只有五個人，穿著便服的美方將領說：「接下來的簡報，是絕對機密！會後，分派任務時，必須垂直、水平分段實施，沒有下級軍官可以知道全貌！再說一次，沒有任何操作人員，知道這次任務的全貌！」Jason 聽了，知道大事要來了。

一九九五年，中共射飛彈，美方沒來得及偵測飛彈的相關資訊。情報顯示，中共將再次發射飛彈，更將越過台灣領空。Jason 想：「這不是早跟我說過了嗎！」美方將領繼續說：「礙於此地沒有先進的偵測裝備，我們的解決方案是：一、由台灣的北部、中部、東部的現有雷達裝置，展開定位偵測；二、部分看不到的角度，Jason 帶領兩位軍官，搖控美方人造衛星進行偵測；三、近日內，兩艘航空母艦會穿越台灣海峽，補足所有偵測不到的死角。」Jason 聽了，心想：「這根本是要準備打仗嘛！」「航母出動，並且穿越台海，這是要多少戰鬥機、驅逐艦、炮艇、反潛直升機、潛水艇、偵察機的配合啊！他媽的！不是一艘，還是兩艘航空母艦啊！」「這樣搞，老共要怎麼想？」「這是第三勢力明顯介入中國內政，別逼急了老共啊！」台灣的一位三星上將說：「天弓二號飛彈需要提升到戰爭警戒嗎？」「是的！不過，我們的操作人員負責開啟發射開關，統一接受參謀總長的指揮，他在五角大廈，與我們同步。」Jason 終於知道為什麼老美不讓他碰天弓二號的第二節推進器，原來發射的開關的密碼在第二節，掌握在美軍手上，打不打，老美才能決定。老美真的是不相信他這個美籍台灣人，怕他動手腳，又怕他知道真相。Jason 真的痛心了！覺得被騙了！老美不但不信任他，還徹底掌控台灣的防衛與作戰，已經到了匪夷所思的地步！Jason 是個冷靜的人，忍住不發，心中大罵：「Fuck you all！」同時心中算了算接下來的人生選擇、各種選擇的影響與結果。兩、三分鐘後，就已擬定行動方案，並耐心等待會議的結束。

*

舒琪的生意還是沒有起色。暖芯不知道被利用，在H董身邊工作，順風順水。緒台依舊公子哥兒似的，上班的時間短，玩樂的時間長。

一晚，舒琪的酒店裡，三十幾間包廂，一樣清淡，兩桌客人而已。沒什麼幹部，沒多少小姐上班。突然，門口來了一位客人，中等身材，約四十歲左右，一張挺英俊的臉，不過，穿著隨便，一套運動服，外面一件擋風塑料外套，好像剛做完運動。舒琪上前招呼，他只一位，卻要了一間中包。寒暄了兩句，上了酒，舒琪舉杯敬酒：「大哥怎麼稱呼？」「大哥在綠島！哈哈，哈哈！」冷笑話，自得其樂地笑著說：「叫我阿義就好。」「我是舒琪，大哥好！」「大哥在綠島啦！叫我阿義就好。」「好！阿義哥，貴姓？」舒琪知道不好直呼暱稱的，所以加了一個哥字，「免貴，小姓邱。」舒琪立刻又舉杯說：「邱董好！」阿義說：「妳們今晚還沒上檯的小姐，統統叫來吧。」舒琪回：「我兩個兩個上，喜歡再留，好嗎？」阿義說：「妳們有幾位嘛？」「一次都來吧！」舒琪被倒了的酒帳，還沒還清，深怕又一位喝白酒的，笑容滿面地說：「邱董第一次來？要不要我跟您說一下我們消費的方式？」「知道！知道！」阿義邊說邊從運動褲裡掏出一大疊千元大鈔，「放心啦！」順手數了兩張，遞給舒琪，「去吧，統統叫來。」舒琪心想：「要不是掃黃，常常臨檢，統統叫來，包廂保證坐不下的。」

嘴上說：「是！馬上叫來。」當晚沒上檯的還有六位小姐，舒琪一聲吆喝，小姐們立馬很高興地站起來，跟著舒琪進了包廂。兩位小姐搶坐在邱董的左右邊，其他四位，兩個兩個，分坐在ㄇ字沙發的兩邊。一一敬酒介紹後，阿義跟坐在對面單椅的舒琪說：「都框了吧。不用轉檯了。」舒琪又驚又怕地說：「小姐們好好招呼邱董，多喝點！」「謝謝！謝謝！我敬邱董一杯！好久沒有這樣的盛況了。」一陣謝謝、敬酒聲不斷，舒琪先失陪一下。

＊

一九九六年三月初，大陸發射了兩枚飛彈，都越過台灣領空，一枚落在基隆外海，一枚落在高雄外海。解放軍戰機、軍艦集結，戰事似乎一觸即發。美軍第五艦隊與第七艦隊，各派一艘航空母艦穿過台灣海峽，不但起了遏阻作用，更對飛彈的彈道分析，蒐集到重要的相關資料。Jason 主導的人造衛星上的偵測系統，也發揮功效，資料顯示兩枚飛彈重量很輕，到了基隆、高雄外海，就垂直落下，顯然燃料不足，更有可能的是，沒搭載彈頭，是一個空包彈。就像小時候玩的沖天炮似的，衝上天，「砰」的一下，就墜到地上。

美軍根據衛星資料，立刻研判，並做出結論：「這是武嚇，不是攻擊。」遠在美國的五角大廈，參謀總長，好幾位將領，還有一群幕僚們，接獲消息後，一陣歡呼，大肆慶祝！在美國大軍的壓迫下，中國退讓了！戰爭的警戒結束，回歸一般警戒。

李登輝在競選期間，針對中國發射的飛彈說：「我有十八套劇本！」「別怕！這是啞巴彈！」Jason 大吃一驚：「明明是美國給他的絕密情報，是武嚇，不是攻擊，這個傢伙怎麼能講出來啊！」這個驚嚇，讓 Jason 更無法接受。台灣的國防完全由美國掌控，自甘傀儡，也就算了。貴為總統的李登輝，竟然隨口說出絕密，美國與中國，接下來要如何反應？中國基於丟了面子，必定會有更大的動作，美國的遏阻會繼續嗎？遏阻會繼續有效嗎？這簡直是拿全台灣人民的安全做賭注！這些令人匪疑所思的事情，讓 Jason 心中打了個寒噤：「政治，太可怕了！」三月底，李登輝順利當選台灣第一屆直選總統。

Jason 讓自己放了兩週假，留在台灣好好休息一下。理一理近來所受的驚嚇，盤一盤十多年來的工作內容，掂量一下自己的核心能力，更精算一下自己的財產，思量著自己人生的下一步。他住進台北的一間長租型的飯店，一房一廳，還有一個小廚房，Jason 不是省錢，而是這間飯店比較隱蔽，整棟樓看起來像是住家大樓，小小的招牌，沒有迎賓車道，沒有氣派的大廳，隱密又舒服。更重要的是，距離舒琪上班的酒店，走路八分鐘就到，實在太方便了。

邱董那晚框了所有沒上檯的六位小姐，加上酒錢，包廂、桌面等，數了十一萬現金，買了單。舒琪好久沒有遇到這樣的貴客了，興奮到當晚睡不著覺。Jason 住得近，也常去照顧她的生意。舒琪還在負債，但是，房租和媽媽妹妹的生活費，已經沒啥問題，加上打黃的力道慢慢消退，酒店的生意也恢復了一半以上。Jason 若有飯局，可能飯後就去喝兩杯，如果沒有飯局，就約舒琪吃晚餐，然後進她店裡。兩人常常見面，但是，男女之間的關係，僅僅停留在那晚的輕輕一吻，毫無進展。不是他倆有意如此，只是，見了面，聊著、喝著，很自然的沒往那裡想。

一晚，Jason 與高中同學聚餐，因場合適合，也邀了舒琪一起參加。老同學們見面，口無遮攔，相互糗鬧，拚酒划拳，熱鬧極了。舒琪也喝得高興，跟著大夥一起笑鬧，突然，電話響了，站起來走出包廂接聽，是雅雅來的電話，說她已經回台北，能不能再去舒琪的店裡上班，舒琪欣然答應。她本是沒有心機的傻大姐，這飯局又都是大男人，直接要雅雅裝扮一下，趕過來一起吃飯。掛了電話，重新回到包廂，繼續跟大家暢飲歡笑，順便向大家宣布，待會兒會有一位美女加入。大家拍手叫好！

「我認識嗎？」Jason 問。「你的老相好！怎麼不認識！」舒琪說完，猛地想起，「我找雅雅來幹嘛！晚上跟 Jason 打炮？老娘想打都沒打呢！」「雅雅啦！她從高雄回來了。」Jason 聽了，也沒什麼反應，淡淡地說：「哦，歡迎。」這位內斂、神祕、城府很深的 Jason，異性朋友是經常換的，當然沒有什麼興奮的反應。這是舒琪不知道，也從未察覺到的事。晚餐要結束了，宋同學買了單，大夥兒謝過。Jason 說：「我請大家再去喝一攤，就去舒琪、雅雅的店。」有人不習慣、有人妻管嚴、有人明早有要事，只剩下宋同學、丁同學、Jason 三人帶著舒琪，雅雅續攤。

當晚，Jason 沒框雅雅，倒是框了四位小姐，宋、丁身旁各坐一位，兩位坐在 Jason 左右。剛巧，那位邱董在另一間包廂，雅雅被他框了。

第四章

這位邱董，喜歡別人叫他的小名，阿義，開建設公司的。他二十歲的時候，跟媽媽借了五百萬，買下台北縣汐止鎮的一塊土地，再跟銀行抵押貸款，蓋了一棟九層樓的住宅大樓。一九八〇年代，經濟快速起飛，預售屋市場火熱，用三夾板搭個五、六坪大的預售中心，貼幾張完工的圖片，幾張室內平面圖，兩、三個小箱子，放一些磁磚的樣式，堆在預售中心的外面，兩、三個禮拜就可以賣光光。大樓的設計，完全土法煉鋼，在建築雜誌上，選個大樓照片，找個繪圖員，照樣畫一畫，跟小建築師借個牌，掛個名。管線配置、平面設計，全是抄來抄去，每棟樓都幾乎一個樣。阿義很有小聰明，知道開建設公司沒有門檻，成本低、利潤高，房子是預售的，營造商接手起造前，建設公司已經收到房屋總價的三成，然後，購屋者按建築工程進度繳工程款，建設公司再按期撥款給營造商，心壞的建商，還可苛扣營造款，營造商也可以偷工減料，做為相應措施。最後，完成交屋後，建商就撤銷起造的建設公司，樓蓋好，建設公司就不見了，一樓一建商，在當時流行得很。

阿義沒這麼黑心，但是，專業有限，東抄西抄，蓋不出什麼好房子，醜醜的、不好用，但也不至於偷工減料。他初試啼聲，就賺得兩、三千萬，服完兵役後，就以買賣土地為樂，進進出出；若地不好賣，就加工一下，推出建案，蓋蓋房子，著實賺了不少錢。

那晚，阿義頭一回去舒琪的店裡，框了六位小姐，讓舒琪、小姐們久旱逢甘霖，高興極了。殊不知，那天是阿義與老婆，他的初戀情人，離婚官司的判決日。他們在讀專科的時候，瞞著父母，奉子成婚，兒子出生後，兩個學生扛不住沉重的生活負擔，返家吐實、認錯，還被阿義的爸爸痛打了一頓，阿義的媽媽看媳婦兒貌美，又平白多了個可愛的孫子，苦口婆心力勸老伴，才認可這樁婚事。婚姻持續了二十年，阿義畢業後，大半時間在台北忙碌，邱太太在桃園鄉下，跟著公公婆婆，撫養兒子長大。阿義投入房地產事業，雖一帆風順，卻也頗受奔波之苦，除了匯錢回家，甚少親自照顧妻兒。一九八〇年代的台灣社會，承襲著封建社會的傳統，大男人主義無所不在。男人在外打拚，應酬喝酒，賺錢養家；女人在家服侍公公婆婆、也要照顧爺爺奶奶，更要服從丈夫、教育孩子。有些男人賺得不夠多，當太太的也得外出工作，下班回家後，勞心勞力的工作照樣要做，隱忍負重。更多不負責任的男人，非但不負擔家計，還在外面捻花惹草，大多數的女人，淚水往肚子裡吞，忍了、認了。是為愛，還是認命？是為了孩子、面子、社會制約，還是因為擔心自己不能獨立？邱太太，接近四十歲，二十歲時懵懵懂懂的與阿義發生關係，奉子成婚，是少數有膽量離婚自立的，但她也隱忍了二十年。阿義的父母親對於孫子要跟媽媽走，極度不滿，命令阿義打官司，或是付大錢給媳婦，反正就是一定要把長孫要回來。

媳婦堅決不拿邱家分文，且贏了官司，法院把孫子判給了媳婦。阿義的父母氣極了，贍養費一毛不給！逼著阿義起誓，不能在背地裡給媳婦一毛錢，他們恨阿義的太太，就算要吃上不付贍養費的官司，也不願與媳婦有任何瓜葛。阿義的父母對阿義的太太如此絕情，除了想起當年的奉子成婚以外，更是因為阿義的弟弟娶了同村的媳婦，生了兩個孫子。

阿義對老婆、兒子聚少離多，沒什麼感情。反正，女人多的是，兒子再生就有。阿義平白省下一筆上千萬的買兒費與贍養費，盤算著再進一、兩筆土地、好好找個高級酒店喝兩攤，慶祝自己回歸單身。阿義去了舒琪的酒店以後，就成為舒琪的大客戶，每當有新小姐報到上班，阿義總是第一位被通知的客人。

Jason 與高中同學續攤的那晚，阿義框了雅雅。阿義做了房地產生意後，喝酒、吃飯、第二攤是家常便飯，從事房地產的幾乎都是這樣的。阿義慢慢發現自己喜歡個頭嬌小的女生，喜歡笑容滿面、嗲聲嗲氣的，阿義的太太比較高大，又不苟言笑，一臉嚴肅，乍看之下，美麗又高貴，阿義當年就是被這種氣質吸引。多年之後，阿義睡過上百個應召女、酒店妹，細細體會，唯一心得就是女子身高不能超過一六四公分，一六〇正好，一五八也行。否則，大手大腳，不懂配合，不夠纖細。阿義一見到雅雅就有好感，嬌滴滴的、嗲嗲的，她的一舉一動，都讓阿義感覺到雅雅的順服、小女人的味道。阿義當晚帶著雅雅出場，入住一家五星級飯店。

不知道是緣分，還是前世欠的。阿義與雅雅待在酒店裡，一住就是三天。阿義的公司本來就沒多少人，沒多少事，有事沒事，端看阿義有沒有事而已；雅雅隻身一人，一通電話向酒店請假，就沒有人會找她了。這兩人，吃、喝就是客房服務，打掃人員要進房收拾，阿義給了小費，說明天再來，搞得客房經理來了兩通電話關切，更要求進房查看一下，是否有人身安全、公物損壞的可能。阿義從來沒有找酒店妹過夜的，一是因為怕酒店妹手腳不乾淨，二是因為習慣一個人睡覺，旁邊多了一個不知來歷的陌生人，睡不好的。所以，嘿咻過後，女的梳洗完畢後，就付錢讓她走人，自己再梳洗睡覺，或是洗乾淨後，回家睡覺。雅雅也從來沒有連戰三天三夜的，就算是以前剛上台北打工時的男友，最多也只是連續兩次做愛。酒店上班後，她看得順眼的，願意陪睡的，大多數也只是一次發洩，就鳴金收兵。阿義，四十歲，有用不完的精力，雅雅，二十五、六歲，特別喜歡做愛的感覺，每次身體發顫，緊閉雙眼的時候，都能感受到眼球快速上下律動，如入夢境。這三天三夜，他倆吃得好、睡得好，常常緊緊抱著，相擁而睡，醒來就相幹一番，休息一下、吃點東西，再翻雲覆雨。阿義爽了多少次，已經記不清楚了，雅雅也無意計算，兩個人真的投入、喜歡。

第四天，退房後，阿義帶著雅雅去他的辦公室，打開保險箱，拿了二十萬元現金，要給雅雅。雅雅說：「別這樣啦！如果義哥你要付我錢的話，我只收三天的外全，跟三次的休息費。」「我從來沒有這麼舒服過，真的！」阿義說：「我把妳的屄都打爛了，這是醫藥費！哈哈！哈哈！哈哈！」不好笑的冷笑話，阿義笑得很燦爛。雅雅尷尬地站在一旁不知道怎麼回答。阿義繼續說：「搬過來我家住吧，別租房子了，別上班了，我養妳。」「不過，每天只能吃ㄆㄨㄣ，要不然，太營養了！哈哈！哈哈！」就這樣，雅雅與阿義同居了。

*

H董知道 Jason 要返回美國了，為他餞行。選了一家台北最好的義大利餐廳，賓客有 Jason、黃緒台、暖芯、舒琪，加上兩位酒店妹。這頓飯局，很有趣。那兩位酒店妹是H董的相好，緒台對暖芯，Jason 對舒琪，這頓飯，簡直就是各喜所好、各自發揮、增加親密程度的相親大會。緒台見過 Jason 一面，將近兩年前，在一家高級日本料理店，那晚也是舒琪、H董、暖芯與緒台第一次見面的地方。緒台對 Jason 沒什麼印象，Jason 也只記得那晚有人請客去舒琪店裡。這次，緒台才知道，Jason 是H董的貴賓，是半導體科技、最適控制的專家。緒台觀察到，暖芯對

Jason 很尊敬，可是又對他很柔、很嗲，頗有有好感的樣子，心中有一點氣。Jason 對這個腦袋很清楚的女工程師有印象，但是，暖芯的打扮與穿著顛覆了 Jason 原先的印象。兩年前，暖芯的樣子像是剛入行的工程師，又土、又率真，今晚的暖芯，窄裙膝上十公分，不算短，但是，暖芯堅挺的大奶奶卻毫不保留地展現，比舒琪的更雄偉、更好看。說起話來的嗲氣與眼神，根本不像工程師，倒像是一位又騷又有風韻的年輕少婦。Jason 怎能不分心！舒琪看在眼裡，傻傻的，不怎麼介意，只是常常偷偷看看 Jason 說話的樣子，不經意地碰碰他。

Jason 休假結束，返回波士頓。細想著，自己在中科院的種種不被信任的遭遇；細想著，為什麼台灣甘願做次等殖民，連自製的短程飛彈的發射密碼，都被美國掌控；細想著，位高權重的政治人物胡亂洩密，只為勝選，絲毫不在意人民的安危。思前想後，百思不得其解。返美後，國土安全部的約談、跟蹤，雖是例行公事，他也早已習慣，只是，Jason 想著：「這樣下去，有意思嗎？」算了算自己的財富，提早退休，沒有問題。「回亞洲吧！不幫美國人做事了。」這個想法，他在中科院開的那場祕密會議上就有了，只是，自己才四十五歲，退休，太年輕了，要找點有趣的事，來打發時間啊！Jason開始做功課，宅在家裡蒐集資料，分析各行各業的商業模式、各國金融市場，研究成功企業典範，探討地緣政治、戰略戰術等問題。同時，去電H董，還有在台北的宋同學，請他們幫忙在台北找個好大樓，準備接媽媽一起返台定居。

一九九八年，趁亞洲金融風暴的颱風尾掃到台灣，Jason低價買了一戶十六樓的次高樓，接近八十坪的房子，這棟大樓是台北市當時有名的豪宅，位在敦化南路上。房子買了以後，Jason返台處理過戶、裝潢的事宜，順便飛去香港辦理成立公司的手續。他要獨資成立一家創投公司，公司註冊地選擇在香港，是經過深思熟慮的。一方面是手續簡單、港府效率高；二方面是，資金進出自由，業務多元，且不受限制。他這趟返台因為行程緊湊，跟舒琪打了通電話，短暫吃了一頓飯，聊聊這一年多來的近況。另外，高中同學聚餐、大學同學臨時開了一個同學會，中間去了香港三天。新房子平面設計圖定稿後，接著看地板、選磁磚、看燈飾、找家具，真的是行程滿檔。房子裝潢事宜大致搞定後，返美前，又被H董請了一頓飯。賓客有緒台、暖芯、兩位酒店妹，還有兩位與H董熟識的電子同業董事長。

「Jason 決定返台定居，太令人興奮了！」H董舉杯敬酒。「謝謝！在美國久了，總要落葉歸根啊。」Jason 說，順便跟同桌的緒台，光豔照人的暖芯示意，一起喝吧。「她現在不能喝酒，懷孕了。」緒台搶著說。「嗯，不能陪大家暢飲，真不好意思。」暖芯嗲嗲地說。緒台很迅速地幫暖芯斟上礦泉水，大家一起喝了一杯。暖芯喝得快了些，嗆了一下，緒台立刻起身，站在暖芯的後面，雙手扶著暖芯的兩肩，緩緩輕輕地向後拉開，再用右手掌輕拍她的背後。暖芯說：「我ＯＫ了，沒事。」大家看了這一幕，都驚了一下。黃緒台，黃董何許人也，竟然如此體貼！

Jason 上回與H董、舒琪、緒台、暖芯同桌聚餐，已經快兩年了。依稀記得是中國射完空包彈之後，Jason 在台休假結束前，H董幫他餞行。那晚，暖芯的打扮顛覆了 Jason 的印象。Jason 心想：「哇！我不在台灣的這段時間裡，好像發生了很多事。」「暖芯不是有老公了嗎？黃緒台，他媽的，多什麼事！好像孩子是他的。」

*

自從傻博士被美國律師函騙了之後，緒台幾乎不花一分錢，就買了傻博士一生的心血。暖芯完全不知道那幾封律師函是H董的傑作，她也不知道她在那家日本料理店——第一次見到傻博士的餐廳，所扮演的角色。緒台把傻博士摸得透透的，更把暖芯掌握得恰到好處。她的出現是這麼的自然，緒台完全不需要指導，暖芯就會按照自己的個性、年輕工程師的專業，帶領著傻博士走進圈套。傻博士後來窮困潦倒，暖芯還是頗夠意思地偶而陪他吃吃飯、講講話。緒台把公司經營得有聲有色，併購完成後的第二個月就開始大賺錢，半年後，更是每個月都有一、二千萬的淨利，後來H董用增資換股的方式，買了緒台百分之百的股份。緒台拿到H董公司的股票，市價接近兩億元。H董個人沒花一毛現金，就讓公司擁有專利，股價大漲。錢是投資大眾出的，而傻博士嘔心泣血了一生，只得到緒台給的九百萬元現金。暖芯才隱隱約約地察覺到，「這裡面的故事不單純。」她心裡感嘆：「資本市場真是殺人不見血啊！」

暖芯考上了台大財務金融所，向H董辭職。H董慰留她：「唉！需要全職念嗎？學分班，或EMBA都可以繼續工作，週末上課啊！」「妳這樣損失很大耶！」暖芯比平常不嗲地說：「我就是要跟正統學程的學生比拚一下，更要學得深入、踏實！」H董淡淡地說：「好吧，尊重妳的決定。」暖芯辭了工作，她本來天真的以為，H董會發一些獎金，類似資遣費或工作績優、努力貢獻的紅包給她，結果是一毛錢也沒有。H董何許人也！暖芯跟了緒台，又要離開公司，完全沒有再利用的價值，怎麼可能發錢給她。

緒台抵抗不了暖芯的身材，抵抗不了暖芯的柔、嗲，更抵抗不了暖芯的聰明、堅毅。她跟緒台交往的女人，酒店妹、名模，太不一樣了。那些女人，給錢，腿就打開了。暖芯有腦袋、有想法，又有一種不服輸，可是又不強悍的氣質。尤其讓緒台不解的是，她明明結了婚，卻從來沒提過她的丈夫；每每要加班、跟H董應酬、跟緒台吃飯，從來都是隨叫隨到；以前，在公司裡，也常常看到有人送花、送小禮物、送點心的，根本就是一位追求者眾多、自由自在的單身靚女。緒台三不五時地約這位研究生吃晚飯，並且，常常都是臨時起意，中午臨時想到晚上沒事，就約暖芯當天晚餐，暖芯都二話不說，準時赴約。終於有一次，暖芯說話了，柔柔的、嗲嗲的，完全不介意的說：「黃董，下回約我吃飯，可以提前一天約嗎？當天約，都讓我沒時間稍稍打扮一下，讓我壞了你的興致。」緒台其實只是想找個女人墊墊空檔，陪他喝兩杯、說說話而已，更何況，自己是大老闆，臨時一點，有啥關係！暖芯的這一句話，讓他實在羞愧不已，連聲抱歉。心想：「對哦！妳又不是酒店妹，我一個蹦子都不付，又讓我覺得舒服、放鬆，緒台！你太差了！太不尊重別人了！」就是這個想法，緒台開始處處遷就暖芯，一步一步地陷入暖芯溫柔的陷阱。

緒台與暖芯的關係越來越緊密，每週至少約一次晚餐，通常是約在週二，因為暖芯週三早上沒課。晚餐後必有續攤，緒台每次都花心思選擇晚餐與第二攤的地方，不但食物好、有變化、地點更有隱私。暖芯每次也精心打扮，充分展現自己的身材之外，裸露的地方也越來越誘人入勝。緒台已經完全被擊敗，每週盼著週二的到來，有時更會去學校送個有名、好吃的點心，或送個可愛的小禮物到她家，只不過每逢週末，兩人都有默契，不見面，也不通話，各自陪伴自己的另一半。暖芯研究所的第一學期，非常順利地完成。工程背景、又全職當學生的她，只花三成的力，成績就名列前三。第二學期，暖芯決定多修兩門課，並且開始著手規劃碩士論文的題目與內容，計劃在一年半以內畢業。緒台在紐約當過金融業大咖的學徒，對於金融市場實務，熟稔於心。暖芯的學習多偏向理論，即使研究所教授有教實務案例，其深入的程度，與緒台的第一手接觸，自然無法比擬。兩人忘我般地膩在一起，聊品味、談生活、討論金融市場、人物、股票、債券。

一天早上，在暖芯的租屋處，緒台用鑰匙開了門，熟悉地把手中的咖啡與早餐放在客廳的桌上，走進臥室，看著還在賴床的暖芯，輕聲地說：「我的冠軍，還不起床？」緒台在床沿坐下，伸出左手，輕捏著暖芯的右臉頰說：「Champ，昨晚真棒啊！起床吃早餐了！吃完，送妳去上課。」這是一間一房一廳的電梯大樓，加上小廚房，小衛浴，室內約有十三坪，靠近河岸，景觀還行。不過，對緒台來說，太小了，窗戶開得不夠大，很有侷促的感覺。緒台多次勸說，要買一戶像樣的房子給她，暖芯堅決不要。緒台要出錢租個較大較好的房子，暖芯也不要。就連現在住的，租金補貼一下，暖芯也不肯。

暖芯從床上慢慢坐起來，平靜地說：「我今天要回新竹一趟，可能要兩三天。」「有事嗎？我送妳去吧！」緒台關心。暖芯沒理他，走進衛生間梳洗。緒台坐在客廳，想著：「怪怪的！她平常不是這樣的。」暖芯吃完早餐，堅持自己坐巴士回新竹。坐緒台的黑頭賓利，太招搖。「妳要去找妳先生嗎？出了什麼問題？」緒台有點急。暖芯微笑著、柔柔地說：「沒什麼大事啦，我偶而總要回去看看我的老公吧？」

三週後，緒台帶了天香樓的東坡肉、龍井蝦仁、宋嫂魚羹，又帶上一瓶已經醒過兩小時一九八八年的 Haut-Brion 紅酒到暖芯的租屋處晚餐。吃到一半的時候，緒台問：「這麼好的酒，妳怎麼都只是沾唇一下而已？」暖芯微笑著說：「我懷孕了。」緒台控制住驚嚇，緩緩地說：「我們不是一直都很小心嗎？」暖芯低著頭，三、五秒鐘後說：「還不知道是誰的呢？」

*

Jason 返美後，就遞出辭呈，理由是帶母親返台定居，盡孝道。老闆、同事們在波士頓的四季酒店，辦了一場盛大的歡送酒會，也邀請 Jason 媽媽參加，長官、同仁一一上台致詞，有打諢搞笑的，有依依不捨的，有盛讚 Jason 的貢獻的，好不熱鬧。媽媽也被兩位會說中文的同事，感動得眼淚直流。離職手續都辦妥後，國土安全部的官員一行四人，也請 Jason 吃飯，客套之外，不忘提醒他是美國公民，效忠美國還是他的職責所在。

處理完在美國的資產後，一九九九年初，Jason 帶著母親返台，入住敦化南路的新家。母親很喜歡，Jason 把位於房子最裡面、最大的臥室，還有一個小起居室，都給了媽媽。廚房蠻大，有中島設計，六人坐的餐桌也放在廚房裡。自己的臥室在進門處，隔得小小的，只放一張舒適的雙人床、兩個床頭櫃、一個衣櫃而已。客廳與書房沒隔起來，敞通的，是 Jason 花最多時間的地方。整體的裝潢很現代，很明亮，很好用。媽媽抱怨花了太多錢，工作辭了，以後要省吃儉用才行啊。

Jason 的新家，離舒琪的酒店，走路約十五分鐘就可以到。因為方便，自己一人，或是朋友續攤，或是應酬，每週至少光顧一次。舒琪沒什麼變化，個性依舊大喇喇的，臉蛋依然豔麗，眼角的魚尾紋多了些，還是有點小憂鬱，身材保持得很好。舒琪盡心盡力累積酒客，被倒的酒債也還得差不多了。舒琪的妹妹舒涵念大學了，與媽媽一起還是住在基隆、舒琪買的小房子，舒涵晚上在家附近的餐廳打工，媽媽白天在賣場做清潔工，加上舒琪的補貼，生活無虞。Jason 偶而約舒琪晚餐，小酌聊天，頗為自在，但是，總覺得話題有限，兩人的程度相差甚遠，話說不到一起。慢慢的，Jason 興致淡了，舒琪就是一位常見、熟識的媽媽桑而已，前幾年的感覺漸漸地不在了。舒琪倒是沒變，心中還是依戀著他，只要Jason 出現在她眼前，她就精神奕奕，有來自內心的快樂。夜深人靜的時候，舒琪會笑著想起與 Jason 第一次見面的飯局；他第二天去店裡枯坐著等她；他輕輕地吻了她，暖流烘烘地流到全身。但，她不知道，Jason 是那種感情短暫，會推開讓他覺得桎梏的人，尤其是女人。舒琪只是百思不解：為什麼 Jason 不想要我？

「老宋！恭喜啊！公司的業績一路長紅！股價一路狂飆！」高中死黨們一陣呼喊，舉杯祝賀。宋同學的公司，自從去年上市後，股價總是穩定向上。幾位高中同學在上市前，就有便宜認股的機會。有錢的、膽子大的認了二、三百張，沒錢的、膽子小的認了一、二張，不管如何，買了股票的同學，都有好幾倍的獲利。丁同學買了不少，興高采烈地說：「待會兒，我們再去喝一攤，我請客！」「你妻管嚴，別逞能了吧！」「沒關係的！他回家頂多跪跪算盤吧。」「NO，NO！抽三鞭子，才能讓嫂子洩慾！哈哈！」大夥兒你一句、我一句的。丁同學笑著大聲說：「我老婆這次沒回來，留在北京，照顧女兒。我今晚台獨！」

第二攤的時候，Jason 坐在丁同學旁邊，小聲說：「我下週去北京，看幾個案子，你會在嗎？」丁同學說：「唉呀！我後天飛曼谷，生意上的事，趕不回去啊！你在北京待幾天？」「最多四天！」Jason 說。「沒關係！我跟冬冬說一下，那幾天，我的司機給你用。」「好玩的、好吃的，問我的司機，小江，我等一會兒發簡訊給你。」丁同學兩、三句話，熱心的安排，讓 Jason 有點不好意思。他知道北京到處塞車，打滴困難，沒車子的話，寸步難行。Jason 舉起杯，敬酒，道謝！丁同學說：「好案子，要知會一聲，我也插個花！」「百分之百！」Jason 答應。

Jason 到了北京，剛進住酒店客房，打開礦泉水，正要喝，手機響了。電話的另一端：「劉董！我是小江。」「您吃過了嗎？」「我在您酒店附近，要不要帶您去吃個晚餐？」Jason 回答：「哦！小江，你好！我在飛機上吃過了。別客氣！」「要不，您先休息一下，我晚上八點來接您，帶您去小酌一下。」小江客氣地問。「真的不需要了，我在酒店裡就好了，明天有會議。」Jason 回道。「好嘞！您休息，有事請吩咐！」

Jason 休整了一下，換了輕鬆的衣服，下樓到酒店的酒吧裡，可能還早，酒吧裡沒什麼客人。他選了吧台較偏的角落坐下，點了杯生啤，兩樣輕食，靜靜地享受獨處的時光。一杯啤酒還沒喝完，一位穿著黑色正式套裝的女人主動走過來：「劉先生嗎？一個人喝酒，多沒意思啊！」「靜靜地想點事，蠻好的。」Jason 回答。看著這位女士，蠻高的，約一六八公分左右，過膝長窄裙，黑色平底鞋，白襯衫，黑西裝外套。瘦瘦的雞蛋臉，一雙小眼睛，完全沒化妝，單眼皮，眼角往上得厲害，眉毛也隨著眼睛從眉心往上揚，這雙眼睛，才是真正的鳳眼。薄薄的嘴唇，嘴角也向上。鼻子很挺，有點鷹勾，是整張臉唯一向下長的。除了鼻子以外，道地中國人的長相。「我是 Michelle King，金米，可以坐下來聊聊嗎？」「Sure！」Jason 右手示意，請金米坐下。Michelle 點了一杯馬丁尼，並且吩咐酒保：「On rock，三分之二的 Jim Beam，三分之一的 Martini。」Jason 聽她的說英文的口音，說：「妳是美國人？」「嗯，華裔美人。」金米回答完，繼續說：「我們注意你，很久了，將近三年了。」「你難道對美國無所不在的控制台灣，沒有感想嗎？你所做的事，是在阻礙祖國的統一大業啊！你知道嗎？」Jason 聽了，差點沒從高腳椅摔下來。震驚之餘，臉上的肌肉都不聽使喚，擠出一點笑容地說：「金小姐，開什麼玩笑啊？」「我沒開玩笑！你好好想一想，我話說完了！聊些別的吧。」說著掏出一張名片，遞給 Jason，上面寫著中共中央外事工委會，還有金米的行動電話。

他倆胡亂扯了二十分鐘，酒吧裡的人也多起來了。Jason 說要回房休息了，金米也道晚安。Jason 回到房間，沒多想金米的出現，就睡了。接下來的兩、三天，一早聽一、二個簡報，然後就是丁同學的司機帶著 Jason 遊故宮、圓明園、恭王府、法源寺、頤和園、天壇、地壇，晚餐也吃得好，大董烤鴨、御宴等。晚一點，就被小江帶去夜總會喝酒。來簡報的的案子，沒有一個想投資的，這趟北京之旅，倒像是來觀光、度假的。

在北京的最後一晚，Jason 選擇待在房間裡，彙整一下這幾天的案子與景點。晚上九點不到，房間裡的電話響了。「喂，哪位？」「Jason，我是冬冬啊！我在酒店二樓的酒吧裡，能下來一下嗎？老丁有樣東西，要我交給你。」丁同學的太太，董冬冬打來的。Jason 下樓，走進酒吧，Jason 又是一陣震驚，冬冬與金米，坐在沙發區，茫然入坐後，冬冬交給他一個大信封，說：「這是老丁要給你的，說是你的創投公司應該會有興趣。」「嗯，這倒是個意想不到的東西！」Jason 冷冷地說，「妳們倆認識？」冬冬搶著回答：「我們是小學同學，前兩天她來找我。金米跟你一樣，都住在美國很多年，她說她認識你，所以，我們就一起來了。」「金米是普林斯頓大學的高材生，跟你一樣，眼光高，到現在還單身一個！」冬冬繼續說，「聽老丁說，你回台灣定居了？」Jason 看著金米說：「是啊，落葉歸根。」金米一身運動勁裝，緊身上衣、緊身長褲，黑底彩紋，胸部不小，雙臂雙腿肌肉結實，身材勻稱。外面罩著一件黑色皮背心，臉上卻化著淡淡的妝，眼影、口紅都是偏亮橘色，笑起來稍有暖意，不像上一次那麼冷冰冰的。Jason 挑釁地說：「金小姐今晚有什麼訓示嗎？」金米說：「別嘻皮笑臉的！說說你的創投公司吧。」「沒啥可說的，我是一人公司，有機會就投一點。」Jason 說。「哦，這樣蠻好，ever-green fund，不需要募資，不需要仰人鼻息，更不需要比績效。」金米略帶輕蔑地說。Jason 不理她，向冬冬笑笑：「老丁生意越做越大了，中國還不夠他跑，還跑到東南亞去了！」冬冬：「瞎忙！」繼續說：「你比較厲害！學有專精，大老闆都聽你的。」金米插話：「哪有？他聽美國人的！」Jason 心想：「這個娘們兒，真他媽的討厭！」藉口說東西拿到了，明天一早就要起床趕飛機，跟兩位女士道了晚安，Jason 就上樓回房間了。打開信封，是一家中國的半導體設計公司的營業規劃書。心想：「這是什麼東東！我連美國的同類公司，都看不上眼，還需要你這大外行，差你老婆送過來！」翻開到第三頁，Jason 的雙眼被突如其來的一道強光閃到，本能地閉上雙眼，閃光瞬間消失，再睜開眼的時候，雙眼發黑、腦袋一陣暈眩。「靠！這是什麼東西？」就在這個時候，他的手機響了。「有意思吧！一個薄如紙、小如逗點符號的晶片，可以發出如此強大的光束。想投資嗎？」金米在電話的另一端，繼續說：「如果我把它變成三個逗點符號，集中在一起，你的眼睛就瞎了！」原來，Jason 上樓後，金米與冬冬也離開酒店，就站在對街，當金米看到酒店窗戶閃出一陣強光後，就撥了電話給 Jason。「這是武器，電子激光，妳他媽的到底要幹什麼！」Jason 生氣地叫道。「你明天可以再待一天嗎？帶你見一個人，後天再回台北。」金米緩緩的，語氣有點請求的味道。Jason 工程師的本能，加上極為專業的嗅覺，真想一探究竟，但是，剛才的閃光，實在讓他不爽。「不要！」故意拿翹的說。「別生氣嘛！」金米說，「明天中午，我帶你去見一位重要的人物，剛巧也是冬冬的爸爸。一起午餐。」「不要！」Jason 的氣還沒消。「好！你再想想。你有我的電話，想通後，請回電。」金米掛上電話。Jason 陷入沉思，金米這個女人、光束晶片的應用、董冬冬的爸爸、F-16、航母、衛星、空包彈、美國國土安全部的官員、他的創投公司，掙扎了好久，終於拿起手機，不想跟金米通話，但是給她傳了簡訊：「明天午餐在何時何地？」

午餐的地點就是在Jason下榻的酒店頂樓的總統套房。正午時分，Jason搭電梯上樓。電梯門一打開，就有兩名便衣警衛迎接，幫他開了總統套房的大門。進門後，Jason被一位穿著酒店制服的阿姨引導進入會議室。偌大的會議桌，只有董將軍一人。穿著西裝便服的董將軍起立致意，讓Jason坐在最遠的對面，兩人相距足有六、七公尺遠。董爸爸是一位快六十的中年人，中等身材，很精神、蠻結實的，戴著一副黑框眼鏡，額頭寬闊飽滿，不像軍人，比較像是一位學者。「劉先生，Jason，你好！」他的聲音厚而低沉，若洪鐘一般。Jason十分驚訝董爸的聲音，也不自覺地壓低聲音，急忙回應：「董將軍好。」董爸的聲音實在太特別，低沉，不費力氣，卻又很大聲。Jason壓低嗓音，卻又不夠大聲，搞得自己都覺得怪怪的。到後來，還是董爸提醒，用自己平常的說話方式就好，不必被他影響。這頓午餐，既簡單又安靜。穿酒店制服的阿姨，因為送餐，只進來過一次，其餘的時間，會議室的兩邊大門都是緊閉著。阿姨送餐時，一手一托盤，右手戴著白手套，左手卻沒有。Jason 注意到，阿姨的左手又大又粗，右手的手套卻像一般女人的手，小而細。托盤上有厚重的瓷盤放著兩大捲牛肉捲餅、盛滿水的水杯、一碗比尋常飯碗大的白粥、再加上一碟三樣的調味小玻璃瓶。阿姨端著，絲毫不費力的樣子，穩穩地將拖盤放在董將軍與 Jason 的面前，一鞠躬後，離開會議室。

會議中，董爸介紹了這光束晶片的由來，及其可能的應用範疇，並且明明白白說出這家晶片設計公司的股東，就是北方軍區司令部和國資委共同投資的，他們完全不缺錢，但是需要 Jason 的技術，使晶片處於穩定狀態，能有效控制發光，或沉靜而不消耗能量。Jason 只要擔任技術顧問，隨即擁有百分之十的股份，一毛錢都不要出。Jason 有些疑慮，問了些問題，董爸雖誠實回答，還是無法讓 Jason 爽快地答應。心想：「這還是製造武器，極先進的高科技武器，我這不是造孽嗎？」「以前搞飛彈的彈道控制，不也是一樣嘛！」「就算是防禦型的反飛彈光束，幫中國人搞，對嗎？」「美國人信不過我，但我也不應該恩將仇報啊！」「我離開美國就是要離開國防工業，看起來，很難脫身呢！」董爸看他陷入思考，不想打擾，安靜地坐著、等著。簡單的午餐，吃兩個小時。Jason 起身說：

「董將軍，謝謝您的午餐，更謝謝您的坦誠。我無法決定我該扮演什麼角色，也不知道我能帶來什麼貢獻？先這樣吧。今天的見面、談話內容，我會保密的。保重並保持聯繫。」董將軍也起身，笑笑地說：「好！好！保持聯繫。順便祝你明天一路順風。」Jason 走出會議室，穿制服的阿姨等候著，帶領著 Jason 往電梯走。Jason 走在後面，看著阿姨的背、膀、臀部、雙腿，心想：「這位阿姨真壯啊！十足的練家子！」

*

阿義與雅雅相處得不錯。雅雅就是個小女人，服從阿義、服侍阿義。阿義還是每週至少二、三次在外面喝酒鬼混，雅雅從來不過問。阿義有時醉得很厲害，吐得到處都是，衣服、外套弄得髒兮兮的，雅雅像服侍癱瘓病人一樣，只差沒把屎把尿。好言柔手地把阿義弄乾淨、換衣服、扶上床，看著他睡得安穩後，再把該收拾的，整治好，自己再睡。阿義常戲稱雅雅是他的看護。阿義倒也對雅雅不錯，該給的零花、該帶出去吃好的，一樣沒少。

雅雅從小就逆來順受，三餐有的吃，但都是粗食，劣油劣質，胡亂填飢，毫無健康可言。她的父母，更是讓她的心靈身體受創，常常做惡夢，滿臉眼淚、滿頭大汗地驚醒。林雅君弱小的心靈，不知道自己的未來是個什麼樣，也不知道是什麼力量在驅使著她，她不停地計算著，五元、十元地慢慢存在她的抽屜裡，想著離開這個家，可是，沒了父母的依靠，她行嗎？能逃離嗎？掙扎，每天都伴隨著她，跟呼吸一樣，從沒中斷。終於，她逮到一天晚上，豬一般的媽媽睡得跟豬一樣，爸爸白天拿到工資，晚上照例去卡拉OK喝酒，酒醉回家，但不是爛醉，她知道她的狼父會進房找她。「阿君！阿君！」爸爸搖搖晃晃地進了雅君的房間，衣服敞開著，露出結實的胸肌，坐在雅君的床邊。雅君迅速地從床上跳起來，站在父親的面前：「阿爸，我想上台北讀高職，以後可以賺錢養活你！」爸爸說：「幹！讀雞巴啦！以後再哄！」雅君繼續哀求著：「答應我啦！我求你了。」她重複說了三遍，說到最後，滿臉已是淚水，整個臉脹得通紅，為了不要吵醒熟睡的媽媽，每個字都是緊壓著喉嚨，使出全力地小聲泣訴。「恁娘ㄟ！拿去！」父親從皮夾子裡掏出一疊鈔票，甩到雅君的床上，然後很生氣地走出房間。雅君急忙把錢藏到抽屜裡，鎖上。躺在床上，輕輕地呼吸著，不敢發出任何聲音。睜大著雙眼，等、等、等，等了好一陣子，終於聽見爸爸熟睡的鼾聲。雅君起身，輕輕地開了抽屜的鎖，在幾乎沒有任何光線下，數著父親甩給她的錢。「哇！八千元啊！」「太好了！」雅君興奮極了，心臟跳得超快，像是要從嘴巴裡跳出來一樣。她躡手躡腳地，在黑暗中整理以前五元、十元的存款。然後，輕步走出房間，在客廳裡找出一個大行李箱。她把所有的衣物、鞋子放到行李箱中，還有剩餘空間，索性把放錢包的背包也一起放進去。雅君整治妥當，慢慢躺上床，眼睛睜得大大的，既緊張又興奮地等著天亮。東方際白，雅君穿著國中制服，白襪白球鞋，提起行李箱，輕手輕腳地走出家門。走到公車站牌，才如釋重負地把行李箱放在地上。搭上第一班公車，也趕上了莒光號，到了台北。

這年是一九八七年。十五歲的雅君走出台北車站，站外盡是小販的叫賣與拉客的計程車司機，她背著背包，拖著大行李箱，她知道她身上的錢是她的最後一筆爸爸給的錢。幼小受創的心靈，已經決定不再回家了，她逃離父母了，要自食其力了。她拖著行李箱，背著背包一步一步地，走在後火車站，挨家挨戶地找臨時工，並哀求東家賞個儲藏室讓她歇腳，就算是坐著睡覺也行。走遍了後火車站的幾條街，雅君到處碰釘子。有些徵洗碗工的餐廳，找搬運人員的批發商，看著雅君未成年、穿著國中制服、拖個大行李箱，一看就知道是個蹺家少女，為避免麻煩，大多都是不睬不理，也有二、三個店家，請她入坐，問了些家裡的問題，雅君要不就是支支吾吾，要不就是不願回答，搞得神祕兮兮的，店家當然不敢錄用。天色將暗，她肌腸轆轆，找了家麵店，吃了一大碗餛飩麵，小腦袋裡想著：「怎麼辦啊？天要黑了，沒地方睡覺啊！」吃完麵，雅君拖著行李箱，背著背包，走回台北車站，找了一個角落坐下。她靈機一動，找了套便服，到廁所把制服換了。沒過多久，她就被巡邏的警察趕出車站，說是車站要鎖門了。雅君無奈，在車站外面，找了一張鐵板凳，時睡時醒地熬到天亮。她還好換掉了制服，否則一定會被帶回警察局，逃家少女，必定會被拘留，等著父母去領回。

天剛亮，火車站的大門也開了。雅君再次回到昨晚的角落，在垃圾桶裡找到幾張舊報紙，仔細尋找分類廣告中有配食宿的打工機會。天無絕人之路，雅君在車站對面找到一家餐廳的洗碗工的工作，包吃包住，吃，沒什麼大問題，住的地方其實就是一個庫房，裡面一張行軍床而已，基本上，雅君是與很多老鼠睡在一起。一個半月後，雅君在附近的補習街找到一間三夾板隔的小房間。一張單人床，一張小桌子，一個塑膠衣櫥，椅子要放進桌下，否則連站的地方都沒有。這是一棟四層樓的公寓，一、二樓是店面，三、四樓是租給北上念補習班，重考大學的學生。像雅君一樣的房間，竟然有二十間。

一九九九年，雅君已經跟阿義同居快三年了。這三年是雅君脫離顛沛流離，生活最舒服快樂的日子。一天，阿義有晚餐應酬，雅君一人在家裡煎了一片牛排，配上一杯紅酒，輕鬆地邊吃邊看著晚間新聞。突然，她「哇」的一聲大叫出來，電視裡播出一則車禍的新聞，在高速公路上一輛小貨車從後面撞上一輛滿載鋼筋的大貨車，副駕駛座的一位婦人，當場被兩根鬆落的鋼筋戳進胸膛，開車的是名男子，也因為撞擊過猛，當場昏迷不醒。雅君從電視畫面上，看到搶救人員用電鋸鋸斷鋼筋，雖然有馬賽克處理，但是，雅君還是看到那婦人半邊的臉，她確認，那個婦人就是她媽媽，開車的就是自她八歲以後，性侵她的親爸爸。雅君逃家已經十多年了，父母親從來沒找過她，她也從來沒想過跟他們聯繫。但是，看到父母發生這麼嚴重的意外，心中巨大的傷痛不自覺地湧上，忍不住大哭了起來。她隨便吃了幾口煎好的牛排，急忙聯絡交通大隊，確認車禍受傷者被送去的醫院以後，換了套運動便裝，跳上阿義買給她的小賓士轎車，開往關西鎮。途中，雅君撥電話給阿義，告知父母發生嚴重車禍，阿義的應酬攤才剛開始沒多久，還蠻清醒的，聽了雅君對車禍的描述，在電話裡，冷冷地說：「妳想一想，要去嗎？要救嗎？」雅君聽了，無語，陷入沉思。阿義說完就把電話掛了。雅君左手拿著手機，右手扶著方向盤，一時間，完全不知道該怎麼辦！小時候被打罵的日子、被性侵的苦楚、逃家時的躡手躡腳，被鋼筋戳入胸腔的母親、昏迷不醒的狼父，歷歷在目。

雅君開著車，行駛在高速公路上，想要甩開心中複雜的、痛苦的念想，只有把車子開得越來越快，腦袋才會一片空白，好像只有在高速的狀況下，逼著妳專心，才能拋開雜念。她專心左閃右躲，車子才能保持高速，腦袋才能空白。突然，車後傳來警車大鳴警笛的聲音，雅君醒了。她慢慢減速、慢慢靠邊，冷靜地想著剛才自殺式的超車、超速。「小姐！下車！」警察站在駕駛座外面大喊，並用警棍敲打著車窗。

第五章

Jason 自北京返台後的第二天，就接到一個意想不到的人的電話。GE的 John Bradley，跟他平起平坐的老闆，共事八年。電話裡蠻虛假的寒暄，讓 Jason 不舒服，但是，讓 Jason 震驚的是，這傢伙放棄GE的高薪，進入美國國務院，官職助理國務卿，主管亞太地區。「幹！呼風喚雨的大高官啊！」「這傢伙一是炫耀，二是明示我，脫離不了老美的掌控。」「我與董將軍見面的事，老美知道了？」Jason 想著。

接下來的幾天，Jason 仔細回憶北京之行的每一個細節，思考著、品味著金米特有的長相與董將軍低沉的聲音，還有那位穿酒店制服的壯碩阿姨、丁同學、小江等等。他知道讓自己陷入長考的不是這些，只是思前想後，腦袋裡好像只有這些，對於他的將來，他始終無法深入思考，抓不清方向。這樣的掙扎，是 Jason 從來沒遇到過的事情，似乎一旦進入國防工業，就沒有離開的一天；一旦涉密，就得終身涉密。

H董約緒台吃晚餐，要緒台順便帶上暖芯，六、七個月的身孕了，吃點好的。席間緒台不知怎的，提到傻博士發了一封電子郵件給他，痛斥H董設局誆騙他，緒台也是從犯。傻博士雖然沒有直接證據，但是，字裡行間充滿了痛苦與憤怒，揚言報復。緒台完全忘記暖芯的存在，更不顧H董緊繃著的臭臉，瞪著一雙大眼睛看著他，緒台難掩興奮地說：「他猜那幾封律師函是你設計的，暖芯是我找去安慰他的，後來我高價賣給你，大賺一筆，你的公司因為傻博士的專利，更是股價狂飆。寫得還蠻清楚的！」「這傢伙真的是血本無歸啊！」緒台繼續說：「他都快七十歲了，好好安詳地過吧！談什麼報復啊！」暖芯在一旁若無其事地、靜靜地吃著美食，雙眼偶而注視著H董，心中好笑：「若要人不知，除非己莫為！」餐敘在H董有意提速的情況下，略嫌草率地結束了。H董要緒台的司機送暖芯回去休息，並示意跟緒台還有事情要談。

舒琪高興地大聲說：「難得啊！你們倆很久不來了，歡迎！歡迎！」H董、緒台，兩人進了包廂，坐定。H董對舒琪說：「小姐少爺先別進來，我們先談一下。」舒琪親自上了水果、酒水、冰塊，迅速地走出包廂：「談完了，就叫我。」H董劈頭就罵：「生意歸生意，女人歸女人！緒台！你他媽的，真蠢！」H董繼續說：「到現在還不確定暖芯肚子裡的種是誰的，你就跟她說了我們這麼多的祕密！被愛沖昏了頭啦！」緒台回：「我沒說啊！暖芯早就猜到了！我沒說啊！」H董不耐煩地說：「算了！算了！此事永遠不准再提。你我其他的事，交易所的電腦都有紀錄，媒體假消息也存在報社檔案裡，一個字都不能說，否則你我吃不了兜著走！」緒台終於意識到，他倆狼狽為奸，一起幹過的壞事很多，心中略有悔意，低著頭說：「知道了！」

「暖芯懷的孩子，到底是誰的？你清楚了嗎？」H董轉移話題。「應該是我的。」緒台回答。H董笑著說：「希望你是對的！」說完，兩手一拍，大聲叫道：「舒琪！上小姐！」沒一會兒，三、四位小姐魚貫進入包廂，其中一位是H董熟識的，一個箭步，搶在最前面，一屁股就坐在H董旁邊，手指著包廂門口，笑著說：「你朋友來打個招呼。」一位戴著棒球帽的男子，慢慢走進包廂，二話不說，右手從西裝口袋掏出一把手槍，直接對著H董開了兩槍，剎那間，H董腹部中彈，倒在沙發上，鮮血直流，雙眼睜得大大的，驚嚇著看著開槍的男子。包廂裡尖叫聲不斷，坐在H董旁邊的小姐，衣服上、腿上染滿了鮮血，大叫著往外奔跑。緒台看著這一幕，嚇得全身發抖，癱在沙發上。管事的少爺抱住開槍的男子，往包廂外硬拉，男子被拉到包廂外，扭扯中，又開了兩槍，所幸沒打中人。開槍男子突然放棄掙扎，手槍掉在地上，無力地坐在鋪滿地毯的走道上，像是疲累得不得了，口中喃喃自語：「我報仇了！我報仇了！」

這名開槍的男子就是傻博士。他把公司賣給緒台以後，就過著孤獨一人、窮困潦倒的日子，每天自怨自艾，以淚洗面，終日無所事事，唯有與暖芯共進午餐的時候，才會打起精神，穿上乾淨衣服，出門逛逛。當他聽到，H董以增資換取緒台的股份，把他的一生心血，變成H董公司的一個部門時，傻博士突然醒了。他開始找出那些美國的律師函，與H董公司的往來文件，想方設法找出這中間的陰謀詭計。他遍訪電子同業，資深的、資淺的，並尋求律師朋友的幫助，希望能找到證據，把H董繩之以法，還他公道。

黃緒台、趙暖芯、楊舒琪都以證人的身分到了我的法庭，我開始認識他們。

傻博士的證據太薄弱了，做為法官，我當然知道誰好誰歹，但是，無法定H

董的罪。悲天憫人的我，想到要幫傻博士減輕一點罪行，在法庭上做球給他，我問：「你要報仇，有同夥嗎？有人教唆你嗎？當晚，你怎麼知道被害人會在XX酒店喝酒？」傻博士一口咬定，就他自己一人，他恨、他怒H董、要置H董於死地。最終，傻博士被判殺人未遂，在監獄裡抑鬱而終。H董中了兩槍，及時送醫，躲過一死，更躲過他應有的懲罰。不過，接下來的幾年，H董病痛纏身，應該是躲不了在地獄裡的折磨。這個案子，讓我認識了富三代，黃緒台；也讓我見識到趙暖芯，用女人的魅力，操控男人的力量。

*

暖芯的肚子被掩飾得很好，專心上課之外，就在家K書，懷孕五個月的時候，其實還看不大出來。不知道是精心策劃的，還是運氣好，隨著肚子越來越大，要去學校上課的課程也快結束了。暖芯計劃半年內生完孩子，寫完論文，拿到碩士學位。寫論文的過程中，緒台更是幫了大忙，常去圖書館找資料、影印，供暖芯閱讀，論文的排版、校訂，都是他的事。暖芯的老公還是每個週末都來陪她，預產期前的兩個禮拜，緒台卻一點事都沒有，因為暖芯要她老公北上來照顧。暖芯問老公：「我生產的時候，你要一起進產房嗎？」「你會怕嗎？」老公有點遲疑：「我沒看過，現在有點怕！妳讓我想想。」說完立刻改口：「不不不！妳要我陪的話，我就陪。」暖芯說：「以前我們在六福村動物園，一起看過梅花鹿生小鹿，你很興奮啊！沒看你怕呀。」老公冷靜地回應：「事不關己！妳生產，我會緊張。」暖芯說：「緊張什麼？」「緊張妳會很痛，會大叫，我在旁邊又無能為力。」老公說著，摸著暖芯的大肚子。「傻子，知道我會痛，也會大叫，就應該不要緊張，要鎮定，要幫我加油啊！」老公不敢違拗暖芯的決定，立刻答允：「好！幫妳加油！加油！」

暖芯的第一胎，比預產的日期，晚了三天。順利地產下一個白白胖胖的男嬰，母子均安好康健。男嬰接近四千公克，O型血型。暖芯笑了！心中放下一顆大石頭，她自己是O型血型，老公是A型，緒台是B型，簡直是天衣無縫的完美！出院後，就直接進住事先預訂好的坐月子中心，暖芯在老公及月子中心的悉心照顧下，恢復得很快，三、五天後，老公返回新竹，銷假上班。緒台接到通知，立刻帶著補品往月子中心趕去。欣喜若狂地看著暖芯餵著母奶，心中想著：「這小子的吃相真差，咬著媽媽的乳頭，跟餓死鬼一樣！」「這根本就是我啊！」「像他媽媽多一點，跟我也像。」嘴巴卻說：「像我多一點啊！」暖芯笑著說：「亂講！明明像我！」看著兒子繼續說：「他的名字，你有什麼好建議？」緒台說：「其實我早就想好了，不知道妳會不會接受？」「叫志雄！志氣的志，雄偉的雄。有點慫，但是有力、好記。」暖芯噗哧地笑出聲音：「哈哈哈！這麼不費力！」「我老公取了好幾個名字，還去問過算命先生。哪像你這麼草率！」緒台有點羞愧，硬著頭皮說：「這位啃著妳漂亮奶頭的小鬼，真是我的兒子嗎？」暖芯抬起頭，看著緒台，非常冷靜地說：「我也不知道！真的！」緒台看著暖芯乾淨漂亮的臉龐，看著白胖可愛的小仔子，心中有說不出的滿足，「驗ＤＮＡ嗎？需要嗎？還不到時候吧？」口中說出：「妳這當媽媽的，不知道是誰的？」暖芯回答：「間隔得太近，實在不知道受孕的是前，還是後？」

暖芯的身體其實是有感覺的。那晚，與緒台的水乳交融，有一種說不出來的舒服，好像那幅在梵蒂岡西斯汀教堂的天花板上的壁畫，米開朗基羅的《創世紀》，天父伸出手，食指的指尖與耶穌的指尖將要交會一樣，令人感動、興奮。第二天早上回到新竹，暖芯略顯疲累、柔弱的樣子，卻激發老公的性慾，激烈地與她交媾。對一向順服暖芯的老公來說，也是少有的一場激情演出。激情演出之後，暖芯的身體有被洗刷得很徹底的清爽，好像是白蛇傳裡，白娘子一怒之下，水漫金山寺。

女人的心思，細膩但又糾結。暖芯不一樣！自小就被訓練得堅毅不屈，卻又有柔嫩迷人的外表，心思更是細膩而不紊，跟積體電路一樣，每條電路各有功能，相互緊密配合，達到完美操控的目的。

暖芯的身體好，月子中心沒待滿，就搬回她的租屋處。帶小孩、練身體、寫論文，每天充實得很。她的老公，她的緒台，在暖芯生下志雄以後，各在各的崗位上，盡心盡力。兩個月後，暖芯的身材不但恢復到懷孕前的樣子，還瘦了三公斤，胸部卻更大更挺，E罩杯的內衣自然地擠出銷魂的乳溝。蓄著打薄的短髮，配上大眼、薄唇、很自信的臉，一襲略露胸部、不算短的深藍色洋裝，細跟、黑色、包腳的高跟鞋，魔鬼般的迷人！她很順利地找到她最想要的工作，一家大型壽險公司的海外投資部，做菜鳥交易員。這時的暖芯，才二十九歲。

*

雅雅冷靜地、慢慢地下了車，低著頭，聽著交通警察的訓斥：「想死啊！自己去死！別害人！」「喝酒了嗎？」雅雅毫無情緒的低聲回答：「我不想害人，也不想死。心情太亂了，對不起！超速了。我只想把腦袋放空而已。」警察看著這位嬌小可愛的女子，不太像是酒醉、嗑藥的問題人物。另一位警員查了行照、駕照，確認沒有前科。兩位警察繼續追問為何超速，為何危險駕駛？雅雅無奈，只好說出父母發生嚴重車禍，正趕去醫院探視。兩位警察驚訝地看著對方，一位說：「別耽誤這位小姐了，我們幫她開道，送她過去吧！」另一位說：「她已經開過頭了，她不是說是關西醫院嗎？說不定是騙我們的。」雅雅插嘴道：「沒關係的！不麻煩你們，我自己開去就好。」雅雅的心裡其實還在掙扎阿義在電話裡的回應：「要去嗎？要救嗎？」警察用警用無線電，確認車禍發生的時間、地點與受傷者被送醫的醫院，知道這個小女子沒騙他們，撇開罰單一事，立刻要雅雅上車，跟著他們的警車，為她開道。雅雅茫茫然地，跟著鳴笛的警車，到了關西醫院。

雅雅到醫院的時候，還是茫茫然，慢吞吞的。急診室的醫師被員警告知，她是車禍受傷者的女兒，上前安慰道：「妳母親在送到醫院之前，就已經沒有心跳了。妳父親的胸腔腹腔因衝撞太大，器官有破裂的現象，陷入嚴重昏迷，我們已經盡力搶救，剩下的，就看老天了。」雅雅聽了，沉默無語，一人癱坐在椅子上。腦袋閃過以前的回憶，像是一張一張清晰的照片，按序輪流地在腦中播放。眼淚不停地落下，分不清是為自己童年的痛楚，還是捨不得父母的離去而流。突然，手機響了，是阿義打來的。雅雅接了電話：「情況不好！我待會兒再扣你。」「等一下！我不會幫他們出醫療費的！」阿義很快地說完，就掛了。阿義大約知道雅雅的父母是什麼樣的人，也知道雅雅被她的親生父親性侵過。雅雅孤單一人與阿義同居，阿義樂得有人照顧，又有免費的、爽快的炮可以打，養雅雅，不花什麼錢，又放任他自由自在，著實的俗又大碗，但是，雅雅的父母要攪和進來，很會精打細算的阿義，抓住第一時間，表明了自己的立場。

雅雅孤獨地坐在急診室裡，兩、三個小時過去了。有一點累，但是，心裡已經平靜下來，怨恨自己的父母，後悔自己的出現，憤怒自己沒錢，憎恨阿義無情，腦袋裡雖有千頭萬緒，但是雅雅心中漸漸明朗，她早已習慣生命給她的苦難與折磨。忍人所不能忍的雅雅，決定面對。

急診室的護士向雅雅招招手，示意要她進入醫師的辦公室。醫師對雅雅說：「妳父親的狀況已經穩定下來，暫時沒有生命危險。X光及超音波的檢查，顯示肝臟破裂比較嚴重，可能要換肝，胃、脾、肺尚可，這些都還不一定，需要做進一步的檢查。另外，肋骨斷了四根，需要兩、三個月的休養。」雅雅點著頭說：「他活過來了？以後會走路？會說話？腦袋清楚？」醫師回答：「就目前看，活著應該是沒問題的。但是，因為肝臟的關係，令尊還是輕度昏迷狀態。妳父親身體很壯，撞擊力道很大，但他承受住了。剛才的昏迷，一方面是撞擊時的驚嚇，一方面是他喝了很多酒，造成昏迷。」雅雅專心聽了，怒火攻心，雙拳緊握，不自覺地敲打著診間的牆壁。又是酒醉開車，接下來的罰單，都不知道要多少錢呢！還有嚴重的公共危險罪，可能坐牢！還害媽媽被鋼筋戳穿胸膛而身亡！住院費！醫療費！「上天啊！我是造了什麼孽！」

雅雅又冷靜下來了，想到身亡、像豬一樣的母親，自己完全沒有傷心的感覺，就像是媽媽對她一樣。雅雅自出生以來，從來沒有感覺到愛，她的媽媽對於她，就像是一個毫無關係的長輩、老闆，雅雅就是被使喚的長工。「天啊！我的狼父，才是驅使自己來到醫院的力量！」媽媽常常打雅雅，不是愛，而是長工做得不讓她趁心，出氣而已。相較之下，爸爸很少打雅雅，三、五天一次的叮嚀：「讀書才有出息！」與不定時的對她性侵害，在雅雅的心裡，卻比媽媽暖和多了。她驚訝地發現，爸爸在弄她的時候，因為緊張、害怕、怨恨、憤怒而始終覺得毫無性趣，得不到絲毫快感。現在，雅雅才突然明白，她對於性的渴望與異於常人的反應，是小時候長期刻意壓抑所造成的。回想起，她與阿義的三天三夜，毫無壓力、自由自在、輕鬆而隨性，舒服愉快莫過於此。雅雅真情流露，阿義也盡情歡愉，身體的協調搭配，肉體的頻率唱和，心裡的放鬆自在，成就了兩人的感情與默契。

雅雅不懂為什麼阿義堅決不願意資助醫療費，同居三年的情誼，她自認自己做得很好，讓阿義敞開胸懷地、毫無壓力地對她，讓阿義自由自在的生活，同時又有一個溫暖舒服的鳩巢隨時在等著他。

阿義當然懂！阿義再清楚不過了。雅雅孑然一人，心無罣礙，全心奉獻給阿義。就跟阿義養的一隻狗一樣，看見主人回家，興奮到尾巴都快甩掉了。主人有事出門，從不過問，乖乖在家等候。阿義養的不是狗，是一個完好、美麗、可愛、全心投入的人，一個人而已。阿義知道，一旦雅雅有了父母，就會有親戚，就不是孑然一人，就有旁騖與罣礙。他被寵壞了！三年來的同居，讓他順暢舒服，這樣的關係，如果有變化，還不如不要。

他從接到電話，得知雅雅的父母發生嚴重的車禍意外，就在那一剎那間，心意已定。「要去嗎？要救嗎？」就是要喚醒雅雅，妳的父母不值得救！然而，親情無敵，雅雅還是去了。當阿義聽見雅雅說：「情況不好！」當下就拋棄情誼，撂下狠話，堅決不付醫療費。生意人就是生意人，自私又自利，逼著雅雅選他或是選狼父。兩種結果，阿義一毛錢都不用出，就算雅雅回到他身邊，他的每一分錢的支援都是籌碼，都會讓雅雅感激的。

幾天後，雅雅為了就近照顧父親，在關西醫院附近租了一間公寓的二樓。打了電話給阿義，告訴他，為了照顧爸爸，她要搬出來一陣子。阿義不想在電話裡說什麼，淡淡地說：「妳的決定，怎麼不跟我商量一下？」說完，就掛上電話。雅雅知道阿義在生氣，但是，無法確定阿義在生什麼氣，也不想在電話裡說出自己還沒理清楚的想法。就這樣，雅雅一人忙著辦理媽媽的後事、車禍的後續，探視還在昏迷、偶而醒過來的爸爸。她返回南部的老家，驚訝地發現，她出生成長的家，已經賣給同村的鄰居，父母親的銀行帳戶，只剩下幾千元而已，還欠著一屁股債。雅雅警覺著悄悄地開車離開老家，離開自己的傷心地。她又開始後悔沒聽阿義的勸，離家出走十幾年，走了就走了，明知父母靠不住，還回來幹什麼呢！「全丟掉吧！」「讓自己消失吧！」「可是爸爸還活著。」「我說過我要去面對的！」「好想回台北，跟阿義做愛！」「與老鼠同居的倉庫。」「可惡可恨，性侵我的爸爸」「苦！我的命真苦！」「阿義還會要我嗎？」「各方諸神啊！我該怎麼辦啊？」逆來順受的雅雅，車速慢慢的，心中想起無數的苦痛，臉上卻沒有淚水。

雅雅微薄的存款是靠著自己省吃儉用，把阿義給她的生活費，慢慢存下來的。三年來，扣掉一些在阿義家的家用與吃食，每個月也只能存下二、三萬元而已。在關西租屋以後，銀行帳戶只出不進，尤其是醫院的帳單，讓雅雅發現這樣下去，是撐不久的。

從老家匿逃回到關西後，央求著房東退租，藉口本來是母親要來休養與自己同住，但是，母親已車禍去世，不需要一整層兩房的公寓，只要分租一間房間就可以了。房東見到死亡證明，知道雅雅還要照顧仍在就醫的老爸，起了憐憫之心，應允了她，並且只收原來租金的三分之一。雅雅鐵了心，做最壞的打算，準備長期照顧她的狼父。

老天給雅雅的打擊，似乎永無止境。醫院通知雅雅，說她父親必須換肝，否則時醒時昏，撐不過半年。換肝手術必須要去台北或高雄的醫學中心做，越早轉院越好。晴天霹靂之餘，雅雅問了一下活體換肝的費用，又問了排隊等肝的時間。兩個問題的答案，都不是她所能承擔的。一是太貴，二是太久，等不到，爸爸就掛了。雅雅沒有淚，只有滿腔的怨恨。

雅雅沒念過什麼書，但是她不笨。跟阿義同居的三年，白天沒事幹，就看日劇、韓劇、大陸劇，打發時間。古裝歷史劇、現代寫實劇、男女感情劇、動作懸疑劇、好劇、爛劇，全都看。她用追劇，當做閱讀，當做學習。劇裡的情節，常常讓她嗤之以鼻，因為她自己受過的苦，劇裡是演不出來的。劇裡常有壞人壞到令人髮指；女人為愛，可以不顧一切，笨到難以想像，連父母親都可以出賣；更有為自己所愛的男人或為親情，捐器官的，凡此種種，雅雅認為這些戲劇裡的情節與現實差距太大，愚蠢不堪，自己肯定不會做這些事的。然而，父親的情況，正如戲劇般的出現在她眼前。排隊等肝臟的，緩不濟急，唯一可能延續狼父生命的方法，就是雅雅割下自己一半的肝臟，移植給爸爸。至於肝臟移植的手術費用，雅雅想著，把車賣了，總有個七、八十萬，再跟阿義談談，借個一百萬，應該是差不多了。轉念一想，車子是阿義買給她開的，名字登記在阿義名下，再加上一百萬的借款，阿義能答應嗎？深入再一想，自己不到三十歲，切去半個肝，是要如何活下去？可恨的狼父，真能復原如初嗎？他真能戒酒、戒性侵嗎？半個肝，能找到工作，養活他自己嗎？雅雅以後要如何跟狼父相處？她知道自己的能力有限，除了重回酒店，絕對無法養活自己加上一個半老半病的爸爸。「算了！不做蠢事！」她底層的心裡冒出了結論。

雅雅辦了很多手續，也上了法院，為她的狼父證明車禍撞擊，導致肝臟破裂，沒多少日子了。好不容易的，把時醒時昏的父親移到安寧病房，託醫院找了一位鐘點看護，偶而回報一下父親的狀況。

我的同事臨時請假，因案子單純，我才代理林雅君之父車禍事件的審判。

初看，這是一個簡單的案子。酒駕肇事，肇事者該賠的賠，該罰的罰，衡量肇事嚴重的程度，該有的刑罰，加重一點，以遏效尤。可是，當我看見林雅君的時候，我有一種說不出來的好感與疼惜感。她願意繳罰款、願意賠付被撞的車身損壞，在法庭上，她冷靜地、毫不傷心地訴說父親的病情，希望法院出具命令，知會醫院，讓她的父親住進安寧病房，安詳地死去，免去公共危險的罪責。做為代理法官的我，鬼使神差地想要探究當事人的一生，除了兩次深入約談林雅君，了解到她的童年、逃家、打工、酒店上班、與人同居以外，更自己親自去她的家鄉、當洗碗工的餐廳訪談，確認雅君所說所訴，皆為真實。我的惻隱之心驅動著我，囑咐我的助理，帶著林雅君，在最短的時間裡，蓋滿了一、二十個必要的印章與關卡，順利地將她的父親移轉至安寧病房並免除罰款與罪行。

雅雅回到與阿義同居的家，家中空無一人，打掃的歐巴桑，把房子整理得很整齊、乾淨，不過，好像是有一段時間沒人住在這裡。雅雅打開自己的衣櫃，裡面空無一物，驚訝著：「才離開一個多月，怎麼人去樓空？」在各種擔心之下，迅速地把自己洗得乾乾淨淨，拿起手機，撥給阿義，阿義的手機關機中。打開冰箱，想找點吃的，冰箱裡也是空無一物。茫然地穿上本來要洗的衣服，到附近的超商泡碗速食麵，靜靜地吃著。

天色漸漸暗下。「舒琪姐嗎？」「好久不見了！」雅雅扣舒琪。「雅雅啊！好久不見！」「怎麼了？都好嗎？」舒琪開心地問。「阿義最近有去妳店裡嗎？」「有啊！妳跟他住在一起，怎麼問我呢？」「舒琪姐，我最近在忙一些私事，去了中南部一趟。剛撥他手機，沒開機。」「假如，妳看到阿義，跟他說，我在找他。」雅雅說完，寒暄了一下，就掛了電話。她雖然跟舒琪的交情不錯，但是，她自己的私事，始終埋在心裡。這輩子的苦，也只有阿義知道而已。吃完泡麵，立刻趕去百貨公司，買了一些生活用品、簡單衣物、雞蛋水果、鮮肉蔬菜，拎著兩大袋返回阿義的家。整晚，阿義的手機都是關機狀態。第二天一早，雅雅去電阿義的公司，得知邱董出國了，確切返台的時間他們也不知道。接下來的幾天，雅雅除了採買食物、日用品之外，整天宅在家裡，孤零零的一個人，沒有童年玩伴，沒有以前的打工夥伴，也沒有酒店同事，即使有聯繫的方法，雅雅也完全沒有心思聯絡。她喜歡孤獨的程度，令她自己都很驚訝。她發現她這一輩子，真的是孤獨一人，舉目無親，更是舉目無友！雅雅想：「哪天，我死了，全世界不會有人知道的。屍體發臭，才會被發現吧！」她全心全意地在等阿義，但是又很納悶，「就算是出國，手機也是可以通的呀！」

阿義沒出國，自己一人住在另一棟房子裡，生活如常，吃飯應酬，喝酒取樂，刻意讓自己習慣沒有雅雅的生活。三年的同居，雅雅沒有給他任何壓力，阿義自由自在的，被照顧得好好的，他隱隱約約感覺到，自己已經打從心底接受雅雅，但是，這正是他的猶豫、他的掙扎。機靈的商人最不喜歡受制於人。這場空城計，是阿義要故意考驗雅雅的，好幾次想撥電話給她，卻又被自己制止，阿義要確定雅雅對他的情意到什麼程度，更要確定的是，自己對她的接受，不能超過雅雅對他的真情，這樣才會贏，這樣才能處於優勢。

雅雅怎麼會懂這些！逆來順受的本性，雖不全然盲從古代的偉大愛情，也不見得會為愛犧牲，但在連續劇的耳濡目染之下，她認定至少要服從、要忠實。打從與阿義同居之後，她就沒再到酒店上班，也沒想過其他的男人，徹頭徹尾地待在家裡，完全是個小媳婦。雅雅的忠誠與真心，讓自己感覺很愉快、很滿足。

中國古代，有士農工商的區別，階級明顯，牢不可破。婚嫁尤其嚴苛，士配士，農隨農，工與工，商跟商。更有賤籍的制度，凡是女子從事公開的樂曲彈奏、舞蹈，一律稱為樂伎。這些女子，不賣身，只賣藝，卻落個賤籍的身分，要想嫁給做官的，讀書人的士，難如登天。若無法脫離賤籍，不但會受到社會的鄙視，如果有了子女，也必須承襲賤籍，世代不得翻身。這樣的封建思想，在中國人的心中根深蒂固，即使在二十一世紀的今天，也毫不動搖。

又兩個星期過去了。阿義與雅雅已經兩個多月沒見面，沒通電話。阿義就像消失了一樣，但是，雅雅的一舉一動，阿義卻派了人隨機監看。雅雅孤零零地，自己省吃儉用地生活著，直到，監看雅雅的人向阿義回報，她在隔著一條橋的新北市打工。這是一家做雨傘批發的商號，她的工作是盤點、裝箱、打包、騎機車送貨。商號的老闆是一位五十多歲的寡婦，育有一兒一女，都不在身邊，只好僱人幫忙。雅雅的工作時間很機動，也不會很長，老闆有進貨、出貨時，才會叫雅雅來上班。這是雅雅心中理想的工作，她要常常在家裡，等著阿義隨時可能回家，她會自食其力，自己養活自己。她只是不知道，阿義為什麼都避不見面，徹底消失。阿義對雅雅的打工賺錢，靠自己的雙手，簡單的活著，有點動心，思考著考驗應該結束，但是，內心依舊掙扎著：「她是真愛我，還是把我當飯票？」「我就這樣跟她一輩子了嗎？」「她到底還是個酒店妹啊，婊子會有情嗎？」

「曾經婊子，終身婊子？」

雅雅算了算自己的存款，雨傘批發的薪水，爸爸在安寧病房的費用與接下來的後事，心中想著：「阿義不在，總不能一直住在他的房子裡啊！」「他不要我了，我就靜靜地走了吧！」雅雅與阿義過了愉快的三年，就這樣無聲無息地分開，她心中實在捨不得。吃苦，對雅雅來說，是像呼吸一般的自然，她絲毫不以為意，只是，她一心一意對待的人，竟然可以對她如此不聞不問。雅雅生氣！但是，她這三十年來，氣還少嗎？她的氣，很快就沒了。「自己消失吧！」雅雅的心中有了決定。

這年是即將要邁入二十一世紀的二〇〇〇年底，人與人之間的來往很膚淺，情侶之間各自有各自的想法，人心會隨著利益而變化，多如牛毛的防弊法律，黑暗壓迫與貪腐卻無處不在。有情有義的人，少得可憐。出生貧窮、歷經磨難、顛沛流離的酒女林雅君，就是有情有義，少數中的少數。

雅雅換了一個新門號，收拾起她對阿義的全心全意。她的全部家當一只大行李箱都裝不滿，跟她國中的時候逃家一樣，只差沒有躡手躡腳地偷偷跑走。她把阿義的房子打掃乾淨，淨空冰箱內的食物，也把阿義買的小賓士洗乾淨，停好，車鑰匙放在家中玄關的小桌上，他們放鑰匙的地方。她在新北市租了一間公寓裡的一間房間，離雨傘批發行很近，省了通車時間，走路就到，更省了錢。

＊

暖芯生完小孩之後，好運亨通。在海外投資部門的工作順遂，為公司賺了大錢，自己的也升官發財。她的發財本，是緒台提供的。他倆常常討論經濟大勢，產業走向，個股基本面的分析，議定後，由緒台下單買賣，利潤對分。資本市場是他倆共同的喜好，緒台資本雄厚，暖芯深入踏實，合作起來，順風順水。兩年不到，暖芯的身價近五千萬，小富婆一個。緒台對這份業外收入，也頗為滿意。

暖芯跟以前一樣，柔聲細語，微笑滿面，隨著越來越有錢，自小本來就自信的她，內心更是強不可摧。她的身材，依然有如魔鬼般的吸引力，不但男人無法抗拒，女人羨慕的眼神，也從未斷過。暖芯操弄、控制男人的技巧也越來越好，她能明白清楚地看出誰是大男人，例如，H董，這類的人，她是不去碰的，不論年紀，因為這類的男人不會疼惜女性。凡是比較敏感，比較感性，稍稍會出自內心體貼且善解人意的男人，都是她的獵物，例如，緒台。

除非有重要會議，或特別的聚會，暖芯原則上每個週末都回新竹，與老公、長輩、兒子度週末，週一一早再開車去上班。與緒台的約會，不多也不少，控制在兩週三次，有時兩人單獨相處，吃些高檔食物，靜靜地談談心，卿卿我我一下，有時跟著緒台去他好友的飯局，扮演有點風騷又嗲聲嗲氣的玩伴。她在壽險公司投資部門的大主管，也為她傾倒，想盡辦法邀暖芯吃飯，帶她出席重要的參訪活動。同業做投資的基金經理人，送禮物，邀喝下午茶的，暖芯看得上的，也有三、五個。暖芯的行事曆，記得滿滿的，各種只有自己看得懂的標示，一清二楚。跟某某聚多了一次，跟誰又少了一攤，接下來的二、三週，要平衡一下；偶而，某位男生的投資分析或大勢判斷的不合暖芯認知或水準，這位男生，就會被冰凍一陣子，或是只能墊墊空檔。這些男人，全都是有老婆有小孩的男人，手上有一點錢，逮著機會就想偷吃一下，他們都是小心翼翼地、體體貼貼地對待暖芯。這正合暖芯胃口，更讓她很輕易地操弄、控制他們，滿足暖芯征服的慾望。

一天，緒台到暖芯的租屋處，約好出去吃晚餐的。一進門，「真他媽的！上週我媽媽找我回家吃晚餐。告訴我一件令人震驚的事。」緒台憤怒地說著。「什麼事呀？親愛的，別動氣呀！」暖芯嗲嗲地回應。「我爸在去世的前五年，養了一個女人，還生了一個小孩。我爸去世後，那個女人就帶著小孩去美國了。」「現在都二十七、八歲了，分財產來著。」「妳說嘛！我爸都走了快三十年了，怎麼會跑出來一個小我十六歲的弟弟！」緒台激動地繼續說，「這小子跟我媽說，他已提出申請，要認祖歸宗。」「我媽說，這小子應該是我爸去世前兩年生的，我要升高中的時候。」「God damn it! 這小子還說他媽見過我媽，我日！」緒台英語、山東話都一起飆出來。緒台不是山東人，只是不好意思在暖芯面前噴出三字經。暖芯說：「別急，別急。你父親已經過世這麼多年了，他要如何證明，他是你同父異母的弟弟？」緒台理了理激動的情緒：「我爸有錢，得病以後，去了日本，還去了美國尋求最先進的醫療，不但有紀錄，還留有身上的血液、部分肝腫瘤的樣本。」「這王八蛋說，他有證明！」

緒台從媽媽手上接過黃家的事業以後，不太賺錢的事業，不是被他賣掉，就是被騙掉。被騙了以後，還得意洋洋的感覺自己長了智慧。賺錢的生意是紡織本業，他卻無心經營，慢慢地被競爭者吞噬。他騙傻博士，後來高價賣給H董，是他最得意的傑作，與暖芯的資本市場投資，也是他少數可以炫耀的事蹟。這些錢，都只是零花錢而已。父親生前一點一滴辛苦建立的龐大家業與財富，雖然被他敗了不少，但是，累死的駱駝比馬大，肥肉所剩不多，骨架還在。他所冀望的，就是等他母親去世以後，獨自一人繼承這筆遺產。這才是緒台真正的底子。現在，有人要來分食這隻快熟的肥鴨子。

暖芯了解緒台，更能掌握他的情緒，輕輕地撫摸著緒台肉肉的臉，邊聽著他的叫罵，邊輕輕地吻著他的嘟嘟的嘴。暖芯口中輕輕地：「嗯……，嗯……」伴隨著極嗲的：「沒事的，沒事的！」緒台很快的就跳入暖芯的溫柔陷阱，他狠狠地抓著暖芯的一雙大奶，奮力的吸吮。暖芯也完全配合著，讓這位被她掌控的大男孩，盡情洩慾。兩人盡情地做愛，真真實實的翻雲覆雨。暖芯的肢體，充分體現運動員的柔軟與協調，該快該慢的節奏，分秒無差地被她的腦力控制著。

精疲力竭之後，兩人很有默契地，一起沖澡。洗浴之中，相互緊抱、搓洗、熱吻，好像沒完沒了。緒台幫暖芯擦乾了身體，暖芯到廚房準備了一些簡單的小食，一瓶紅酒，兩人坐定，暖芯舉杯，很堅定地說：「這件事，一定要有一個一勞永逸的解決。」緒台傻愣愣地舉杯碰了暖芯的酒杯說：「什麼一勞永逸啊？」暖芯笑了一笑，立刻收起笑容，眼睛直視緒台的雙眼：「你沒有弟弟！記住！你沒有弟弟！」剛才，緒台還在叫罵的時候，暖芯的心中已經下了決定，開始輕輕親緒台的嘴的時候，暖芯的心中就已經想著：「一勞永逸！」她不只是為了緒台，更為了她與緒台的兒子。

*

Jason 的煩惱不只是中國的金米、董將軍，美國的前同事、現任的亞太助卿 John，更煩人的是台灣的國防部與中科院。國防部的高級將領們，常約他參加一些軍方的飯局，也私下派車接他去中科院或同樣在龍潭的陸軍總部，進行機密的討論會。這類的事情，常常讓他困惑，他到底扮演什麼角色？他與台灣軍方沒有聘僱關係，軍方私下也沒付錢給他，做免費的嗎？但是，卻又涉及很多的機密。台灣真的是奇怪！對知識不願意付錢，還是被那些將領貪汙掉了？怎麼能讓一個美國人、一個局外人，參與這麼多的機密情報！他參與這些事，台灣有知會美方嗎？中國方面會知道嗎？

Jason 煩得很，自己的投資生意沒什麼進展，看了很多新創公司的案子，沒有一件值得投資的；跟國防部的關係曖昧不清，總是感覺被台灣政府忽悠擺布。煩了，就常常自己一個人去舒琪的店裡，打發時間。二〇〇一年初，蠻冷的一個晚上，陪媽媽吃完晚餐後，自己一人走去舒琪的店裡，敦化南路寬大的人行道上幾乎沒有行人，走著走著，兩個蠻壯的陌生中年男子，穿著普通，都戴著毛線帽，圍著圍巾，上前跟 Jason搭訕，其中一位說：「老劉！是你吧？」Jason 有一點被驚嚇到，這個聲音是女人的聲音，再仔細一看，腦中一片暈眩，這位中年女士，就是那位在北京為董將軍及他送餐盤的，穿酒店制服的壯碩阿姨。Jason 本能的反應：「妳要幹嘛？」壯阿姨跟機器人一樣，眼睛一眨也不眨地說：「我們跟你去喝酒，你請客，行嗎？」「不要！」Jason 說。Jason 不想再跟他們對話，繼續往前走。壯阿姨一個箭步跟上，左手伸出，抓住 Jason 的右大臂，瞬間，Jason 的右臂疼痛難當，好像一把老虎鉗，就要把他的臂膀夾碎了一般。「啊！啊！痛啊！」Jason 叫著。壯阿姨鬆了手，但還是輕抓著 Jason 的右臂。Jason 大聲叫：「妳要幹什麼！」「對不起！劉先生，抓痛你了，我不是故意的。」「剛才那些話，是金米小姐要我說的。」壯阿姨誠心地說。Jason 聽了，心中有氣。心想：「他媽的！這個臭女人，真會整人，真會算計！」口中說：「她在哪裡？」壯阿姨回答：「金米在你要去的地方，等你。」Jason 身體一顫：「我的每一步，都被她算到。」

Jason 獨自走去舒琪店裡，壯阿姨與另外一位沒跟來。舒琪已在電梯門口等候，笑著說：「歡迎 Jason 哥大駕光臨！」「什麼時候開始的啊，會先找美女來占位暖場啊！」Jason 左手揮了揮，示意別開玩笑。走進包廂，金米站起，伸出右手說：「好久不見！」兩人握了手。金米的手力蠻堅實，Jason 的右臂又抽痛了一下。Jason 介紹舒琪與金米認識，囑咐說：「我們有事要談，今晚先不要上小姐，公主也不要進來。」舒琪轉身看著金米，笑說：「跟美女談事？好，好。」金米的穿著打扮，實在不像會與 Jason 談事情的樣子。全白緊身連身洋裝，深V領，裙子短到只要坐下，就會看得見內褲，露奶又露腿。Jason 也被金米的打扮，震懾得心跳加速。再加上金米特別的長相，翹眉、鳳眼、鷹勾鼻，臉上淡淡的妝，配著略為誇張的白眼線，淺橘色的口紅。簡直就是紅牌酒店妹，或是很騷辣的小模。

兩人坐定，喝了兩杯，亂扯了些不相干的事情。Jason 有意迴避在北京發生的事，嘲諷地說：「靠！Michelle，妳真騷啊！」「只對你騷，可以吧！」金米笑著說。Jason 看著她稀有的笑容，心中砰砰地跳，右手伸出來，示意金米坐到她旁邊來。金米二話不說，站起身來，就緊緊地靠在 Jason 的邊上坐下。酒又過了兩巡，Jason 按捺不住，右手撫摸著金米的大腿，左手正要恣意地伸進深V領，要摸金米的奶奶。忽然，包廂的門打開了，舒琪進來，Jason 本能地縮回左手，假裝鎮定地拿起酒杯，「來！舒琪，一起喝一杯吧。」三人喝了幾杯酒，嘻笑了一陣子。舒琪感覺到他倆沒什麼關係，只是對這位 Michelle 感覺很好奇。標準的大陸北京腔，又是滿口像外國人的英文。舒琪觀察到，Jason 對她很有好感，但是，又有一點怕這位漂亮的大陸妞；感覺他們是真的有事要談，被自己打斷了。舒琪心想：「哼！我就是要打斷他們，Jason 是我的！」舒琪的手機響了，另一端是緒台，大聲說：「黃董啊！難得哦，您的老朋友，Jason，現在坐我旁邊，一起來敘敘！」Jason 被這個突如其來的打擾，有點生氣，想著：「緒台喔，我們有這麼熟嗎？」但是，馬上就平復了，這個打擾可能不是壞事，心想：「要不然，我可能真的淪陷了！」金米老神在在，誰來都一樣，「Jason 肯定是我的掌中物。」

第六章

緒台進了 Jason 的包廂，他不是一個人，跟著他進來的，是一位 Jason 不認識的人，就是我！吳法官。

坐定，一陣寒暄，一番介紹，每個男人，都對金米有興趣得很。舒琪也趁機上了三位小姐，為她自己的業績，補上一筆。Jason 本來就心情煩悶，又喝了不少酒，體力已顯不支，嚷嚷著，喝多了，要回家休息了。我聽了緒台簡述了 Jason 的來歷，很想再認識 Jason 一下。更何況，坐在 Jason 身邊，這位身材好、臉蛋美、又騷又辣的金米，怎麼能讓 Jason 輕易離去。我是法官，說出來的話，似乎有一種不可違拗的力量。

Jason 第二天從自己的床上驚醒，頭痛得很，對於昨晚的事，自從緒台、吳法官進入包廂後，完全空白，沒有記憶。自己怎麼回家的？費盡腦力，絲毫沒有一點線索。驚嚇之餘，替自己開了一罐可樂，看看這招能否緩解一下極不舒服的宿醉。手機響了，緒台說話：「Jason 哥，你昨晚一定豔福不淺啊！」「沒有沒有沒有！

我怎麼回家的，都不記得了。現在還在宿醉，昏沉沉的。」緒台又說：「金米昨晚送你回家的啊！把你抱得緊緊的啊！」接著又說：「昨晚我們說好，後天到我家晚餐，記得嗎？」Jason 回：「沒有印象了。真的醉了。」「還好我跟你通電話了！帶金米一起來哦。」緒台說。「嗯，再看看吧。」Jason 隨便應應。掛上電話，喝完可樂，再奮力記憶，還是完全沒有畫面。媽媽走到餐廳說：「你很少喝醉酒的！」「昨晚金小姐送你回來的，看起來就不是什麼好女人，以後少跟她來往。」說完就走出去了，劉媽媽顯然很不高興。

劉媽媽當然不高興。她的寶貝兒子，快五十了，從不長期交往個正常女朋友，來往的女人都是風塵味很重的，至今還是孤家寡人一個，劉媽媽等著抱孫子，基本上是望穿秋水，全無指望。Jason 一個人慣了，我行我素，劉媽媽說了也沒用。讓劉媽媽很不爽的是，昨晚的金小姐，看打扮就知道，明明就是在酒店上班的小姐，送兒子回家，還問東問西，指揮來指揮去，有蘇打水嗎？有蜂蜜水嗎？拿兩條乾淨的大毛巾，不要別人靠近 Jason，她一人攙扶反而安全。劉媽媽有點火，但是又震懾於金米的堅定與不可違拗的聲音。

後天中午，金米帶著一份禮品到 Jason 家。管理員通報了，上了樓，劉媽媽開了門，問說：「妳是哪位？」金米笑說：「劉媽媽，我是前天晚上的金小姐啊！」「不認識我了？」金米白襯衫，黑色窄長裙，黑色包腳高跟鞋，米色西裝外套，左手臂掛了件帶皮裡子的米色風衣。臉上白淨得很，未施粉黛。劉媽媽驚訝地回應：「怎麼會是妳？變了一個人哦！」「哪會按呢？」「真漂亮啊！」「請進！請進！」Jason 出來，還穿著睡衣，立刻立正，行舉手禮，大聲叫道：「謝謝領導！」Jason 這一鬧，真的把劉媽媽給弄火了，正要開口罵她兒子，誰知！金小姐立刻回以軍禮，口中說道：「劉專家可休息得好！」Jason 心中明白，這個金米來台灣是要來幹什麼的；金米更是雪亮，Jason 的鬧騰，只是要延緩她的正事。劉媽媽看著他倆，好像已經是老朋友了，心中輕鬆了一半。客廳坐定後，金米拿出禮物，給劉媽媽的，一雙灰色皮手套。縫工講究，皮質軟暖，一看即知，是難得的高級貨。金米說：「前天晚上，我接過劉媽媽遞來的毛巾，不小心碰到劉媽媽的手，冰涼得很，就想到，這雙手套應該很合用。」「請劉媽媽戴著，應該會很舒服的！」劉媽媽戴起手套，那個質感，那個暖和，高興得心中輕鬆了四分之三了。口中念叨：「人家金小姐，才見到我幾分鐘而已，就知道我真正需要的東西。」「Jason 啊！你實在對媽媽太不用心了。」Jason 不得不佩服金米的敏銳，更驚奇著怎麼找到這雙這麼棒的高級貨，Jason 避開對金米的稱讚，說：「我們今晚要一起去一個飯局，要不，中午在家吃一點簡單的。」劉媽媽高興，搶著說：「真好！我去看看，待會兒開飯。金小姐別介意粗茶淡飯哦！」

劉媽媽很快地變出四菜一湯，烤箱裡還熱了蟹殼黃，做為主食。三人什麼都聊，連北京的案子也有談到。Jason 告訴劉媽媽，金米是普林斯頓大學的高材生以後，劉媽媽的心，已經輕鬆舒服到不行了！心中認為：「這才是我兒子要娶的媳婦！」Jason 也看得出來，他媽媽已經被金米征服了。

午餐後，金米袖子一捲，沒理會劉媽媽的客套，衝進廚房洗了碗筷，Jason 擦了飯桌。金米洗碗的時候，劉媽媽摸著新手套，看著她兒子，點頭微笑。Jason 假裝沒看到，只顧看著手機，若有所思，原來，金米不知何時傳了簡訊給Jason，邀他晚餐前，下午四點，去黃董家旁邊的咖啡廳聊聊。Jason 心想：「該面對的，總是要面對的！」

黃董家離 Jason 家很近，比去舒琪的店更近。金米說是要在飯前會一位朋友，Jason 也認識，必須要離開了。劉媽媽難掩失落，緊握著金米的手，囑咐著，要再來家裡吃飯哦！

冬天的台北，常常下著毛毛細雨。Jason 右手撐著傘，金米左手勾著 Jason 的右臂，兩人在雨中慢慢地走，彷彿一對戀人。兩人的身高，一個一八〇，一個一六八加上一點高跟鞋，步伐輕鬆而整齊，看上去，跟拍電影一樣，詩情畫意。其實，這個時候的金米，是有任務在身的；這個時候的 Jason，是茫然無措的。快到咖啡廳的時候，金米左手稍稍用力，拉住 Jason，身子往右一轉，吻了 Jason 一下。白淨的臉，透出淺淺的紅暈，靦腆地說：「Jason，你蠻有魅力的。」Jason 鼓起勇氣，撇開茫然，迅速地把傘換到左手，右手伸向金米的後腰，把她摟得緊緊的，同時，深深地熱吻了這位長相很中國的美人。

他倆在咖啡廳裡，聊得很愉快，天南地北，無所不談。高科技、飛彈、光束炮、家人朋友、董將軍、壯阿姨、地緣政治、投資哲學，在這些有硬有軟的話題中，金米與 Jason 無私地分享自己的成長、想法、感覺、態度。神奇的雨中散步、神奇的相互親吻，這倆人心中沒有猥褻的念想，卻有著相知相惜的默契。咖啡廳裡的兩小時，有如伐毛洗髓的神功，將這對新識情侶，增強十年的情愫。

穿過很高的兩扇大門，進了黃緒台家的大別墅，映入眼簾的是一片很大的草皮，角落裡有一片假山與魚池。兩層樓的洋房，不對稱的斜屋頂，開窗很是大方。一樓大門入口處，是半圓型的三階階梯，進入大門前的平台很寬闊，左右都有坡道，以利輪椅、手推車的進出。二樓被伸出的陽台圍繞著，每間房間都是落地式的大窗戶。這是一幢很大的老別墅，談不上奢侈，但是很有品味。奢侈的是，它座落在復興南路與敦化南路之間的靜巷內，沿著高聳的圍牆內，都是三十年以上的大樟樹，加上，偌大的占地，一眼望去，立刻便知，這是一戶在台北市精華區內，極為稀有的大別墅，價值不斐！

這晚，緒台邀了暖芯、Jason、金米、我（吳法官）、黃非凡，加上兩位小紅的女模特兒，與我帶的一位女助理，共九位。阿一鮑魚的外燴，一九八二年的拉圖兒紅酒，搭配一組三人的爵士樂團，滿分的佳餚美酒，優雅迷人的樂曲，著實盡奢華之能事。這是緒台家的二號餐廳，吃中餐的，牆上掛得滿滿的名家字畫，明式的高角桌上放著精緻、罩著玻璃罩的古玩，古色古香的宮燈，照亮整個餐廳的每一個角落。相較於一號餐廳，可坐十八人的長桌，吃西餐的，稍微小了一點，但是九位來賓坐在十二人的大圓桌上，寬敞舒適，交談起來，也毫不費力。

我之所以會被邀請到黃董家晚餐，除了因為傻博士蓄意殺人案，認識了黃董，之後反而是我對這位富三代的好奇，常常請教他一些商場上的爾虞我詐，幾回合的吃飯、喝酒，也就熟稔起來。緒台老弟對於我的問題，知無不言，言無不盡，更懂得對我這位法官老大哥，倒騰一些法律知識，學習解釋法律的角度，他懂得尊重前輩，更會養士。好幾次，緒台親自或透過不同的形式，要塞錢給我，我都堅決拒絕。我應該算是他的鐵兄長吧。

「跟黃董認識這麼久了，第一次受邀，見識到你家的大別墅，真是榮幸喔！」我語帶興奮地說。「哥！我實在不知道，原來我們的爸爸是如此的富有！我與媽媽在美國倒是吃了不少苦啊！」Douglas 深怕語不驚人。此話一落，不料，眾人毫無感覺。緒台斜著眼鄙視 Doug，嘴巴緊湊著咀嚼食物，暖芯與 Jason 開心地敘著舊。賓客中只有我與暖芯被告知有這麼一號人物會出現，心中早有準備。

其餘的賓客，包括 Jason 都不知緒台是否有兄弟。賓客中，只有暖芯來過緒台家的大別墅，第二次來，心中還是讚嘆不已，想著：「我要是能住在這裡，就太美了！」Jason 與金米心中也佩服緒台爸爸的品味與收藏。兩位小模與女助理，已經興奮得嘴都合不攏，驚嘆聲不斷，更手足舞蹈地隨著音樂起舞了。Doug 知道緒台的態度，乾脆享受佳餚美酒，與其自討沒趣，還不如撩撩那兩位年輕貌美的小模。這是一場令人難忘的晚宴，還沒上主食的時候，Doug 已經幾乎躺在那兩位小模的身上了。他的失態、敗格，是緒台細膩的安排，刻意做給我與暖芯看的。

緒台的弟弟，Douglas，號稱同父異母的弟弟，叫做黃非凡，長相英俊，酷愛運動，各式球類，游泳跑步，他都有涉獵。全身肌肉、高頭大馬的身體，足有一百公斤重，一八五公分高，黝黑健康的膚色，配上帶有外國腔的國語，典型美國長大的ABC。「四肢發達，頭腦簡單」，是緒台形容黃非凡的最文雅的詞彙。Doug 不太會念書，在紐約州的北部（up-state）念了一所不怎麼樣的大學，該大學以開派對出名，Doug 也深諳此道，泡妞趴酗酒趴，是每天的要事，只差沒染上嗑藥的壞習慣。畢業後，在一家休閒俱樂部當網球與健身教練，收入尚可，但是，保證月光，常常還需跟朋友借貸，或是找媽媽接濟。

Doug 的媽媽是一位美麗負責的女人，沒什麼傲人的文憑，也沒什麼特殊的專長，大學畢業後，就到緒台爸爸的公司上班，在行政處做一個小職員。她胸無大志，安安靜靜，穩穩妥妥地上班。一次，公司餐會，被緒台的爸爸看到，是喝多了，還是被她的美麗震懾住了。緒台的爸爸趁著即將曲終人散的時候，把她拉進洗手間，給做了。第二天，緒台的爸爸把她叫進辦公室裡，問了些員工資料表上面沒有記載的問題，給了她一副鑰匙，略帶虧欠地說：「這棟房子是妳的了，先住進去，會有人聯繫妳，辦理過戶。」「我中午有時也會去休息一下，妳想在就在。」說完，就遞給她一個厚厚的信封，「這是十萬元。採買一些自己需要的生活用品。」接下來的三年，Doug 的媽媽沒有恨，反而深深地愛上了她的董事長。黃爸爸偶而去她的家午餐、午睡一下，她都發自真心地細心照顧。她與黃爸爸相處的時間是這麼的短，每週可能就是兩個中午，四個小時，有時甚至連續兩週都不見人影，但她從不抱怨。黃爸爸也覺得他的午妻是個美麗、善良、老實，又善解人意的好女人。

一天，黃爸爸去 Doug 媽媽那兒午休，她靜靜地看著黃爸爸吃著她為他做的午餐，說：「我懷孕了。」黃爸爸繼續吃著，好像沒聽到。過了好幾分鐘，黃爸爸放下碗筷，拉著她的手說：「我安排！」他倆在客廳的沙發坐下，黃爸爸沉穩靜靜地說：「我的時日不多了。三年前，我把妳強了，其實那個時候我已經知道我得了肝癌，這件事，我保密至今，我夫人、兒子都不知道。我遍訪世界名醫，續命至今，可是，剩下的日子，應該不多了。」

在黃爸爸的安排下，她賣了房子，黃爸爸又給了她五十萬美元，去了紐約，並安排她在朋友的公司，做個小會計。把 Doug 生下來以後，她也安分認命，一個人省吃儉用，慢慢地把 Doug 拉拔長大。她因為生得美麗，曾經有好幾位鑾有錢的鰥夫追求她，但都未能完成嫁娶，主因是 Doug 的媽媽心中仍然念著舊情。

Doug 腦袋瓜裡裝的東西有限，又好逸惡勞，仗著自己的英俊，壯碩的好身材，才勉強有個溫飽的工作。他念高中的時候，就常常想著認祖歸宗，冀望著天上掉下來一筆大財富。念大學的時候，循著媽媽講述的爸爸的求醫過程，去了杜克大學（Duke University）醫學院的附屬醫院，也飛到東京大學的醫學院，尋找父親與他的血緣證明。Doug 在鄉村俱樂部的工作，像一塊雞肋，食之無味，棄之可惜。他趁著大股東無心經營，出售給一家財團之際，拿了一筆資遣費，準備返台認祖歸宗，一圓夢想。他央求他媽媽，跟他一起返台，既壯聲勢，又可提高勝算。Doug 的媽媽慨然拒絕，並嚴詞訓斥，放棄這個想法，絕不可以添黃家的亂。Doug 怎麼可能就此做罷！

在大別墅的晚餐前，Doug 與緒台約見過兩次面，都是在外面的餐廳或是飯店裡。Doug 開門見山，要求緒台承認他的合法繼承權，原因就是，他手上有證據，他就是緒台同父異母的弟弟。Doug 說：「我們是大大有名的企業家，最好安安靜靜地完成，可以免去許多困擾。」緒台不屑地回說：「是我們，不是你！」「我當你是叫化子，安安靜靜地回美國吧！我還可以考慮賞你一點銀子。」

自從緒台的媽媽跟他說了有 Doug 的這回事，並且人也到台灣了。緒台就拖著，不與 Doug 見面。抓緊時間找熟人，託關係，從黃爸爸曾經就醫的地方，國內、國外，翻了個遍，最終發現，杜克大學與東京大學還存留著父親的癌細胞與血液樣本。不過，東京大學的回應是，不能開放給任何機構或個人做檢驗。杜克大學表示，很感謝 Douglas Huang 以 Mr. Huang 的兒子的身分，志願提供血液樣本，供他們做研究。緒台終於得知 Doug 所說的證據，就是從杜克大學拿到的。

緒台與我推敲，三十年了，黃爸爸的細胞、血液樣本，就算儲存得當，杜克大學的一紙證明，怎麼能確認那是黃爸爸的。緒台派的律師也與杜克醫學院確認，認祖歸宗的官司，杜克是不會出庭作證的。Doug 聲稱自己的媽媽，也即將回台，與緒台的媽媽對質相認，可是，黃媽媽問 Doug 要她的聯絡方式，卻始終沒有下文。緒台壓根兒就不相信 Doug 的證據有直接效力，更不相信 Doug 的媽媽一週內就會飛抵台北。

法院上，緒台請的大律師，口才便給，侃侃而談，旁徵博引，該紙證明，疑點頗多，無從判斷直系血親關係。要求傳當事人到庭，Doug 的媽媽，原告一問三不知。審訊很快就結束了，宣判時，我還花了不少時間數落了 Doug 一番。Doug 敗訴！緒台深知，他有我罩著，這一審是輕鬆的。但是，如果 Doug 的媽媽返台，找幾個當初經手辦理她的房子、父親的同事，實在不難證明父親與她的關係。緒台知道事情未了，還需要加把勁！

Doug 怎麼可能就此罷休！他知道，這認祖歸宗的核心立論，唯有媽媽願意出庭說出鉅細靡遺的真相與爸爸給媽媽的房產、匯票等，做為證據。Doug 返美後，無所事事，每天圍著媽媽打轉，儘可能地博取媽媽的歡心與同情。Doug 媽媽當然心知肚明，但是，她還是深深地依戀著黃爸爸，更堅定自己當年的承諾。她有身孕時，黃爸爸安排她去美國，兩人淚眼相對，這輩子無緣，下輩子一定要做來世夫妻。相約從此互不干擾，讓這三年的回憶，帶到下輩子吧！

*

Jason 與金米，在緒台家晚餐後，僅僅七天，感情就進步神速。Jason 的媽媽也高興得很。這一個星期裡，Jason 與金米每天都聚在一起，有時去陽明山，有時去淡水河畔，龍山寺、夜市、高檔日本料理、義大利餐廳，有時在 Jason 家裡，一起下廚，陪著 Jason 媽媽看電視、聊天，真是輕鬆又愉快的一週。金米絕口不提光束晶片的事，Jason 也樂得不需陷入思考，做出決定。一週後，金米要回北京了，跟 Jason 媽媽辭行。Jason 媽媽不捨，吵著 Jason 要帶她一起去北京玩玩，順便看看金米的父母。Jason 拗不過媽媽的執意，只能答應。可是，金米的父母都在美國，要放暑假的時候才會回北京，最後，Jason 媽媽也同意，現在冰天雪地的北京，自己的身體可能受不了，只有等待來年了。

一天，中科院派車來接 Jason 去龍潭，說是有重要的東西給他看看，事情完畢後，就留在院區晚餐，院長特意搞了兩條鱘龍魚，讓小廚房做點特別的，大家把酒言歡。Jason 到了中科院以後，發覺人流浮動，好多沒見過的黑頭車，一字排開在草皮上。Jason 知道今天是個大排場，有重要人士蒞院指導。引導 Jason 進入會場的是一位少尉軍官，像是服義務役的預官。Jason 好奇地問他：「你是學什麼科系的，可以到中科院服役？」「我是念材料的，清華的。」他很有禮貌地回答，繼續說道：「劉先生是軍人嗎？怎麼沒穿軍服？今天的發表會，是不對外的！」Jason 回：「我不是軍人，跟你們院長認識而已，就被邀來了。」這位少尉軍官倒很有警覺，看了看 Jason，說：「請在此稍候！我請示一下。」他立刻小跑步，奔向一位少校軍官。他們兩人，在遠處看著 Jason，交頭接耳。Jason 不以為意，知道這樣官階的人，不會認識他的。心中想著：「那些高官呢？平常都是他們在門口接待我，今天人都去哪兒？」就在這個時候，一架大型運輸直升機，吵死人的聲音，降落在停機坪上。十幾位將軍，加起來總有二、三十顆星星，小跑步，排成兩列，立正等候。引擎熄火了以後，陳水扁下機，眾將軍夾卵蛋，畢恭畢敬地行舉手禮，大喊：「總統好！」

一干人等簇擁著陳水扁走進主大樓，國防部長伍世文親自向阿扁做簡報。Jason 還被擋在外面，沒有人敢放他進去。Jason 也樂得輕鬆，在草皮上閒蹓躂。大約十五分鐘左右，一位中將，快步走出大樓，喊著：「Jason! Jason! 找你半天了。」「快！快！進去給我們指導一下。」

Jason 被副院長帶進大樓旁邊的一棟小樓，這裡是實驗室，這是他曾經工作過的地方。「你們今天的陣仗，我好像不該來的。」Jason 說。「怎麼會！待會兒我們會演練一下最新研發成功的光束炮，給總統看。你也看看，指正一下。」「哦！是用ＩＣ晶片，小分子撞擊，產生激光嗎？」Jason 好奇地問。「不是，我們把雷射光束，集中在線管裡，然後，將二十五條線管集結在一起，同時發放，坦克車的厚鋼板都可以被打穿。若集結一百條線管，射程可達五千公尺以上，可打下一架戰鬥機呢！」副院長興奮地說。Jason 沒有表情地說：「這不是一般火炮或是硫彈炮就行了嗎？」「它的準確度高，速度快！」Jason 又問：「光束炮會不會很重？」副院長答：「只有同體積火炮的一半重！」Jason 點點頭，不再說話了。心裡盤算著：「這是落後極了的武器啊！還這麼笨重。」想起在北京飯店的客房裡，金米的文件，一個逗點般大小的晶片，零點一毫克不到，輕輕震動它，就能發出巨大的強光，且頗具殺傷力。集結一毫克的話，應該可以摧毀一間客房。Jason 心中難過：「台灣武器自主研發的水準，低到難以想像，怪不得，被臭老美掐著脖子，聽令於人！」

阿扁看完演練，讚賞有佳！旋即又被簇擁著上了直升機。軍方的將領們都滿懷信心，準備慶功。Jason 的心裡很痛，找了個理由，說是家裡有急事，必須趕回台北。年輕的少尉送 Jason 上車，恭敬地說：「劉先生原來跟院長、副院長都熟，剛才擋您的駕，真的對不起！」Jason 說：「沒關係的！有點警覺心，是好事！」

少尉開了車門，順便問：「我們的武器不錯吧！」Jason 心中有氣，忍不住地說：「哈！跟對岸比，差得天來遠！」用力關上車門，直奔台北。

＊

舒琪的妹妹，舒涵，跟著媽媽在基隆住，快要大學畢業了。跟她姊姊不一樣，她不太說話，也不太打扮，邋裡邋遢的，是個敦厚老實的小女生。每週四、五、六的晚上，都在家附近的餐廳打工，已接近三年，可能只有幾次，因死黨過生日，或因身體不舒服以外，很少請假。餐廳老闆是個女的，四十來歲了，頗有姿色。不少客人慕名而來。女老闆各桌遊走，送菜送飲料，寒暄聊事，都滿臉笑容，偶而陪熟客喝兩杯，但都淺嘗即止，分寸的拿捏，很是精準。表面上，這些慕名的男客，被女老闆安撫得服貼，但是，總是有得寸進尺、借酒裝瘋，毛手毛腳、出言不遜的人。每當這類的事情發生，舒涵二話不說，直接嗆聲客人：「停止！」「你這樣，我們不歡迎！」舒涵年紀輕，對於輕浮不遜的尺度，比老闆的標準，嚴格多了。有時候，客人明明沒怎麼樣，卻被舒涵無厘頭地訓斥了一頓。女老闆知道舒涵是出於好意，處處想要保護她，所以，都沒作聲，頂多揮揮手，示意停止而已。不過，隨著舒涵使性子，倒是得罪不少客人。

有一組客人，老大是基隆當地的角頭，五十歲左右，就曾被舒涵嗆過兩次。一個週六的晚上，角頭老大帶著一位基隆市的市議員來吃晚餐，兩人身後當然跟著五、六位小弟。角頭老大正要進門，舒涵就擋在門口，大聲說道：「我們這裡不歡迎你！」他們都喝了些酒，角頭老大想起以前被嗆的情景，這次更是在門口就被擋下，氣憤難忍，嘴上罵著五字經，右手使勁地搧了舒涵一巴掌。舒涵應聲倒地。老大頭也不回，走進餐廳，嘴巴叫著：「把她綁起來！嘴巴塞起來！」女老闆一個箭步，央求著說：「大仔！別這樣啦！」老大伸出右手，食指指著女老闆的鼻子說：「閉嘴！我們吃完以後，再說！」舒涵雙手雙腳被銀色的膠帶綁得牢牢的，坐在門口的地下，嘴巴裡塞著客人擦手的毛巾。女老闆過來安慰了幾句，也就趕去招呼客人了。

這幫人，酒足飯飽以後，買了單，女老闆還給了折扣，冀望他們能對舒涵好一點。臨走，老大吩咐小弟，鬆綁舒涵。誰知，毛巾從舒涵的嘴裡拉出來以後，舒涵就破口大罵：「臭流氓！死老大！你們不要臉！」角頭老大火冒三丈，大聲說道：「塞住她的嘴！找根竹竿，抬她走！」舒涵的嘴又被塞住了，兩個小弟跟抬死豬一樣，竹竿穿過被綁的雙手雙腳，把舒涵抬到一輛發財小皮卡上。同桌的市議員，畏畏縮縮的，上前來，小聲地跟老大說：「大庭廣眾，算了，放了她吧。」老大沒言語，眼睛一瞪！市議員立刻頭低低地，從另外一邊走了。女老闆的餐廳位於基隆市的老鬧區，人來車往，頗為熱鬧。在餐廳門口，坐著一位被捆綁的女生，後來又像抬豬一樣的，丟在皮卡上，完全不理會眾人的目光，真是囂張極了。

當晚十點半左右，舒涵媽媽來尋，女老闆說了當時的情況，雖有抱歉之意，但也表示無奈。舒涵媽媽六神無主，拿起手機向大女兒舒琪求助。舒琪說：「放心吧！角頭老大不會跟小女生一般見識的！」「晚一點，就會把舒涵放了。」媽媽聽了，擔憂害怕的心，被穩住一半，決定回家等待。等著，等著，媽媽就睡著了。

舒琪的電話驚醒了媽媽。「現在一點半了，小妹到家了嗎？」「還沒啊！」媽媽害怕地大聲回答。舒琪也急了：「報警吧！」「現在！」「不！不！先打電話到餐廳！」「妳有老闆的電話嗎？」「妳走路到愛二路的派出所，報案！」「不！坐計程車去！」舒琪一連串地說了一大堆，舒琪媽媽無所適從，大聲說：「到底怎樣啊！」話聲一落，大門響起急促的敲門聲。媽媽不理大女兒，打開大門。舒涵披頭散髮、衣衫不整地坐在地面，臉上又紅又腫，還有幾道眼淚與泥土混在一起的痕跡。「媽！我不要活了！」舒涵大哭著叫道。

我那年剛好被輪調到基隆地方法院，認識了舒涵、舒琪。

角頭老大把舒涵帶走以後，就拖著她，進入碼頭邊的一座倉庫。老大在倉庫裡的辦公室，撥了幾通電話，談了一些事，訐譙了半天，滿嘴三字經，很生氣地走出來，大聲叫道：「把那個痟查某帶過來！」舒涵口中的毛巾，被拉出來，還沒來得及開口罵人，就被老大一大巴掌，一記側踢，整個人向後倒，幾乎暈了過去。還好有小弟扶著，否則後腦勺著地，輕則腦震盪，重的話，小命不保。接下來，老大撕開舒涵的襯衫，小弟幫忙著脫了舒涵的褲子，老大口中念念有詞地掏出已勃起的雞雞，開了頭苞。自己發洩完後，示意讓小弟們輪番上陣，自己坐在旁邊觀賞。五、六個小弟都過了癮，老大的雞雞又勃起了，末了，再補一針。舒涵已經精疲力盡，癱趴在地上。老大吩咐，大家散了吧，但是要把舒涵衣服褲子穿好，丟她回餐廳門口。

舒涵被媽媽攙扶著，進了門。坐在沙發上，目光呆滯，一言不發。「怎麼了？他們打妳了？」「去醫院看看？」「不能得罪那些流氓啊！」「下次碰到他們，要躲遠一點。」楊媽媽絮叨了一陣，見女兒全然不理會，拿起手機，要撥給大女兒，舒涵小聲，雙眼瞪著楊媽媽，極堅定地說：「不要！」楊媽媽唯唯諾諾地站起來，不知所措地，無奈地說：「去洗洗，睡了吧。」她的丈夫，經商失敗，抑鬱而終，她又懵懂無知，被騙去所有家當，靠著大女兒下海當小姐，才漸漸脫離三餐不繼、窮極困苦的日子。楊媽媽本來就只是個家庭主婦，沒什麼知識，後來，更是被生活折磨到沒了做人起碼的尊嚴，事事躲避，事事軟弱。

舒琪第二天趕回基隆，看見小妹，除了臉上尚有兩處紅腫之外，身體狀況還行。但是，小妹對姊姊的詢問、安慰，毫無表情，一聲不吭。舒琪雖然是大喇喇的，對妹妹的反應，還是有些擔心的。抓著媽媽繼續還原昨晚的細節，媽媽心中早有底，只是一味躲避，不想面對。舒琪也感覺到了，小妹不只是被打了，還被那個角頭老大欺負了。接下來的幾天，舒涵一人悶在房間裡，一句話都沒說過。媽媽甚是擔憂，卻又不知道該怎麼辦，只有找大女兒求救。舒琪扣小妹的手機，一直是關機狀態，令她更是憂心。舒琪決定回基隆住個幾天，陪陪小妹。

舒涵在姊姊回家後的第二天，是個晴朗的星期天，就說要和同學出去走走，到台北吃吃、逛逛。看見小妹帶著笑容，走出家門，媽媽、舒琪都蠻高興，小妹能走到戶外，出門散心。其實，舒涵心中已有決定，不是她死，就是角頭老大亡。從小到大，她其實不喜歡跟姊姊聊天說話，對姊姊的工作，也頗有鄙視，姊回基隆陪她，她卻壓根兒不想待在家裡。要逃離家中的不舒服，也只有強顏歡笑，假裝自己已慢慢想開，走出悲傷。至於如何報復，如何成功地為自己出氣，也實在還沒決定穩妥的方法。她坐在公車上，腦袋中出現的畫面，跟她悶在家裡，一模一樣。全是那晚被輪姦的過程與那些醜陋的嘴臉、猥褻嘻笑的聲音。不自覺的，眼淚就掉了下來，用力擦掉！腦中又都浮現出這些惡棍禽獸慘死的樣子。有被毒死的，有被刀刺死的，有被槍朝著眉心打死的，有被她親手勒死的，她幻想著自己有強壯的臂膀、巨人般的神力。舒涵睡著了，車子在高速公路上甩了一下，驚醒過來。

這些日子，白天晚上，都睡不好，偶而打盹一下，很快地就被惡夢嚇醒：她出了氣，但是又被抓到，又是一頓毒打加凌辱；或是她被關在監牢裡，被飢餓的老鼠咬醒。她被欺負，已經七天了，吃不好，睡不好，舒涵的身體其實越來越弱。

舒涵被警察抓了個現行。她在一場鮮魚拍賣會上，拿著一把西餐廚師的主廚刀，從人群中衝出來，一聲不吭地，刺向角頭老大，她刺中了老大的右胸膛，鋒利的主廚刀，卻因舒涵太沒力氣了，只淺淺的，沒往裡面送。舒涵要拔出再刺，哪裡有機會！老大身體向右轉，左手順勢一記鈎拳，舒涵已然頹倒在地下，兩、三個小弟立刻衝上前來，要奪舒涵的刀，舒涵哪肯！將刀左揮右掃，倒也劃到了兩個小弟的手臂，鮮血直流。警察把舒涵關進警局，電話通知楊母，楊母幾乎昏厥過去，在警方電話叫喊聲中，好不容易地，交代了楊舒琪的聯絡電話。

法庭上，舒琪找來的律師，當庭為當事人楊舒涵，提出告訴。告角頭老大與六名小弟，暴力強姦罪。當事人被逼無奈，承受著無比的生理與心理的折磨與煎熬，投訴無門，才選擇持刀報復。當事人年輕懵懂，不知第一時間報案的重要性，選擇自己承受，殊不知，這樣痛苦的恥辱，不是她可以承擔的，案情才會演變到今天的地步。請法院開恩，還被告以被迫此舉，且無傷人於性命，無罪釋放，並且，嚴懲惡徒，以昭社會之正義與公平。

我請楊舒涵到法庭邊上的法官室，聽著舒涵咬牙切齒地、一個字一個字地、鉅細靡遺地說出那晚發生的每一個細節。她的雙手顫抖著，她的眼淚已經流乾了，臉上黑眼圈很明顯，下排的牙齒，在說話激動的時候，有鬆動的現象。我心想，天啊！這位年輕的少女，經歷了多少痛苦與折磨啊！心裡的氣憤難當，恨到牙齒都被咬到鬆動！「鈴」的一聲，電話打斷了我的同情。電話的另一端是基隆市某市議員，就是當晚看到前半段的，跟著角頭老大吃飯的市議員。電話裡，除了表明身分以外，遮遮掩掩地說了老大其實功在地方，期盼能與我便餐，詳實面稟。我心裡有氣，隨意敷衍一下，就掛上電話。這時，舒涵的姊姊楊舒琪敲了門，不待回應，就直接闖進法官室。大聲說道：「青天大老爺，那幾個惡棍還在外面商量著如何報復小妹，可惡極了！一定要把他們繩之以法，關到死，我們一家才有安寧！」

我估摸著，這位接近四十的女人，除了貌美，身材很好以外，我好像在那裡見過。在沒有時間回想的同時，我大聲說道：「妳是誰？誰讓妳進來的？出去！」舒琪自知理虧，低著頭說：「我是她姊姊。」我劈頭就罵：「妳妹妹走不出痛苦，妳不知道嗎？妳妹妹被性侵後的第一時間，為什麼不帶她去報案？妳們都是豬啊，妳知道我有多難判嗎！」我出於對楊舒涵的同情、對她家人的無知、對角頭老大的囂張、對市議員的無恥，氣憤難忍，只差沒用三字經罵人了。舒琪很羞愧地輕聲回答：「當時我在台北，沒在小妹身邊。」「好了！好了！妳帶妳妹妹出去吧。待會兒繼續開庭。」我不耐煩地揮揮手。

接下來的官司，我堅持先調查強姦案，再決定持刀殺人未遂的判決。這個堅持，當然遇到不少壓力，那位市議員拿了老大不少好處，好像也有齷齪的把柄握在老大手裡，千方百計地想要為老大開脫罪名，一開始是送現金，裝在茶葉禮盒裡。他的家庭作業不及格，我從不收禮的。另外就是找我同梯的司法官提供判決建議，被害人、加害人、我，三方都可以接受的鄉愿做法。尤有甚者，這個角頭老大，交遊廣闊，關係匪淺，找了地方法院的院長來關說，他是我直屬長官，法界甚為矚目的明日之星，他的一句話：「輕判那個角頭！」讓我深思了數日，不得好眠。最後，我妥協了！我恨我自己，當然，楊舒涵沒有在當晚即刻去警察局報案，採擷證物，讓暴力強姦罪，很難定讞；而大庭廣眾之下，持刀殺人，卻是不爭的事實。我妥協了，但是，自認對得起自己的良心。角頭老大等不良分子，雖無法以重罪判刑，但我花費精力，找到他們其他的不良行為的證據，判處一年徒刑，加上半年管訓。楊舒涵，身心受創，不能自拔，鋌而走險，所幸傷人不重，且有悔意（我知道，這是假的），判處半年徒刑，可易科罰金。

這個判決，讓我樹立了不少敵人，更引來了罵名，真是豬八戒照鏡子，裡外不是人！當事人與社會輿論，指著鼻子罵我，包庇惡棍，不能去惡揚善，肯定受賄，罔為法官，直接去吃屎算了。舒涵的姊妹，更是三番兩次到法院，訴說小妹無法接受，心情抑鬱，這些惡棍無賴，沒多久就放出來了，這叫她們一家三女，如何安心過日子？社會輿論也就罷了，我的心裡，真正過不去的，是楊舒涵。這個案子在我手上，本來應該可以伸張正義的，誰知，正義的判決，是這麼的困難！對於楊舒琪的指責與擔心，我也花了不少功夫去解釋，在沒有充足的證據下，理想的判決，是不容易下的。看見她每次都是忿忿地離開，我的心中也感覺傷痛，「社會的闇黑糾結之深，憑我一己之力，實難解開！苦難的人們啊！自求多福吧！」

我後來終於想起，我第一次見到楊舒琪的時候，她是以證人的身分來到我的法庭，傻博士開槍，要置H董於死地的案子。正因如此，我斷定，舒琪一定認識黃緒台，當晚他們都在包廂裡啊。「為什麼不找緒台幫忙她們一下？」「這位富三代，手指動動，就可以救她們於水火！」心裡有了想法，為了自己不太正義的判決，彌補些許，手即刻動了起來，當下就約了緒台在台北吃晚餐。

「哇！舒琪的妹妹！真可憐啊！沒問題，我來跟舒琪聊聊，如何沒聲沒息地搬出基隆。」緒台聽了我的描述，義不容辭地說，「其實，我也認識不少大哥級的黑道，說不定也能使上力。放心，吳大哥，這事交給我！」緒台立刻要幫忙，其實是要謝謝我上次認祖歸宗的判決，他知道這事尚未曲終人散，黃非凡還會再來攪局的，以後還有用到我的地方。更何況，楊舒琪也是多年的熟識，伸出援手，應該的。想到這裡，說：「我倆待會兒就去舒琪的店裡喝兩杯，我順便跟她說說您的好意。」

舒琪看到緒台帶著吳法官來喝酒，繃著臭臉，打完招呼，頭都不回，就走了。緒台跟帶檯的總控說，安排三位小姐。我立刻制止：「我不需要，我來這裡，其實就踰矩了。你點你的吧，不要管我。」緒台一心要取悅我，說：「這也不是第一次了，沒事的。」我說：「真的不要費心！」緒台點頭。在我的堅持下，我繼續說：「待會兒，把楊舒琪叫來，我們三個聊聊就好。」緒台會意，小姐不要了，叫舒琪來。沒多久，舒琪大喇喇地坐在緒台的對面，看著緒台說：「啥事！」緒台指指坐在主位的我，簡短幾句話，不但秀出了他對舒涵的關心與同情，更把我主動聯繫的本意，說得清清楚楚。緒台說：「吳大哥是個正直、伸張正義的法官，無奈判決只能根據證據，可是，吳大哥卻憂心著妳姊妹倆和妳媽媽的將來。」緒台又指了指我：「所以，吳大哥來找我，看看有什麼他與我能做的。」舒琪轉過頭，看著我：「真的嗎？」我再次很嚴肅地回答她，條理分明地，再把案情、判決與我的難處分析給她聽。舒琪似乎接受了一些，不再像在基隆地院時那樣的憤怒。舒琪好奇地指著黃董問：「你們怎麼認識的？」我插嘴說：「我也認識妳，妳可能不記得了。」「我跟黃董來過妳店裡，那晚還有一位叫 Jason 的客人。」我又隨意提了傻博士朝H董開槍的事，舒琪大為驚訝地叫道：「那個法官，就是你？」我說：「是的。」「喔！喔！判得很好啊！我也不認識那個開槍的老傢伙，只知道，他被H董騙了。H董還騙得少了！哈哈！」舒琪繼續說：「那晚真險！你在和H董談事情，談完後，我走進包廂，誰知道後面跟著一個人啊！」「開了好幾槍，真是嚇死人了！」緒台也跟著說：「我都嚇癱了！也正是這樣，我認識了吳大哥。」

我們三個，那晚聊得愉快，舒琪不但對我的判決釋懷，更覺得我是個不收賄、伸張正義的好法官，更感激我的憐憫之情，對她全家的憂心與照顧。

第七章

雅雅一個人，過得也還算好。微薄的薪水，在她精心的省吃儉用下，還存了一點點錢。雨傘批發的生意，早已駕輕就熟。老闆娘對她很好，常常自家做了好吃的，都會分一些給雅雅帶回家，免得她常常外食，把身體吃壞了。她還是以追劇來打發時間，腦袋經常都是空空的，實在是沒有朋友，沒有親人，沒什麼可以占據她的腦袋。二〇〇一年，納莉颱風重創台灣北部，台北市、台北縣，汪洋一片，道路都變成河流。周邊山區土石流造成好幾處大災難，房屋倒塌，或被掩埋，怎一個慘字形容！颱風過後，她看著電視上的直播，正慶幸她租屋家附近沒有什麼大災難，只是停了兩次電而已。又過了一陣子，聽見並且看見螢幕上出現邱維義三個字，她兩年多未見的阿義，雙手被上了手銬，頭低低的，被警察帶走。阿義被逮捕的原因是，建案工程偷工減料，致使大樓倒塌，造成數人死亡，並傷及旁邊的住戶與一個小型養豬場。雅雅知道這棟倒塌的樓，位於汐止山區，阿義曾經表示，要送一戶給她，只是，雅雅沒要。雅雅寧可自己存錢去買，也從不亂拿、亂收受阿義的錢。看著電視新聞，她有些心痛，「怎麼會呢？阿義不是偷工減料的人啊！」

雅雅獨自一人，除了上工、搬貨、送貨以外，整個心思，都是她與阿義在一起的三年，她全心付出，不求回報，無憂無慮，樂在其中。她的狠娘與狼父都已經去世，雅雅日思夜想的，也只有阿義了。「如今，他有麻煩了，我是不是該回去分擔分擔？」雅雅想著，「撥個電話試試吧。」阿義公司的電話，已換成一家搬家公司，一建案，一公司，果然是真。雅雅隱約知道，她是找不到阿義的，除非，阿義要找她。雅雅想到，如果能找到舒琪，或許是唯一的機會。但是，膽小又不愛給人添麻煩的雅雅想到，倘若阿義根本就沒有想見她，那不是自討沒趣嗎？她雖然想阿義，但是，隔了一陣子以後，思念就淡了、擱下了。

雨傘批發的工作，實在只要三、四個半天就可以了，追劇也追得無趣了，空閒的時間太多，雅雅想著再找一份兼職，有收入又可以打發時間。經過批發行的老闆娘介紹，雅雅到位於板橋的台北縣政府總務處，擔任時薪兼職清潔工，每週一至週五，五個上午，倒倒拉圾，拖拖地、掃掃地，這對雅雅來說，真是輕鬆愉快啊！每個月的薪水比批發行的還高。唯一稍不方便的，就是要早起趕公車，習慣晚上追劇的雅雅為了這份輕鬆的工作，更為了優渥的薪水，只好改掉晚睡的習慣。不過，兩、三週後，她決定從積蓄裡拿出一點錢，買了一輛二手的機車，不但經濟實惠，時間上更好掌握，又可以晚睡個半小時左右，雅雅為她這個決定，高興了大半個月。

有天一早，雅雅在縣政府側門掃地，看見一個熟悉的身影，從警車下來，戴著一頂米色、有些汙漬的鴨舌帽，穿著一套深綠色的運動服，舊舊的、鬆垮垮的，她一看便知，這位男子，就是在她生命中最重要的男人，她立刻衝上前去，叫道：「阿義！阿義！」阿義身旁的兩、三位警察立刻遏阻，上前用警棍擋住雅雅。阿義雙手被扣著手銬，緩緩抬起頭，充滿血絲的雙眼，淡淡地看著雅雅，阿義隔了兩、三秒鐘，才反應過來，叫他的人是與他同居三年，對他全心全意、被他嚴格考驗，又被他懷疑是「婊子無情」的雅雅。阿義本能地、無助地，帶著哭聲地大叫：「救救我！雅雅！救我！」雅雅要跟著進去，卻怎麼可能！

雅雅在縣政府裡盡力打聽，大樓裡有警察局嗎？大樓裡有法院嗎？大樓裡有檢調單位嗎？她的清潔小隊隊長，平日待她很好的，看著雅雅著急，也幫忙找大樓的告示，更去電給資深的縣政府同僚詢問，答案都是，「沒有！在其他棟樓！」「這裡只有縣府的行政單位，沒有檢調、法院、警察局！」可是，警察明明帶著阿義進入大樓，怎麼就像石沉大海，消失了。雅雅想要去各個樓層找阿義，試試自己的運氣，礙於還在當班，只得央求著小隊長通融個半小時，讓她親自去巡看一遍。小隊長點頭囑咐，要儘快回到崗位。雅雅快步走著，一層樓一層樓的尋找，卻怎麼找都找不到。

過了幾天，雅雅看見電視新聞報導，汐止山區大樓倒塌的偷工減料案，有了新發展，不知道阿義怎麼弄的，承包商坦承在起造大樓時，不但沒有依據設計圖施工，更縮減混凝土磅數，並減少鋼筋數量，導致大樓經不起雨水沖刷而傾倒，開發商獲免起訴處分，全案一審終結。不過，檢方在偵辦過程中，發現該建案蓋在超過三十度的陡坡上，地目變更與建照發放有重大瑕疵。邱維義涉嫌嚴重違法，嚴重賄賂公務員罪，全案繼續偵辦中。雅雅心中不安，總感覺這是阿義會做，而且很能做的事，極可能逃不過這個劫數，自己應該要為他做點事，可是，能做什麼呢？腦袋一片空白，完全沒有頭緒。

檢方提出防止串供之疑慮，法院立即裁定收押。阿義被羈押在看守所裡，三不五時被帶至與案情相關之處所對質、審訊。那天在台北縣政府，就是與地政單位對質。阿義見到雅雅，本能地喊出求救，其實，雅雅能救阿義嗎？阿義心知肚明。

在我的法庭上，我一眼就看見林雅君，樸素淡顏，若有所思的坐在旁聽席上。阿義完全沒有認罪的意思，他的委任律師大言不慚地推諉他受到地政事務所的專員壓迫，被逼行賄，整個建案不但未獲得利益，自己還遭到巨大的財務損失，更賠上個人及公司名譽。阿義坐在一旁點頭如搗蒜。我瞪著他，心中有氣！據我多年的法官經驗，我用鼻子聞，就知邱維義有罪。但是，所有文案資料與檢方證據，無法證明這位邱先生，犯意明顯，難逃罪愆。在人證不全的情況下，他反咬地政科的專員，來個死不認帳。阿義已經被羈押了十五天，毫無悔改之意，擺明著是瞧不起檢方的蒐證能力，他要打拖延戰術，拖越久，對他越有利。我心知肚明，這是多種案件慣用的伎倆。我思索著：「一定要儘快地將這小子打入監牢！」

第一庭結束，我裁定邱維義繼續收押。法槌一落，雅雅就衝上前來，叫著：

「阿義！阿義！你都好嗎？」阿義笑著回：「妳去找他，他可以探視我！」阿義手指著他的辯護律師。我看到雅雅的反應，有點驚訝，這個狡猾的邱維義跟苦命的林雅君，八竿子打不著啊，怎麼好像是多年的熟識！

雅雅看著阿義被法警帶出法庭的同時，也看見了我，她一定忘記了我姓什麼，只是跟我點頭示意而已。雅雅的頭，還沒點到位，就急著轉到阿義的辯護律師，口中叫著：「律師！律師！」「我是阿義的朋友，怎麼聯絡您？」「妳好！我姓賴。這是我的名片，上面也有我的手機號碼。」賴律師說著，握完雅雅的手，就匆匆離開法庭。後來的兩天，雅雅與賴律師短暫見了兩次面。雅雅只是想去探望阿義，可是，阿義是收押禁見啊，這如何可能！她問賴律師的也僅限於「阿義的身體好嗎？」「看守所內的食物好嗎？」「阿義挺得住嗎？」「阿義會被判刑嗎？」賴律師知道她對案情毫無幫助，也就隨意敷衍一下，草草了事。雅雅也覺得賴律師有意閃躲，對與阿義見面一事，毫無幫助。

雅雅在無助之下，打手機給舒琪，告訴了她關於阿義的事。舒琪也有耳聞，阿義的朋友偶而來店裡，支支吾吾地，不太願意談阿義的事。舒琪大姊的習性不改：「我認識一位好法官，我問問他，有什麼辦法。」「不！不！乾脆我約他出來吃個飯，妳也來，當面問問。」就這樣，我與雅雅又碰面了。舒琪聽了雅雅父母親的車禍，輾轉認識了我，又聽到雅雅離開阿義，靠著自己的勞力賺取生計，直呼不可思議，大罵雅雅笨豬！雅雅絲毫不以為意，心中只念著阿義，何時可以被放出來。我對雅雅的看法，從頭到尾，完全沒錯。當年那種說不出來的好感與疼惜感，完全證實。雅雅不傻，只是善良真誠，更懂得報恩。做為邱維義的主審法官，我知道阿義太多的事情，我知道阿義不配擁有雅雅的真情真義，可是，我不能說。我清楚地知道，邱維義是個壞胚子，更準備要好好關這傢伙一下，可是，如何讓雅雅發自內心地放棄邱維義，倒是件難辦的事。

*

舒涵，還有她媽媽，在緒台跟我的幫忙下，搬到了台北。老公寓的二樓，二房二廳二衛，屋況不錯，交通也很方便。因為屋主是我的高中同學，租金二萬不到，緒台出一半，舒琪出一半。等舒琪把基隆的房子賣了，再還錢給緒台。這對命蹇的母女，終於可以住得比較安心了。舒涵在八德路台視的附近，找到一份文書處理的工作，離住家很近，走路就到。僱主是一家海運承攬公司，不大不小，十多位員工，有老有少，相處融洽，她的工作，樣多繁細，算是忙碌的。不過，公司老闆，四十多歲，是個好人，對員工蠻大方的，生意好的時候，每個月都有獎金，跑業務的，拿多一點，做內勤的，像舒涵一樣，也有份。老闆常應酬，愛喝酒，老闆的老婆也愛喝，只不過都在家裡喝，這下苦了老闆，應酬完，已經喝多了，回到家，還要陪老婆再喝一輪！難怪，常常滿身酒味，還不自覺。

命運真的作弄人啊！舒涵找什麼工作不好，偏偏找了一個跟基隆有密切關係的海運承攬公司，誰叫她是基隆海洋大學畢業的。舒涵在公司是新進員工，資深的、歲數大的，都對她照顧有加，老闆對她也算是寬容，有時報表打錯，或是文件未能備齊，老闆、同事也不指責，只是好言勸說，下回多注意。舒涵也認真努力，深深覺得這家公司跟一個小家庭一樣，很溫暖，自己慶幸能在這裡工作，一定要好好把握，跟其他同事一樣，能在這裡做到退休。

一天，船東訂的一艘新船，要舉行下水典禮，舒涵的老闆三個禮拜前，就通知了所有員工，全公司動員參加典禮，捧人場，也是對長期來往的船東致上最高的敬意，以後在承攬貨櫃上，較有優勢。這天，萬里無雲，豔陽高照，典禮尚未開始前，西裝筆挺的老闆，活躍得很，握手、擁抱、換名片，東聚一下，西扯一輪，忙碌得很，滿頭大汗不說，連西裝裡的白襯衫都濕透了。少頃，擴音喇叭聲傳出：「引水人暨拖駁船協會理事長到！」船東立刻招手，指示公司的員工，列隊歡迎。自己拉著盛裝的太太，快步趨前，鞠躬致意。舒涵從遠處就看到，這個什麼理事長，就是帶頭輪姦她的角頭老大。剎那間，舒涵的腦袋裡出現一幕一幕的清晰畫面，同時，雙腿、身體開始抖動，眼睛一閉，就暈過去了。

舒涵的意識開始恢復，聽見急診室裡吵雜的聲音，雙眼慢慢地張開，她的左右都有病床，耳邊護士們的囑咐聲、病人們的呻吟聲、擴音喇叭重複地尋找某某醫師的廣播，此起彼落。她靜靜地躺著，眼睛微張，想要從那天晚上的清晰景象脫逃，她的憤怒、怨恨已經好久沒浮現在腦海裡了。舒涵努力試著讓公司裡的歡愉和同事間的相互，占據腦袋裡的空間。但是，那把鋒利的主廚刀，依然在猛烈地上下左右劈砍，割裂每張快樂的畫面，甚至把那晚被輪暴的每一幕，都劃成碎片。出現在腦海裡的，只有角頭老大那張猙獰的面孔！

「小姐！小姐！妳還好嗎？醒了？感覺怎樣？」護理師大聲地問，深怕病人聽不到。舒涵的凝神，被打斷了。睜開眼，笑了一下：「我醒了！都好吧。我的同事們呢？」「不知道！」護理師說，「妳中暑暈倒，救護車把妳送來的。」「妳若沒事了，就可以繳費回家了。」

舒涵排隊繳了費，也去電給她的經理報了平安。慢慢晃到車站，坐了公車，回到家。舒涵媽媽不在家，可能去黃昏市場閒逛。舒涵一個人坐在自己的床邊，憤恨著該被千刀萬剮的壞人，卻越來越得勢；憤恨著為家裡付出一切的姊姊，自己卻毫無感謝之意；憤恨著詐騙父親的爛朋友，無知的媽媽卻束手無策；更憤恨自己的無力、無助與無奈，舒涵的七竅不自覺地被堵住，整個身體脹得不得了，氣吐不出，也吸不進，好像快要窒息一般。過了好一陣子，才慢慢舒緩過來。她站起來，無意識地脫去衣服，一絲不掛地走進廚房，拿了一把鋒利的水果刀，再走進浴室。

舒涵媽媽回到家，聽見浴室內花灑開著的聲音，叫著：「舒涵，怎麼這個時候在洗澡？」走進浴室，熱水的蒸氣，阻礙了視線，打開玻璃門，看見舒涵盤腿坐在淋浴間的地上，頭低低的，肩膀靠著左邊的牆壁，左手右手交叉在身前，兩邊的手腕還流著血，花灑噴著水，鮮血順著水流進下水孔。

舒涵媽媽暈坐在地上，苦天喊地的叫了救護車，叫了舒琪。

我在舒涵的告別式上，看到了舒琪，也看到了舒涵的老闆，知道當天早上貨櫃船的下水典禮的當下，舒涵撐不住豔陽而昏倒，當天的下午，就自殺身亡。我隨口問問典禮的情況，參與的貴賓等等。舒涵的老闆稍微形容了一下，也提了幾個貴賓的頭銜及名字。我立刻為舒涵鼻酸，眼眶裡充滿了淚水，舒涵必定是看見了角頭老大，氣不過、想不開、無力無助，索性一了百了。我拉著舒琪到一旁，告訴她，我推測舒涵自殺的原因。舒琪的臉一沉，沉得深極了。我從來沒有見過她這個樣子，那是一張沉默而狠毒的臉。我感覺到冷，舒琪眼中的寒氣，讓我四肢感覺冰冷。我立刻雙手緊緊抓著她的肩膀：「別做傻事！好好活著！」

*

Jason在永康公園牛肉麵裡，正在大快朵頤，店裡滿滿的客人，店外日正當中，有許多國內外食客在排隊。忽然，兩輛中型軍用吉普車停在麵店門口，兩名武裝的憲兵走進麵店，跟Jason說了兩句話，Jason放下筷子，付了帳，跟著那兩名武裝憲兵，氣定神閒地上了吉普車。他心中有點不爽，吃到一半而已，只是眼前的陣仗有一點大，順服是對的策略。Jason拍拍前座的中尉長官，說：「劉中將不是憲兵科的啊？」「我去你們院裡，都是坐軍方牌照的小轎車啊。」「也沒被憲兵招待過，今天一定有些趣事，能先透露一下嗎？」Jason一連說了好幾句話，沒人搭理他，整個車子裡，嚴肅極了。車子迅速地經過仁愛路，直直地，進入了總統府。他不是去見總統，而是去見國防部軍務副部長，陳中將。他跟軍方的將領素有來往，開會、吃飯、喝酒都數不清多少次了。可是，這位陳中將，Jason從未見過，也沒聽說過。他被帶進一個窗台高高的房間，房間裡，一張大桌子後面坐著陳中將，正前方一張四腳單椅，兩旁各有兩張小桌子拼起來的長桌子，後面坐了兩位軍官，一位中校，一位上尉，另外一邊的長桌子，沒人坐。當 Jason 進入房間的時候，這三位軍人只是在他們座位上站起致意而已，完全沒有上前握手的意思。Jason 完全懵了，這是要幹什麼？Jason 冷靜的嘴角向上，笑著說：「這張椅子，是給我坐的？」陳中將右手抬了抬，說：「是的！劉先生，請坐。」

「劉先生，我們有證據顯示，你把我國先進的武器製造技術，傳授給對岸的中國。」Jason 簡直不敢相信自己的耳朵，雙拳緊握，憤怒極了！他慢慢地、咬著牙說：「證據？先進技術？給中國？」那個上尉繼續說：「是的！我國的光束炮，你曾經應邀參加武器展示，你故意掩飾心中的驚訝與讚嘆，嘴上卻表示光束炮一文不值。」「近來，我方情報顯示，中國也在發展光束攻擊，我們有理由懷疑，對方獲得我方的技術，是有人洩密。」Jason 邊聽邊想，這個上尉，在哪兒見過。「陳上尉！你不是預官嗎？怎麼會掛著上尉軍銜？」「我申請自願留營，投筆從戎！劉先生，請勿打岔！」Jason 想起來了！這個上尉，就是當年在中科院擋住 Jason 的少尉預官。Jason 聽著他繼續說著，全是狗屁不通的廢話。心中開始覺得好笑：「這小子，聽了我說的兩句話，就光憑猜測，抓我來問話，我如何傳授了？我透過誰？又給了老共什麼？完全沒有證據啊！」同時，心中立刻充滿恐懼：「這是栽贓嗎？有人要陷害我？假如都沒有，那麼，台灣軍中的這種無知、蠻幹，真的令人難以置信！」

上尉說完了。陳中將接著說：「因為劉先生跟中科院很熟悉，截至目前為止，我們雖然沒有直接證據，但是，我們合理地懷疑，光束攻擊的技術，對岸正在迎頭趕上，可能是拜你之賜。」Jason 無語。陳中將繼續說：「我們沒有要逮捕、拘留你的意思，只是，從現在起，劉先生不能出國，在台灣的任何地方則不受限制。」Jason 站起身來，大聲駁斥：「憑什麼啊！台灣養了你們這些蠢貨，真的完了！我在美國一心為台灣，還被老美不信任！F-16 的維修中心是我為台灣建立的！提升天弓二號飛彈的射程，是我做的！測出中共飛彈是空包彈，也是我測的！你們把我當成匪諜，簡直滑天下之大稽！」Jason 已經氣到發抖，腦袋充血，決定不管什麼機密、絕對機密了，反正那些是臭老美的機密。Jason 其實一開始就感覺到氣氛詭異，心意已決，提醒著自己，絕不能說出金米與董將軍的事，因為他對台灣已經徹底失望了。

Jason 從總統府的後門走出來，感覺又餓又渴，心中把那個陳中將、豬上尉罵了個夠。隨便找了一家麵店，灌了礦泉水，叫了一碗乾麵加貢丸湯，解飢一下。上了計程車，回到家裡。靜下心來，仔細思考今天發生的事。突然，手機響了，Jason 看到來電顯示，是中科院的劉中將。他心中有氣，忍住，深深吸了一口氣，說：「院長，你好啊！」「後天晚上，官校幾個前後期的同學，要聚餐，你能賞光嗎？」劉中將在電話的另一端說。Jason 回：「有什麼要慶祝的嗎？你們同學聚，我參加，太突兀了！」劉中將說：「本來是我們自己聚，但是，高我一班的學長高升國防部副部長，指名邀請你！」又說：「你們怎麼認識的？在美國就認識了嗎？」Jason 非常震驚，這個他不認識的副部長，剛剛才對他下達禁止出國的命令！他輕描淡寫地說：「我當天有約啊，讓我試著喬一下，待會兒回電給你。」Jason 爭取到一點時間，一定要先深入思考這場令人不舒服的局。

Jason 想破腦袋也想不出個所以然，他的腦袋好像無法對付荒謬可笑的事，他所受的訓練都是很邏輯的、很嚴謹的，有一定的方法、規則可依循的。他所有做過的事，完全沾不上匪諜的邊，卻有蠢蛋說他是匪諜，蠢蛋的長官竟然相信！然後，又透過接受 Jason 很多幫助，能些許證明他的清白的劉中將，來邀他吃飯。他亂到無助了，必須有人為他釐清頭緒。

「Michelle! How are you doing?」Jason 扣金米。他心中認定最聰明、最會設計人、最古靈精怪的人，一定可以幫他一下。「有事囉！大問題囉！你這個傢伙，有事才找我，真沒良心！」金米俏皮地回答。Jason 心想：「她真的好像什麼都知道！」嘴巴卻說：「妳這女人，就是厲害！我是遇到問題，但是，我問妳，妳能猜得出我的問題嗎？」金米說：「我猜不出！我也不想猜！我要讓你受一點折磨，你才知道我的好！」「別這樣嘛！」Jason 懇求著。「劉先生！耐住性子，別急！你以前的沉穩到哪裡去了？」金米嚴肅地說。「好！我懂！」「Take care!」Jason 掛上電話。心中舒坦，頓時豁然開朗。

Jason 與金米都是聰明人，這通電話的對話內容，都是想過的，相互一點便知。更何況，電話肯定被監聽。

「大家舉杯向學長致敬！恭喜榮升軍務副部長！」杯觥交錯中，Jason 也頗為開心，因為這些將軍的酒量都極好，完全沒得躲，Jason 心情輕鬆，不知不覺中，有一點過量，但，還是耳聰目明聽著他們聊天的內容，原來，陳中將曾經被派到美國，擔任台灣軍備採購處處長，怪不得劉中將電話裡問：「你們是否認識？」宴席一半的時候，陳中將起身，要去上廁所，隨手招了 Jason，示意一起去。Jason 跟著，如廁完，陳中將拉著 Jason 到一邊，小聲說：「我認識 John Bradley，你以前的同事。我認識他的時候，John 是國務院亞太助卿。」陳中將繼續說：「我知道你的背景，更知道你的貢獻。你是個不可或缺的人才，不過，從另外一個角度看，你也是個危險人物。」陳說完，拍拍 Jason 的肩膀，拉著 Jason 一起回到宴席的包廂。

Jason 驚了一下，走回包廂的時候，心情已經平復，繼續嘻笑喝酒。心想：「這場令人不舒服的局，漸漸有點頭緒了！」嘴角上揚微笑著：「John! 我也不會放過你！」

＊

自從雅雅搬出阿義的家，自食其力以後，前兩、三個月，阿義還偶而想起與雅雅在一起的日子，後來，阿義就沒有再想過雅雅了。什麼考驗、什麼誰占上風，完全拋諸腦後。繼續自己的生意、玩樂的同時，又找了一個同居人，一樣是酒店妹。阿義喜歡她的美貌，酒店妹看重阿義的錢財，兩個人各取所需，能同居就是緣分，相處起來也頗為愉快。這名女子利慾熏心，常跟隨以前的一位酒友，做丙種金主的，進出股票，偶有斬獲。阿義雖不好炒股，但眼看著他的同居人，好像很厲害的樣子，便想跟她聯手，准許她出門陪金主吃飯喝酒，獲取明牌，然後他倆再共同出資炒股。阿義還幫她印了公司的名片，頭銜是副總經理，方便她結交金主宴請的基金經理人。她出席飯局、酒局的次數越來越多，從一週一次到一週三、四次，阿義懷疑她為獲取明牌而早已獻身，因為每次出手，都能獲利。阿義賺錢之餘，也裝作不在意，但是，內心極不爽快！

跟丙種金主配合的基金經理人，道行實在不高！用買來的人頭戶，加上丙種金主的墊款，買進後，再用自己操作的基金，拉抬股價，金主賺利息，基金經理人賺差價。這種拙劣的手法，極為常見，調查局怎能不知！阿義與同居人跟單買進，天真地以為違法的風險不大，犯法的是基金經理人與金主。調查員憑著交易所的電腦勾稽資料，約談阿義與同居人，阿義的公司還被搜索。阿義知道自己的處境危險，心中盤算著如何自保，經過仔細考慮之後，決定犧牲自己的同居人，誰叫她跟自己同居，還貪財貪慾，對自己不忠！阿義一方面花言巧語，力挺同居人，全心全意為她兩肋插刀，共進退；另一方面，阿義找到小時候隔壁村子的玩伴，林同學，這個小學畢業就開始混黑道的同學，有殺人、強盜、勒索前科，是個狠角色。林同學配合阿義的計畫，壓著丙種金主出來密會，設下雙方共利的計謀，誆騙同居人向調查員行賄。同居人美貌，但是愚笨，傻傻地跳入陷阱，被騙得團團轉之外，還自行提領現金，賄賂調查員，被逮個現行！阿義與金主，一個說是自己只是人頭戶，買賣股票全出自於同居人之手，自己完全不知情；一個說只提供資金，完全不認有任何內線交易之情事。他倆無罪飭回。同居人內線交易被定罪，罰款之外，還入監服刑兩年。

我是阿義的主審法官，翻閱以前的犯案卷宗以後，清楚阿義是個精明的生意人，鬼點子很多，遊走法律邊緣是常有的事，跟他有關的案子多了去了，他遇到不順的時候，總能找到出路，自己全身而退。小時候，他闖了禍，遇到麻煩，就仗著自己跑得快，跑給你追。長大後，他脫逃的辦法更是五花八門，騙、給錢、苦肉計、拉墊背的、找黑道來硬的，樣樣在行。這次，賄賂官員，變更地目，因為有人喪命，又碰上我，阿義想全身而退，難度甚高。按照法律，羈押期滿，我不得不放他出來。阿義從看守所出來後，奉行「拖」字訣，能在外面待多久就儘可能地不認罪。這招，我也見多了，既然看守所關不了他，索性我就常開庭，讓他不舒服。我把其他的案子稍稍擱著，指示檢察官專心辦阿義的案子，我還教導辦案的方向，用以前阿義脫逃的方法，類比這次的賄賂，雞毛蒜皮的小事，我都可以開庭，他的律師屢次提出抗議，我完全不予理會。我這樣做有兩個原因：一，我要儘快把他繩之以法；二，我知道，每次開庭，雅雅都會來，坐在旁聽席。我想要多看看她，順便讓她聽聽，妳喜愛的男人，是個壞人，壞透了，不值得妳這樣對他。

阿義從看守所出來以後，雅雅與阿義見過幾次面。雅雅對阿義的情分，依舊滿滿，處處充滿對阿義的關心與在意。但是，對於阿義在她父母親車禍的時候的寡情，跟後來的避不見面，還是有些疙瘩。每每談到這事，阿義總是閃躲，完全沒有給她一個令她放下的答案。一天，阿義約朋友要去舒琪店裡喝酒，為了省一位小姐錢，邀雅雅一起，理由是，雅雅和舒琪是老朋友了，見面聊聊、敘敘舊。雅雅已經好多年不涉足這種場所了，但是，是阿義的邀約，雅雅也欣然答應。酒店裡的氣味、燈光，雅雅重臨舊地，不但沒有絲毫興奮，反而覺得陌生，更有一些反感。阿義與朋友談著生意，雅雅與舒琪在一旁輕聲交談。舒琪問：「他的官司怎樣了？」雅雅回：「我也不是很清楚，不過，阿義好像蠻擔憂的。」舒琪又問：「妳沒有去找吳法官嗎？」雅雅沒吭氣，搖搖頭，握緊舒琪的手，捏了兩下。舒琪眨眨眼，站起身來，為客人斟酒，然後就藉口其他桌要買單，走出包廂。

酒局眼看就要結束，阿義的朋友也一一散去，阿義說要雅雅跟他回家，雅雅說，明早七點有班，實在不行。阿義沒勉強，也就各自回家了。過了幾天，舒琪扣雅雅：「雅雅，我跟妳說一件事哦，妳不要怪我哦！」「我跟阿義說了，是他打電話來問我的，不是我主動講的！」「我們有跟吳法官一起吃過飯。」雅雅聽了，靜靜地說：「沒關係的，他早晚都會知道的。」掛上電話，雅雅繼續搬貨，好幾箱的雨傘，今天就要送到。雅雅把廂子捆妥在機車上，正要準備跟老闆娘說再見，阿義捧著一束鮮花，出現在她的面前。雅雅高興，開懷地笑說：「你怎麼會來啊！」「我現在要送貨，不能陪你！」阿義說：「我幫妳送！」「不行啊！你不知道地方的！」阿義又說：「我訂個餐廳，晚上一起吃飯！」雅雅騎上摩托車，說：「好！把花也帶去。」

阿義訂了一家高級的牛排館。雅雅忙完後，為了不遲到，來不及回家洗澡、換衣服，乾脆騎著機車直接去。從新北市騎到大直，距離不算太遠，但是，還是遲到了一點。這是一家很有名的牛排餐廳，她已經忘了有多久沒進到這種高級的餐廳了興奮了一下，又擔心起來，「我蓬頭垢面，衣著邋遢，唉！錯了！錯了！」進入阿義訂的包廂，精緻的餐具，精緻的擺設，微暗的燈光，白色桌布上，擺著一大束紅色玫瑰花，雅雅高興地大聲說：「哇！太美了！」「阿義！真謝謝你！」

阿義看到雅雅的樣子，感覺沒面子，現在的雅雅怎麼這麼醜、這麼邋遢，那鄙視的眼神，只露出一下下，就被阿義收回了，笑著說：「快坐！快坐！」「我選了一瓶很棒的紅酒，已經醒了快兩個小時了。」雅雅邊說邊坐下：「我騎車來的，不能喝酒啊！」阿義頓覺無趣：「搞什麼啊！」說完，就後悔了，趕緊露出笑容，說：「機車就停在這裡，我明天去接妳，再回來騎。」一次眼神，一次臭臉，加上兩次快速地變臉，雅雅都看在眼裡。雅雅說：「你還記得我喜歡吃牛排哦！真好！」阿義胡扯了一些牛排的等級，聊了一些不相干的，雅雅說：「你今天怎麼會來批發行？有事嗎？」阿義早就忍不住了，直接了當地說：「既然妳認識吳法官，妳就幫我一下吧！請他高抬貴手，別這麼緊盯著我。」雅雅慢慢地說：「我在你心裡，到底是什麼樣的人？」阿義的腦袋轉著，盤算著要如何回答。雅雅繼續說：「我的一生已經夠苦了，我都認了，我自己靠自己，沒有怨言。你要跟我講實話。」阿義還在盤算著，不知怎麼回答。雅雅繼續說：「有這麼難嗎？說出你心裡的話！除非，你不聽它的，忽略你的心！阿義，這樣是不行的！」雅雅等了等，繼續懇切地說：「這不難的！跟著你的心！想說什麼，就說什麼！」阿義想著、盤算著，終於，說：「我愛你！」阿義抱頭痛哭，哭著說：「我要考驗妳！我認為妳是婊子！我不相信妳！我不想跟妳到最後！」

雅雅放下了！阿義終於說出了他心裡的話。雅雅相信阿義說的是真的，因為他從來沒有這麼崩潰過。出於對阿義的愛與關心，雅雅感動了，決定幫助阿義，盡她所有！

＊

二〇〇八年，馬英九當選總統。台灣進入第二次政黨輪替，民主政治正式走上穩健的高速大道。然而，自二〇〇七年底，美國新世紀金融公司宣布破產，不動產泡沫破裂，開始延燒至金融機構，二〇〇八年九月，美國最大的兩家地產金融公司，房利美、房地美被聯邦政府接管，舉足輕重的投資銀行，雷曼兄弟公司倒閉，房地產的次貸風暴正式啟動了金融大海嘯。二〇〇八年，美國標準普爾指數（S&P 500）狂跌了百分之五十，全球主要經濟體下跌更多，台股更是慘不忍睹，哀鴻遍野。

黃非凡帶著母親返台奔喪，祖母高壽九十二，安祥去世。離鄉背井已經三十多年的非凡媽媽，對台灣的一切都興奮好奇得不得了，Doug 帶著媽媽遊覽了日月潭、墾丁、花蓮，這些都是媽媽以前最愛的景點。尤其是久別的美食，Doug 也規畫得很周全。

緒台與暖芯在金融海嘯中受傷很重。手中的美股、台股，表現好的，腰斬，表現不好的，八成打了水漂。緒台公司的貸款也被銀行雨天收傘，必須提前還錢。暖芯工作的大壽險公司，也因為重壓各式各樣的房地產衍生性商品，慘遭違約，產生巨大虧損，不但停止招聘，更計畫著大幅裁員。一向順遂的兩位天之驕子，從天上跌到地下，拿出積蓄之外，還得變賣或抵押值錢的資產，以籌措現金，咬著牙苦苦撐著，期待市場儘快回升，別無他法。

正在此愁雲慘霧之際，緒台接到黃非凡的電話，語氣溫和、充滿關心地要約同父異母的哥哥出來吃飯，順便也請緒台帶上媽媽，與自己的媽媽相聚。緒台大驚。

「這天殺的 Doug 帶著他媽媽回台灣了！」緒台叫著：「沃草他媽！在這個該死的時候！」暖芯也按捺不住地說：「都快撐不住了！要死大家一起死！」兩人沉默了一下，暖芯回神，憤恨而堅定地說：「把你媽媽帶上，赴他的約！」「看看這傢伙到底要怎樣！」「立刻打電話給吳法官，我們要有充分的準備！」緒台聽了，點頭應允，同時，心中響起一聲驚雷：「我們！我們！我們！」

這些年，暖芯與緒台的相處，不能說不好，可能是太好了。緒台總覺得暖芯的控制慾太強，自己的生活隱隱約約的被暖芯制約著，她不在身邊的時候，緒台偷吃一下小模、酒店妹，心中總有疙瘩，不如往昔般地暢快。而她不在身邊的時候，緒台又擔心她在跟其他男人放電、撒嬌。除此之外，暖芯對人對事的判斷與決策，總是比自己快、準、狠，讓緒台偶而感覺到這個女人蠻無情、蠻狠的。緒台也曾挑明地惡言批評，但總是辯不過暖芯，還變成自己理虧了。這些年的相處，緒台的心中其實有一點怕暖芯了，以前的疼惜，漸漸地變成防禦。緒台有一點想分手，可是又念著志雄，沒驗過DNA的兒子。現在的緒台，只有虧了一缸子錢的痛苦、對以前疼惜的人的害怕和對一個不能相認但又不確定是自己的兒子的煩惱。過去，我行我素，暢快玩樂、享受生活的富三代，竟淒慘至此。

「緒台，放輕鬆一點！別氣！仔細想想，你帶著你媽去跟黃非凡，還有他媽媽吃飯，難道沒有風險？被拍了照怎麼辦？是肯定了你跟他們有什麼關係嗎？」我直接了當地說，打醒了緒台。緒台不假思索地回應：「對！吳法官說的對！跟他們碰面，是暖芯的建議，摸摸他們的底。」我說：「摸底，自己去就好。」「另外，暖芯是個厲害又聰明的女人，但是，你也不需要什麼都聽她的。」講完這句話，我立刻後悔！又緊接著說：「唉呀！就是要商量著辦，商量著辦。」

掛上緒台的電話，我的心噗通噗通地跳著，總覺得有不好的事情要發生。我想起當年，傻博士帶槍要殺H董的夜晚，傻博士怎麼知道H董在舒琪店裡？傻博士派人跟蹤H董嗎？暖芯當晚是跟緒台與H董晚餐的啊！並且，暖芯先被送回家了。我恨我當年沒有繼續深究，但是，我隱隱約約知道，是趙暖芯報的信！

Doug與緒台見了面，本來都講好，要帶各自的媽媽一起，結果是，兩個人都沒帶。相互爾虞我詐，自然得很。黃非凡開門見山，表明自己的意圖，黃家已經被同父異母的哥哥敗了不少，金融海嘯更是大傷筋骨，他也是黃家的一分子，理當挺身而出，為黃家盡心盡力。緒台全身雞皮疙瘩掉了滿地，氣得拳頭緊握，想打Doug，可是，看著對方比自己壯碩，討不到便宜，當下忍住了。臨分手前，緒台怒斥：「你這個叫化子，以前，我還願意賞你一點錢，現在，一分沒有！」「法庭上見！」

自從認祖歸宗的官司打輸了之後，Doug清楚地知道，沒有媽媽的陪同作證，這場對他這一生最重要的官司，必定潰敗。他返回美國的這些年，都待在媽媽身邊，偶而兼職健身教練，維持身材，不但放棄花天酒地，放棄到處留情，甚至還交了一位跳機的大陸籍女朋友，跟他一起照顧媽媽。一個想要美國的綠卡，對Doug百依百順，一個是要佯裝孝子，贏得媽媽的信任，好能竊取媽媽與爸爸在一起的證據。堅持壞心的人，總能得逞！Doug找到了當年辦理房屋過戶的員工及文件，更竊取到他父親親筆簽名的匯款單。這張五十萬美金的匯款單是Doug媽媽最珍惜的物件，以前Doug還小的時候，媽媽常常拿出來盯著看，好像看到簽名，就看到本人一樣。

第八章

黃非凡真的把他的媽媽照顧得很好，媽媽看朋友，他隨侍在旁；媽媽想吃什麼，他張羅著辦；媽媽想重遊舊地，他租車當司機；媽媽想做身體檢查，他尋醫院掛號。這些看似簡單的事務，對一位幾十年沒回到台灣的美國籍老女人，跟在美國土生土長的 Doug 來說，其實也蠻繁瑣。母子倆返台已經快一個月了，媽媽想回美國了，Doug 也覺得認祖歸宗的時機尚未成熟。他知道媽媽的心裡面，不想給黃家添麻煩，他知道只要緒台的母親還健在，媽媽是不會為自己出面的，他更知道緒台手上的資源遠比他多得多，這時出擊，必定徒勞無功。但是，這次返台也有大收獲！媽媽恢復了台灣的戶籍，黃非凡也順理成章地辦了台灣的身分證。並且，因為氣候、醫療、治安、台灣的人情味，媽媽已經開始在想返台定居養老了。Doug 知道，該準備的都已就緒。回美國前，Doug 打電話向他同父異母的哥哥道別，除了請緒台珍重之外，更直接撂下一句：「請好好維護黃家的資產！」

就在二〇〇八年的年底，阿義被特赦出獄。阿義被我緊盯著，受不了，認了罪，入獄服刑。其實，這也是我勸雅雅的，叫阿義認罪，認罪不一定可以減刑，因為他的素行不良，但是，有機會在二〇〇八年獲得特赦。要不是因為我答應過雅雅，我是絕對不會把阿義的名字放在特赦名單上的，這個狡猾的傢伙，只被關了三年多。

這段服刑期間，雅雅得空就去探視，每次碰面，阿義都不太開心，抱怨食物、抱怨獄友霸凌，實在痛苦得很，阿義的苦肉計，讓雅雅深深地覺得自己沒有盡力，也感同身受，而為阿義傷心。雅雅為了阿義，逢年過節，總是用她微薄的薪水，買些貼心的小禮物，親自送到我的辦公室，表示感激之意，當然也同時央求我，能不能幫阿義換一間好相處的獄友。我當然說沒辦法！還補了一句：「讓他吃點苦頭，對他好！」

阿義被放出來以後，從賴律師口中了解到，他的罪能被特赦，實在是難上加難，阿義隱約知道雅雅出了很大的力，除了心中感激之外，還齷齪地懷疑雅雅獻了身，要不然，那個吳法官跟阿義非親非故，怎麼會對他這麼好。

阿義準備了一筆錢要給雅雅，說：「這只是我的一點心意，請務必收下，改善一下妳的生活。」雅雅笑著說：「不要啦！我的生活過得去的。你剛出來，需要用錢的！」「別擔心我！我現在好得很。」阿義說：「妳太辛苦了，乾脆辭了那兩個工，搬回我家住，我養妳，像以前那樣。」雅雅開懷笑著說：「我感覺我現在蠻好的，自己賺錢自己花，雖然不多，都還過得去。自食其力比仰人鼻息要好多了。」雅雅繼續急著說：「別誤會！我沒有不愛你的意思，在我心中，你就是我的最愛。我要讓你自由自在的，毫無拘束的活著，得空時，想著我，找我親熱一下，我就滿足了。」阿義聽了，心想：「有這種人嗎？」骯髒齷齪的想法又浮出來了：「明明是想跟法官幹，說得那麼好聽！」雅雅孤身一人，吃盡苦頭，這幾年踏踏實實地過著自己的生活，單純、愜意，是她這輩子最最舒服的時候了。她不想回到以前同居的日子，但是，她那顆善良的心，早已為阿義想好，各過各的，但是兩心相繫，這才是他對阿義的真心。阿義看著雅雅滿足、高興的表情，這麼高尚、無私的情操，阿義怎麼可能理解！他不知道要說什麼，也不想決定什麼，隨意說：「先這樣吧！」

*

Jason 是在陳水扁時代被禁足，這段不能出國的時間，都是金米飛到台灣與Jason 相會，兩人在一起蠻恩愛的，但是，口角上的爭執，當然免不了。金米不在台灣的時候，劉媽媽就會隨團去北京、香港遊覽，順便去看金米。劉媽媽看這個媳婦兒，越看越順眼。Jason 趁著媽媽不在台灣的時候，偶而去舒琪的店裡，喝喝、吃吃、唱唱，與舒琪鬧上一晚。劉媽媽整天催著她兒子，也催著金米，把喜事辦了，要不然，她沒抱孫子就死了，大憾事啊！

金米與 Jason 的爭執，主要來自於兩岸的分歧。Jason 從小在台灣長大，服完兵役才去美國深造，中國的極權主義，總是鴨霸台灣，雖然，讓很多利給台灣，可是 Jason 更嚮往民主體制。金米三歲去美國，受到最好的教育，但身體裡、腦袋裡卻熱愛祖國，尤其對十九世紀，清朝末年的國恥，特別悲憤，進一步對十六世紀開始的西方式殖民主義產生無止境的憎恨，也對被殖民國家所遭受到的掠奪、凌辱，感到無比的同情。她閱讀美國、歐洲的歷史，對照非洲、南美洲、亞洲與中國的歷史，完整又深入。一九四九年毛澤東在天安門上高呼的一句話，「中國人民站起來了！」讓金米每回看到那黑白的視頻，必定感動得淚流滿面。

這些年，中國的突飛猛進，更讓金米義無反顧地要為祖國的揚眉吐氣盡一分力。以她在普林斯頓的歷史系與心理系的雙學士學歷，加上她的高智商，進入歐美前五十強的大企業，毫無問題。但，她偏偏選擇進入中國的外交部，為大國崛起而努力。Jason 學的是理工，對於歷史、文化與人文社會的變遷，完全不是金米的對手。對於人心的研究，金米更是高手，如果要耍著 Jason 團團轉，易如反掌，只是她不想這樣做而已。她想要 Jason 自覺與自決，跟著她，一起為祖國效力。

在國民黨馬英九的執政下，兩岸關係不但開始緩和，更開始有多方面緊密的交流。Jason 心中好奇，陳中將、劉中將很久沒聯繫了，不准他出國的禁令，到底還在不在？Jason 決定闖闖看，買了張機票到香港，處理一下他公司的帳務。Jason 在國泰航空飛往香港的商務艙內坐定：「God damn it!」「從頭到尾，原來只是嚇嚇我？」「出關時，我的心還蹦蹦亂跳呢，腿都軟了。」「這些王八蛋，騙得我好苦啊！」到了香港，叫上金米。兩人都熟門熟路，從高級的米其林三星餐廳，吃到陋巷裡的牛腩麵，兩人大啖美食，盡情享受，快樂無比。這幾天的香港遊，就像是他們倆的蜜月旅行。第五天的傍晚，Jason 到了赤鱲角機場，跟金米道別後，也是一路通行無阻，上了飛機。一小時五十分鐘左右，桃園機場降落。飛機沒有停靠空橋，停在飛機跑道旁的停機坪，引擎還開著。廣播響了：「飛機尚未停妥，請旅客們繼續留在座位上。」「Jason 劉先生，請與空服員聯絡。」就這樣，Jason 拿著隨身行李，機門打開，兩名武裝憲兵扶著 Jason 從自走臨時空橋下了飛機，上了一輛軍用吉普車。飛機繼續滑行到指定的空橋停靠，坐在前座的旅客驚訝之餘，相視無言。

「說說吧！不是不准你出國嘛！還偷跑去了回歸中國的香港！金小姐到底是誰？她跟妳是什麼關係？」軍階中校的傢伙大叫著，一拳捶到桌上，說：「從實招來！」Jason 被帶到桃園機場的二樓，很偏僻的一個房間。房間不大，四盞懸吊式的日光燈把整個房間照得慘白。房間內，除了這個中校，就是攙扶他下機的兩位憲兵。Jason 被帶下飛機已經一肚子氣，忍不住怒吼：「你是什麼東西！隨隨便便就抓人、咆哮！叫陳中將來！」Jason 隨便抓了把椅子坐下，繼續說：「老子才懶得跟你說話！」誰知這個中校囂張得很，右手向外一揮，說：「把他銬起來，今晚就關到港警局，明天移送軍法處。」Jason 簡直不敢相信自己的耳朵！咬咬手指，夢境否？無憑無據，沒由來的，沒出示身分，一陣咆哮，就把我關起來！「這是我一天到晚捍衛的台灣嗎？」Jason 被兩位憲兵架著，邊走邊大叫：「你沒有權利關我，我是台灣公民，我的人權在哪裡！」沒人理他。

*

舒涵走了以後，舒琪搬去與媽媽同住，反正都是租房子住，我高中同學的老公寓，相較舒琪的租屋，更好更便宜。我其實反對這件事，害怕舒琪會觸景生情，但是不知如何開口。我心裡一直放不下一件事，總感覺舒琪會跟她妹妹一樣，會做傻事，會報仇。我只要得閒，就約舒琪出來吃個飯，探知她的近況，舒琪也很高興有我這樣的朋友，更常常把雅雅也叫上。我一介公務員，當然無法像 Jason 當年一樣，帶她們吃好的，慷慨地給小費，每次聚會都很開心，我與這兩位女子的關係不一樣。我們是朋友，我對她們是有恩的，至少，我覺得是這樣。雅雅對我，有著對長輩的尊敬與報恩，我也疼惜她的善良與踏實。舒琪，這個傻大姐，神經大條得很，她感覺不到我對她存有想要非分的好感。傻博士的官司，她當證人的時候；舒涵拿刀，殺人未遂，她衝進法官辦公室的時候，我其實，就已經對她有興趣了。

舒琪其實也沒那麼傻！她感覺到我對她的興趣，我不知道的是，舒琪對 Jason 的愛意依舊。她掩飾得實在太好，除了當事人 Jason，除了雅雅，略知一二，就沒有人知道了。我們約吃飯的時候，她常常叫上雅雅，其實就是避免與我單獨相處的時間太多。這是我不知道的。

一天，舒琪媽媽早上九點就喊著舒琪起床，叫著說：「快點！快點！快來不及了！」「計程車快來了！」舒琪起身，迅速刷牙洗臉整裝，一切就緒，計程車也到了。母女倆大包小包的，背的、提的，整整五包。上了計程車，距離不遠，很快的，到了第一殯儀館才九點四十五分，北海福座的大巴還沒到呢。這天是楊舒涵的忌日，三年了，時間飛逝，每年她們母女倆都會為舒涵準備祭品，都是她愛吃的東西，在她的塔位前祭祀一番，報告一下她們的近況，一炷香之後，燒些冥紙、美金、金元寶、蓮花柱等，遙祝舒涵在極樂世界裡，平安愉快！

行禮結束後，照往例，在墓園吃完齋食，再坐大巴回到台北一殯。這天跟往昔一樣，約下午二時半左右到家。舒琪回房間補眠，媽媽把拜祭過的菜分裝在保鮮盒裡，放進冰箱，以便日後食用。下午六點，舒琪定的鬧鐘響了，手機也同時響了，店家通知舒琪六點半準時抵達一家餐廳，帶上三位小姐。舒琪心想：「老娘今晚沒約客人晚宴，要跟媽媽一起晚餐的，怎麼這麼臨時！」嘴巴說：「哇！老闆，妳通知的也太晚了吧！」腦袋閃過哪些小姐住得近，繼續說：「小姐們盡量準時到，我可能要八點。」店老闆說：「重要人物，少囉嗦！最遲七點到！」掛上電話，舒琪立刻扣了三位跟她配合很好、住得算近的小姐，火速趕往餐廳。舒琪胡亂裝扮一下，心想：「齋食實在太少，又不經餓，待會兒遲到，準被罰酒，得先填一下肚子才行。」跟媽媽道了歉，又把冰箱保鮮盒裡的食物，塞了一嘴巴，才下樓叫車。

店老闆訂的是極有名的魚翅餐廳，舒琪被客人帶去過。貴死了，但是，真材實料，好吃！舒琪趕到，在包廂門口，稍稍整理一下，聽見包廂內的人正在說話，不但大聲，並且，滿嘴髒話，問候大家的爸、媽、祖宗，像語助詞一樣。推開包廂的門，往坐在主位、正在說話的人一看，舒琪差一點暈倒，那個人正是角頭老大！為了凝神，假裝鎮定，舒琪咬了嘴唇一下。這個動作，本來是習慣性的耍可愛的小動作，可是，這次，舒琪咬得不輕，上嘴唇冒出血來，可能是剛開始流，舒琪自己還不知道。坐定，拿起酒杯，加了冰塊，斟滿一整杯威士忌，擠出滿臉的笑容，說：「敬這位大哥！敬大家，不好意思，我遲到了，先罰一杯！」角頭老大大聲說：「稍等一下！妳滿嘴巴的血，這樣喝，幹恁娘ㄟXXX！是要怎樣？」坐在舒琪身旁的店老闆說：「怎麼搞的，嘴巴流這麼多血？牙齒都紅了！」舒琪拿出粉餅裡的化妝鏡，照著自己的臉，驚了一下：「這張可怕猙獰的臉，是我的嗎？」照鏡子的同時，角頭老大又說了：「幹恁娘ㄟXXX！拭一下！」舒琪拿了面紙擦掉血水，又用礦泉水漱了一下口，再舉起杯，說：「真對不起！」然後一飲而盡。店老闆、舒琪帶的三位酒店妹齊聲拍手叫好，以緩和氣氛。

晚餐中，舒琪得空時，邊用面紙止血，邊低頭照鏡子，心想：「這個大黑道，沒認出我是誰，我妹妹的血絕對不能白流。」角頭老大的兩位拜把兄弟，酒量極好，舒琪的妹子們，快要招架不住了。舒琪心中已有盤算，告訴自己振作起來，拿出當年當公主的酒膽，不但為三個妹子擋酒，還發起進攻。角頭老大、兩位拜把兄弟，被舒琪的反攻，慢慢的輸陣下來。角頭老大大舌頭了，說：「渴了幾瓶了？」舒琪毫不客氣：「不是渴了幾瓶，是喝了幾瓶！老大，你不行了！」接著笑說：「八瓶喝完了！桌上的是第九瓶。」這桌餐敘，總共八個人，店老闆身體不好，幾乎沒喝，平均下來，每個人都已經喝了一瓶多了。舒琪當然喝的最多，但，仍然面不改色。角頭老大看看他的金閃閃勞力士，閉著眼睛說：「今晚……先停了。我……猶有代誌。」「謝謝盧……老闆的招……待。」店老闆回說：「謝謝賞光。」舒琪搶著說：「老大！要來店裡捧場哦！我們再戰一回！」

＊

二〇〇九年，慘翻的全球金融市場，在美國聯邦準備銀行的不斷降息及量化寬鬆的貨幣政策之下，很有起色，緒台與暖芯的資產價值也慢慢回到海嘯前的七成左右，心情放鬆不少。緒台又開始花天酒地，暖芯繼續陶醉在操控男人的喜悅中。

這兩人的關係確實蠻怪的。緒台的妻子當年就是受不了緒台到處且隨時逢場作戲，到處是，吃飯吃到一半，順眼的酒店妹，一個眼神，站起來，手比一下，就在廁所裡幹起那檔子事；隨時是，坐在車裡，看見街邊行走的靚女，認識或不認識，進到車裡，丟一疊鈔票，在車上就相好了，司機還在前面開著車。緒台還辯說逢場作戲，不留情，只發洩。他老婆與其和他天天吵，乾脆帶著兩個女兒長期住在美國，眼不見為淨。暖芯自從跨入金融業之後，身材好又貌美，聰明又有見地，加上獨有的嗲聲嗲氣與笑容，迷倒了所有她想迷的男人。她想迷的男人的共通點，就是有家室想偷腥，有專業也有點錢，膽子小又想玩。暖芯對緒台是真的上床，她的直覺告訴自己，她的兒子志雄，是她與緒台的結晶。至於其他男人，暖芯跟他們親親嘴，讓他們摸摸自己的大奶，就不錯了，暖芯知道這是操控男人必要的小犧牲。這些膽小又想玩的男人，不敢僭越半步。最極限，男人發情發得凶了，暖芯頂多只是幫著手淫，從來沒被真正的進入。這點，暖芯很驕傲，覺得完全對得起緒台。至於，暖芯的元配，把他晾在一邊，他宅在家裡打電動、搞程式，跟志雄玩耍，也自得其樂。

我當法官久了，常嘆上天不公。命苦的，常遇壞人，命好的，壞起來，也游刃有餘。緒台與我還是偶而聚聚，有時在外面餐廳，有時被請去他家的大別墅。在外面餐廳吃的時候，舒琪也會被叫上。在大別墅吃飯飲酒的時候，暖芯都在。緒台與暖芯的關係，我很清楚，只是會為緒台擔心，陷入暖芯的操弄太深。

我就親眼看見過，緒台與暖芯為著誰把對方看得更重一些，而爭執不休，對話的內容，可能有我這個外人在，不夠細節，但是，我明顯感受到緒台的真情流露，骨子裡大男人的習性，也頗令人受不了；而暖芯的柔軟，搭配著表情，不需多久，緒台就敗下陣來，於是又再度疼惜他的暖芯，後悔不該懷疑她的真心。

黃非凡認祖歸宗的事情，緒台是真的跟暖芯商量著辦，我隨口說說的，他真的照做。所有的事，緒台都告訴暖芯，當然也告訴我，只是，我知道的，好像沒暖芯的多。

暖芯熟識的一位基金經理人，投資的功力很強，對電子產業的研究很有獨到的眼光，偶而會跟暖芯吃飯，這位朋友就是那種有專業又有點錢，有家室又想偷腥的男人，可是，膽子很大，有一、二次差一點就讓暖芯嚴守的底線破功。這位朋友幫政府勞工退休基金代操，為基金賺進很好的報酬率，在業界頗有名氣。不到四十歲，在台北市就買了兩戶上億元的豪宅，平日開的是保時捷的頂規休旅車，手上戴的是百達翡麗的三問錶，價值一千兩百萬。同業朋友還傳說，這位朋友在海外的錢，是台灣的三、五倍。這位朋友自認聰明，總以為他的內線交易，天衣無縫，囂張的炫富以外，還曾誇大地對暖芯說過，檢調單位的功力，只能抓抓小咖，像他所精心設計的交易方式，金流進出，檢方逮不到他的。就算被逮，也只是第一層，判輕罪，二、三年之後，又是生龍活虎，享盡富貴！

經歷過金融海嘯，差一點破產、差一點被資遣的暖芯，現在的財富雖然已經回來不少，可是，在夜深人靜的時候，她常會被惡夢驚醒，夢裡不是千百個人伸手向她討債，就是在寒冷的冬天，她睡在公園，一陣刺骨寒風颳過來，唯一蔽體的薄毯，隨風飄走。她一輩子順遂，但是，在金融海嘯的時候，她真的怕了。她怕沒有錢，她更憎恨窮困，她羨慕這位朋友有這麼多的錢，並且，這麼多的錢，都是他自己賺來的。她想要這位朋友教教她，如何有多層交易的設計與不同的金流截點。這位朋友常避重就輕，不願意透露細節。他的電子業的專業，不見得比暖芯強，可是，他叫暖芯出手買的股票，卻都是買完就大漲，暖芯打從心底佩服。

暖芯在大型壽險公司的投資部，也管理龐大的資金。這位朋友告訴暖芯，要不要一起配合一下，聯手炒股，她的壽險資金，主管機關監控較少，共同基金，政府的退休基金，管控得多，但是，有三層三種資金的隨機進出，再聰明的電腦也找不出它的相關性。其實，暖芯心裡早有合作炒股的意願，只是還有些許疑慮。有一次這位朋友與暖芯獨處的時候，半逼半賴地被暖芯手工洩精之後，透了一點口風，他的交易架構，還要加上他熟識的上市公司的錢，跟三位股市大戶。這其實是五層架構，自己的錢、勞退基金的錢、上市公司的錢、股市大戶的錢，等股價炒起來，散戶的錢就來了。五種不同的資金與多重帳戶，找到標的的時候，這位朋友就變成大將軍，指示炒股步驟。

暖芯聽了，心想：「怪不得，這傢伙報的明牌，一買就漲！」撇開疑慮，興奮地說：「算我一個，大將軍！」半年內，聽從大將軍的指示，參與過兩次聯合炒股，兩次都賺不少，公司也賺錢，皆大歡喜。大將軍真的很厲害，他有辦法，在股價高檔的時候，套現出場，而搶著接手的散戶、法人，還爭先恐後地擠著上車。

這位朋友當然躲不過紅眼症的同僚，他被黑函檢舉。他被檢舉的時候，鎮定無比，好像是蠻期待的。真正有趣的是，在檢調搜索這位朋友的住處的時候，意外找到一本筆記本，上面詳載他與趙暖芯的關係，哪一天吃飯，哪一天摸了手、輕輕吻，哪一天摸了奶、舌吻了，哪一天，摸了下體，哪一天，趙終於屈服，幫自己手淫。手的樣子、嘴唇的柔軟度、奶的形狀、觸摸的感覺，鉅細無遺地完整記錄。甚至，他計畫著要如何交媾合體，每一步的細節，都有流程圖，圖旁邊也有小字，註記著注意事項。

檢調單位當然找來趙暖芯，到調查局問話。暖芯穿了一條長褲，平底鞋，寬鬆的襯衫，扣子扣到脖子。報到後，被指示進入一間小房間。兩位女性調查員，坐在桌子後面，一位桌上有一疊紙本資料，一位桌上有一部電腦。有資料的調查員緩緩站起，說：「趙暖芯小姐，請坐。」暖芯坐下房間內唯一的木頭單椅。

「請說幾句話，什麼都可以，我們需要測試錄音的音量。」暖芯照做，一切就緒後，女調查員說：「謝謝趙小姐能準時以證人的身分到局裡來，幫忙我們蒐集證據，謝謝！」她繼續說：「趙暖芯，三十八歲，已婚，育有一子，對嗎？」暖芯點點頭。調查員說：「對或是不對，用說的，不能只有動作。」「對！」她又說：「陳ＸＸ，妳認識吧？」「妳跟他是什關係？」暖芯回：「因為是同業，認識。朋友關係。」「妳的這位朋友，涉嫌內線交易，從中獲取龐大的非法所得，妳知道吧？」暖芯回：「不清楚。只是覺得他跟我歲數差不多，好像很有錢的樣子。」「你們見面的時候，妳有聽到他說過什麼，關於買賣股票的事嗎？」暖芯回：「我也是做股票投資的，我們會交換一些自己的看法。」「他都說什麼？」暖芯回：「主要是產業競爭力方面的資訊。」調查員話鋒一轉：「妳已婚，又有孩子，他已婚，也有孩子，為什麼要跟他有親密關係？」「他給妳錢嗎？」「他報妳明牌嗎？」「你們聯合一起炒股嗎？」「請趙小姐據實回答，協助我們定他的罪。」暖芯驚慌，身體挪動了一下，說：「我們哪有親密關係啊！沒有！沒有！」「就是吃飯聊天的普通朋友而已。」調查員站起身來，遞給暖芯幾張影印的紙，暖芯越看越心驚，不自覺地雙手發抖，額頭上也冒出冷汗。清清喉嚨，鎮定地說：「我這個朋友，有錢，喜歡偷腥，我對他的騷擾，也很無奈，但，我沒有讓他得逞過。這是他要報復我！」調查員打岔：「怎麼沒有？明明就有！他都寫出來了。」暖芯處於資訊不對等的困境中，她不知道調查局還有什麼資料，她也不知道那個王八蛋寫了什麼，狠下心來，大聲否認：「沒有！絕對沒有！」

調查員在騙、在激趙暖芯，看著她衝動起來，輕聲地說：「說說他是如何賺到這麼多錢？用勞退基金拉抬他自己的股票？跟某公司說好，炒公司股票，然後分潤？跟其他基金經理人聯合？」「我們需要更多的證據，更需要妳的配合！」調查員雖然輕輕地說，暖芯卻覺得被威脅，心中更是害怕：「調查局手中關於我的黑資料，不能曝光啊！」「我別無選擇，只有配合。」「絕對否認曾經有聯手過！」暖芯誠懇地說：「長官，我絕對盡全力配合，我知道陳XX有違法賺錢，可是我沒有證據啊！」調查員立刻說：「妳剛才不是說，妳不清楚內線交易的事，現在怎麼又說知道他違法賺錢。妳知道他違法，怎麼又說沒有證據呢？」暖芯腦袋發脹，無法思考，她從來沒有遇到過像今天的狀況。她後悔沒聽緒台的建議，來之前，跟吳法官聊聊。暖芯本能的，開始微笑，開始嗲聲嗲氣地說：「我有一點不舒服，可以先離開了嗎？」誰知，這招踢到鐵板上了！這兩位女調查員，完全不吃這套。一個繼續打字記錄，另一個說：「我可以讓妳走，但是，妳等一下。看完我們寫的筆錄，簽完字，再走。另外，不是我威脅妳，案子繼續走下去，妳可能變成共犯嫌疑人，而不是證人了。」

暖芯回到辦公室，心情亂極了。去電給她的另一位朋友，是一家外資電子公司的採購，也是被暖芯迷倒的男人。告知今晚的晚餐約會取消，因為身體有點不舒服。又跟緒台打了電話，說今晚臨時想見一下，緒台有個重要的董監事餐敘，飯後才行。暖芯六神無主，下班的時間還沒到，就拿著包包回到自己的家。暖芯掙扎著要不要找我，她的心中知道有事瞞著我，也感覺到我不是很相信她，但，總是要圖個方法，解決問題。掙扎了好一陣子，還是拿起手機，約了我一起晚餐。暖芯傳了簡訊給緒台，說下午的約談很不順利，要找吳法官聊聊，要緒台用餐完畢後，務必儘快趕過來。

暖芯說了下午約談的情況。我聽了，笑著說：「很正常啊！檢調對證人都會很尊重的。」其實，我心知肚明，暖芯沒說實情，否則她怎麼會臨時約我吃飯，又愁容滿臉呢？我繼續捉弄她，說：「沒事啦！妳跟那個傢伙，又不認識，只是檢調想要學習一下，妳們這些法人的手法，釐清辦案方向而已。」暖芯低著頭，靜了好一陣子，才說：「吳法官，我接下來告訴你的事，請為我保密，絕對不能跟緒台講！」她別無選擇，不說實話，我無從幫忙，先卡著我，要為她保密，全身而退之後，再思量彌補之道。暖芯跟我招了全部，怎麼認識這位朋友的，怎麼熟起來的，他怎麼這麼變態，竟然寫下所有的過程，調查員態度的轉變，並說出「共犯嫌疑人」等等。她向我保證，她沒有跟這位朋友發生過性關係。我聽了，有點為暖芯抱屈，那本筆記真的是飛來橫禍。我笑笑地說：「那是私領域，跟案情無關。檢調想要把他的罪定重一點，當然找上妳這位『枕邊人』。別介意我的用詞，檢調一定是這麼想的。」「枕邊人，通常是知道最多的。這是辦案法則。」我繼續說：「妳跟他沒有金錢上的往來吧？」暖芯肯定地回：「沒有！絕對沒有！」暖芯決定把跟這位朋友兩次聯手炒股的事，帶進棺材。「那沒事了！妳會被檢調煩一陣子，放輕鬆。妳跟他的事，不會被公開，我也不會講。」我說完，暖芯搶著說：「檢調若是威脅我，要把筆記內容公布，那怎麼辦？」我回：「應該不會！妳不要受威脅，即可。」

經過這次晚餐的談話後，我驚訝地發現，暖芯是個法律白痴。她對男女之間的拿捏，是這麼精準，對投資的邏輯，是這麼有條不紊，唯獨在法律方面，知識淺薄，一嚇就慌。後來幾次的約談，事前，我都面授機宜，一定要以證人的身分，去幫忙檢調。有一次，檢調發函，指明以共犯嫌疑人身分被提訊，我叫暖芯絕對不能去，請律師回函辯駁就好。誰知檢調收到律師辯駁函文之後的第三天，兵分三路，大肆搜索暖芯的辦公室、住家、她老公在新竹的家。這完全出乎我的意料之外。我心想：「暖芯沒有跟我說實話！」

這趟搜索，驚動了緒台、暖芯的丈夫、她兒子志雄。檢調沒有太大的收穫，只有在暖芯的租屋處，搜到四百萬元現金。電郵、手機、銀行金流均沒有指向共同犯罪。我誤判檢調不會有動作，在緒台與暖芯的面前丟了面子，還曾當面指責我的同事，該案的主審法官，我說：「檢調在沒有充足證據之下，你還批准發動如此規模的搜索，運用司法權侵害人權，實在有點過分！」我同事回嗆：「你搞不清楚狀況，別亂講！據檢方資料顯示，趙暖芯操作的壽險資金，總共五次買入、賣出被炒的兩支股票，買賣時間點，與陳ＸＸ的勞退基金吻合，啟人疑竇，我當然批准！」主審法官還加了一話：「我看你被趙迷住了！」

*

Jason 第二天一大早七點左右，被叫醒，港警局的警察解開了手銬，輕輕地說：「劉先生，您可以離開了。」Jason 氣了一整晚，沒氣了，只有疲憊。在樓裡繞了兩個彎才找到出口，買了超商的茶葉蛋、咖啡充飢，跳上計程車，直奔台北的家。沿途雙手緊緊抓著腦袋，低頭沉思著，司機從照後鏡見狀，問道：「你還好嗎？」Jason 頭抬高，滿臉脹得通紅，雙眼充滿血絲，聲音沙啞地說：「還好，累了而已。」

到了家，劉媽媽看見兒子狼狽的樣子，叨念了半天，Jason 沒理，進浴室洗了澡、洗了頭。煮了咖啡，坐定凝神，拿起市話，又放下，在此同時，手機響了。

另一端是陳中將：「對不住啊！劉老弟，我沒管好我的人，讓你受委屈了！」Jason 無語。陳又說：「John 離開國務院已經有半年多了，他現在是香港科技大學的教授，我們經常聯繫。」Jason 還是不理。陳繼續說：「你好像跟他不太對盤啊！」Jason 繼續保持緘默。「這樣好了，待會兒，我請你吃午餐，當面跟你聊聊。」Jason 大聲說：「我要睡覺！」就掛了電話。

Jason 下午撥電話給我，兩、三句好久不見道平安之後，我們約了第二天午餐，Jason 把這十多年的事，簡單明瞭地說了一遍。從一九九五年 F-16 維修團隊的建立、一九九六年偵測出空包彈、中科院的常客、到光束炮的展演、少尉預官、永康公園牛肉麵、陳中將升官餐會旁邊的輕聲提醒、飛香港、飛回來、被上手銬、拘留了一晚。Jason 說得周全，但是，隱瞞了在北京受到金米用光束晶片的作弄，隱瞞了與董將軍的午餐，更隱瞞了董將軍提出的合作計畫。Jason 擺明了就是要求助於我，像我這樣的資深法官，有沒有碰過這類的事情？匪諜的審理是如此何進行的？Jason 被任意糟蹋人權，如何申訴？他的問題多了去了，其實，我也可以幫他想出更多問題的，只是，我忝為資深法官，對他的問題，一句話都回答不了。我只知我從來沒接觸過這類的案件，印象裡，這類案件都是黑箱作業。餐畢，我看得出來，Jason 蠻失望的，我也有點歉疚，幫不上忙。

接下來的 Jason 每天遊魂似的，無所事事，白天睡大頭覺，晚上出門找舒琪與酒店妹喝酒。這樣搞了兩週，劉媽媽已經快崩潰了，常常與 Jason 吵架，也告狀給金米。Jason 說：「我搬出去，省得妳天天煩我！」劉媽媽說：「不必！你自生自滅吧！我搬回鄉下，懶得再看到你，就當我命苦，生了你這樣的兒子。」Jason 沒有理會，照樣我行我素。

一晚，在舒琪店裡，Jason 跟平常一樣，點了一位小姐，舒琪偶而隨侍在側，喝著喝著，舒琪進包廂說，有兩位先生找，一位還是外國人呢。Jason 說：「來啊！」進來的人，一位是陳中將，一位是接近十年沒見的 John Bradley。Jason 坐在座位上，動都沒動，嘴巴說：「Take a seat, please!」John 很高興地跟 Jason 握了手，說：「Good to see you! How have you been? My buddy.」Jason 隨意應了幾句之後，直接道出，我離開ＧＥ快十年了，你對我有什麼想法？對我不爽？看著陳中將，手指著 John，故意用中文說：「是他要你這樣對我的？」陳中將用他蹩腳的英文，嘗試跟 Jason 解釋，也讓 John 能聽得懂。不過，講了半天，重複不知了多少遍的「台美友好」，完全沒有回答問題。Jason 不耐煩了，打斷陳中將的爛英文，看著 John 說：「Let's drink! Chug it down!」Jason 與 John 舉起杯子，一口乾了。陳還搞不清楚，Chug it up 或是 Chug it down，是乾杯的意思。Jason 選擇不談軍方對他做的爛事，想用酒打發與這兩位討厭的人在一起的時間，但是，John 卻不肯放過這個機會。John 直接不客氣地說：「Taiwan breeds you，US nurtures you，How could you betray yourself!」意思是，台灣養育你，美國培養你，你卻背叛你自己。只差沒說出「你在為共產黨效命」。Jason 揮揮手，輕輕地回：「I did not!」接下來，John 又說了些關於金米及光束晶片的事。Jason 恍然大悟：「我的一舉一動，老美瞭若指掌！」Jason 鎮定地反擊，糗 John 在國務院混不下去，自甘墮落到了 CIA，港科大教授是個幌子，捕風捉影才是正職。整晚沒有大聲對吼，兩人都談笑如故友，輕聲輕語，話語中，卻都是針鋒相對，刀光劍影，絲毫不留情面。令Jason 受不了的是，那個國防部副部長，陳中將，對 John 恭敬得不得了，為 John 斟酒不說，還幫他切水果，對 Jason 卻視若無睹。Jason 心想：「這沒出息的東西，美國人養的狗！」

早上十一點醒來，梳洗完畢，走到廚房，Jason 看見媽媽的字條，說她搬回新竹鄉下住一陣子。Jason 如釋重負，嘴角笑了一下。媽媽真的搬走了，他可以開始他天衣無縫的計劃了。

Jason 拿起市內電話，撥出，對方說：「喂！」Jason 說：「趙阿姨，我媽回新竹了。」「喔。」「我過兩天會去看她。」Jason 說，趙阿姨說：「好，幫我帶點東西給她。」掛了電話。提了一個背包，換衣服出門吃午餐。

金米接到劉媽媽的告狀電話以後，心中明白，知道 Jason 真的需要幫忙。金米可以直接打電話給 Jason 的，用男女朋友的關係，應該不會造成 Jason 的困擾，想來想去，最好不要引起台灣與美國方面的注意，這些日子的聯繫，就讓壯阿姨、小江來做好了。

壯阿姨姓趙，山東人，董將軍的隨扈，右手曾被裝著炸藥的包裹炸爛，切掉，裝了一隻假手。小江，河北人，丁同學的司機，董將軍派給女兒女婿的。他倆曾經到過台北，奉金米的指示，在夜深人靜的敦化南路上，鬧過 Jason。這次，又一起來台，為金米完成一項艱鉅的任務。

*

阿義被特赦之後，處心積慮地結交民意代表，這是在監獄服刑時學到的。常常霸凌他的室友，在監獄裡耍老大，囂張行徑，無人可管。一方面，該獄友身強體壯，一方面就是獄外有人罩著，好幾位立委、縣市議員都是他的好友。更讓阿義不爽的是，這傢伙是個毒販。通常，毒販在監獄裡，大多是下等獄友，因為害人害己，連流氓黑道都看不起。這傢伙不但沒事，還處處受到監獄警員、行政人員的包庇，原因無他，就是那幾個民代的關說，在監獄裡吃香喝辣，什麼都不缺！

早先，阿義做土地買賣、開發，遇到棘手的問題，不是放棄，就是塞錢。他認為只要是錢能解決的事情，都是簡單的事。他塞錢的對象，不是經辦人員，就是掮客，很少與民意代表打交道。在監獄裡，他默默地聽著、看著，知道有很多民代，拿了錢，會辦事。這些民代很懂得壓迫官員，口風又緊，搞定一、二個，辦起事來，順當得很。哪像法官，難搞得很！阿義的心中，對雅雅當年沒能夠幫他換個獄友，依然耿耿於懷。

雅雅的生活依舊，單純而踏實。偶而阿義約她去飯局，她也欣然答應。雅雅三十七、八的年紀，因為個頭小，大眼睛，娃娃臉，加上肉肉的圓身，打扮起來，仍然年輕貌美，十分迷人。阿義帶著雅雅出門，也覺得頗有面子。尤其，雅雅對阿義的真心，絕對的服從與完全的貼心，讓阿義覺得所有權十足。男人愛面子，帶出來的女人要美、要會打扮、要身材好之外，所有權更是重要。帶出來的女人，到處逢迎別人，這是下品，不論這女人有多美。帶出來的女人，要時時仰望自己，貼心即時的服侍，同時也不忘招呼同桌朋友，才更是有面子。

雅雅命苦，又沒得到好的教養，可是心地善良，她刻苦耐勞，單純又有責任感。雅雅對阿義的情，似乎沒有改變過，從阿義那邊得來的性快感，早已不復存在，剩下的只有在旅館三天三夜的回憶，與同居三年的感激與認定。阿義，就太不一樣了。不相信人的商人本性，心中偶而浮起「婊子」的歧視，常常對雅雅的忠誠不自覺地產生懷疑，更時時提醒自己，不能矮過於她，不能太在意她，不能太依靠於她，以防雅雅拿喬。更令人心寒的是，帶著雅雅出門真是占盡便宜，阿義有面子，又舒暢，還不需要付錢。這種便宜不占白不占！

我對他倆的關係，打從心裡就覺得不舒服。男女之間的差異這麼大，按理說，不可能持續下去，或是不可能持續很久的。可是，自阿義特赦後，他倆完全沒有要分開的跡象。我心痛雅雅的付出，更憎恨阿義的無恥，我決定要搞一個外來的衝擊，要讓雅雅徹底放棄她對阿義的情。

舒琪自從被叫去跟角頭老大吃過飯後，心中就盤算著，如何為死去的妹妹復仇。她堅定地認為，趕去飯局前，舒琪用來填肚子的食物，是祭拜過妹妹的祭品，是妹妹顯靈，她知道角頭老大在，她讓姊姊嘴唇流血，這血其實是妹妹的血。

這位傻大姐把這事埋藏在心裡，沒有告訴任何人。假如舒琪把我當做自己人，相信我的話，我可以很輕鬆地想個計畫，讓角頭老大慘死，舒琪報了仇，也可全身而退。

可是，舒琪真的傻！她的傻，到後來，其實也連累到我。

第九章

二〇一〇年一月，緒台的媽媽撐不過大年除夕，在自家的床上，完全沒有病痛的，在睡夢中安詳地去世了。她自小命好，不但家境富裕，更受過良好的教育，念大學三年級的時候，就嫁入黃家，她出生在民國時期的富貴人家，與黃家門當戶對。一輩子順風順水，雖然老公早逝，她毅然決然地擔起龐大家業的重擔，也是有為有守，博得守業有成的佳譽。交棒給兒子以後，潛心研究中醫，從老莊的醫術出發，看遍中醫典籍，並工整地、一字一字地寫下自己的註解。黃媽媽出錢組織了一個五人小組，都是學有專精的中醫，或對中醫有愛好的研究者，把她寫的，約二十餘本的筆記依各家各派分門別類，整理出十五本，約三十萬字的大作。黃媽媽在仙逝前的兩個月裡，自己還每天花上幾個小時，做校正的工作。她沉浸在自己的世界裡，有所專注，有所歸依，部分的原因是她的兒子。如果說，黃媽媽這輩子還有遺憾的話，就是，她沒把兒子教養好。

緒台媽媽去世前的一個月，黃非凡帶著媽媽返台，定居林口。他們上次回台灣的時候，就去林口看過，對林口的大環境與價格都很中意。返美後，母子倆慢慢地把美國的房產、汽車變現，堪用的、有紀念價值的海運回台，其他的來個車庫拍賣，就搞定了。每一個處理的細節，都是Doug經手操辦，Doug清楚地看見媽媽的資產實在不多，其實是蠻少的。他貼心地跟媽媽說：「您返台定居、養老，房子用租的就好，現金多留一些，充裕一點，媽媽可以放心，舒服的養老。」「我自己也該在台灣闖盪一番，賺了錢，我買間大的房子給您。」Doug媽媽聽了，自然高興，當場應允。

黃非凡著實做了很多功課，這五、六年來，Doug媽媽親眼目睹兒子的轉變，不再花天酒地，不亂搞男女關係，兼職賺的錢，也都勒緊褲帶，能存就存。她被兒子與他大陸來的女友，盡心盡力照看著，實在是心滿意足。

Doug一步一步的在準備。他有各式各樣的理由，不與大陸女友結婚，他知道接下來的認祖歸宗的官司，有家室是累贅。他要媽媽租房子，也是生活拮据的證明。他與當初幫媽媽在台北過戶、賣房、辦理匯票的員工，不但保持聯繫，更讓他們感覺到，Doug媽媽值得同情，Doug更是應該在集團裡為黃家貢獻心力。他把杜克大學的DNA證明文件、爸爸親筆簽名的電匯單收據正本，都收藏得好好的。他在上次帶媽媽回台灣的時候，找好一位厲害的律師，法庭上的攻防，也都曾沙盤推演過。Doug 心中篤定，萬事俱備，只欠東風。

東風真的來了！報上刊登了緒台媽媽去世的消息。黃媽媽是名人，報紙、電視都有大篇幅報導，治喪委員會的名單，冠蓋雲集不說，在捻香致意的現場，甚至實況轉播。Doug 媽媽當然也看到了。黃非凡選了個人少的時段，也帶著媽媽去捻香致意。

捻香致意的場地是在集團的大禮堂。幾百個高腳花籃，整齊地排在鋪著地毯的走道旁與禮堂的周圍。走進這偌大的禮堂，濃濃的花香，輕輕的聖樂，溫馨而舒適。整個禮堂真的是由鮮花堆疊而成，白色的香水百合，被其他色彩繽紛的花簇擁著，顯現出一條白色的百合花大道，彎曲地一直延伸到黃媽媽的肖像前，再伸展到金色的十字架上，這條去天國的路，真是美輪美奐！Doug 媽媽心中感到震撼，從沒看過這樣氣派的喪禮。她雙手合十，站在祭台前，行禮完畢之後，卻完全沒有離開的意思，自己一人，口中念念有詞，時不時的鞠躬祝禱，好像跟逝去的黃媽媽有說不完的話。在一旁的眾人，都頗為好奇，這位女士跟黃媽媽到底是什麼關係？緒台沒見過 Doug 的媽媽，站在一旁準備答禮，可是，這位女士就是沒有結束的意思。工作人員準備上前攙扶，順便告知接下來還有要來祭拜的客人。就在這個時候，黃非凡上前，在媽媽的耳邊，輕聲說了幾句話。緒台看見黃非凡，心中驚了一下，身體也晃了一下。司儀眼見差不多了，大聲說：「家屬答禮！」Doug 媽媽點頭示意，轉身要離開，Doug 上前與緒台握手，並說：「節哀順變！」深深地向緒台鞠了躬，再輕聲說：「哥哥，讓我回來幫你吧！」

當晚，緒台在大別墅裡，享受著暖芯的推油按摩，這幾天，他真的累壞了。緒台簡略地說了今天在禮堂裡，看到了黃非凡，也看到了他媽媽。暖芯也頗為驚訝地說：「這個 Doug 不簡單啊！他先禮後兵，你別傻傻的上了他的當。」暖芯繼續說：「他媽媽長得什麼樣子？好看嗎？」緒台回：「蠻有氣質的。這麼大的歲數了，保養得不錯。年輕時，應該是蠻漂亮的。」暖芯笑一笑，說：「你不要一看到美女，就軟了！她才是真正的決戰之處。」暖芯的左手，摸著緒台的命根子，輕輕地上下揉著，笑著說：「你不是軟了！是硬了！」

*

暖芯涉入內線交易，與這位朋友聯合炒股的案子，要不是有我的幫忙，暖芯的牢飯肯定是要吃的。整個案子，我教暖芯咬定，她管理的壽險資金，進出時點與勞退基金相同，純屬巧合，並且，這幾次的進出，她所工作的壽險公司，不但沒有受害，還有利得。那四百萬的現金是黃緒台給她的，買房的頭期款，早已放在家裡，與此案無關，完全沒有動用，正思量著如何退還這筆現金。自己是有夫之婦，又育有一子，面對男人無止盡地追求，明明白白的拒絕，換來的卻是男人心中的無法接受；更過分的是這位朋友，在變態心理驅使下，還想像並寫出這麼多、這麼細節又噁心的筆記，她所受的冤枉，實在太沉重了。暖芯在法院裡聲淚俱下，演得無懈可擊。

暖芯的這位朋友因為證據有限，只被判了兩年有期徒刑，罰鍰一千五百萬元。奇怪的是，這位朋友放棄上訴，直接入監服刑。

在與暖芯推敲案情的過程當中，我依稀看到她對這位朋友的保護，多種資金、多層金流斷點，都一問三不知。可能是因為我的教導，她是個聰明人，很快地就明瞭案情的爭點與定罪的必要條件。暖芯專注在自己的脫罪，對檢方要進一步深入案情的追訴與探索，裝懵裝傻。她的演技，令我覺得奧斯卡影后都無法比拼。

*

Doug 提出的認祖歸宗的方法，其實很簡單。他委請律師寫了一封文情並茂的存證信函，要緒台答應分給他總遺產的二分之一，總遺產的定義，需雙方協議；並聘任自己在集團總部做行政總處副主管，函內還畫了一張清楚的集團組織圖。信函最後明訂「請於五日內回覆」。

緒台氣沖沖地約了我在大別墅見面。我看了信函，說：「第一段，敘述他媽媽的無辜、隱忍，苦了大半輩子，是要讓你為你爸爸的所作所為感到歉疚，這也是法庭上博取同情的論述；他要的兩個東西，都不好給。第一個，給了會痛，第二個，給了會永遠沒完沒了。」「黃非凡請的律師，是高手啊！」緒台激動地叫：「拚了！Over my dead body!」暖芯冷靜地說：「吳大哥，我們該怎麼辦呢？」我看著緒台，說：「法庭上的攻防，我心中有數，不見得一定會輸。我只擔心黃非凡的媽媽出庭，她要說的，沒有人知道，並且，一定還有關於令尊的事，你也不知道。」緒台搶著說：「可是，我爸爸早就不在了，母親也去世了，Doug媽媽如何證明？」我正要回答，可是，暖芯比較快，沉穩地說：「別太天真了。總要預防最壞的情況，一一列舉出來，然後，找出對策！」這就是趙暖芯，就算是有情緒，也能立刻鎮定下來，嘗試著找出解決問題的方法。

＊

我們三人一起，開了兩瓶紅酒，邊小酌、邊預想可能的狀況，暖芯負責記錄。忽然間，我的手機響了，我想：「這麼晚！要十一點了，誰呀？」「喂，我是吳法官，哪位？」電話的另一端，說：「您好！我是中山分局副分局長，敝姓王。半小時前，我們管區發生一起凶殺案，持刀殺人的人，已被逮捕，可是吵鬧不休，說是一定要跟您通電話。」「吳法官，您願意通電話嗎？」「誰要跟我通話？」警官說：「楊舒琪！」

第二天，各大報紙、電視，均以頭條新聞處理。內容是，酒店楊姓媽媽桑私藏高濃度鹽酸，趁客人不注意時，換了杯子，待客人喝下後，食道、呼吸道、內臟嚴重灼燒，哭喊大叫，痛不欲生。酒店媽媽桑狂笑數十秒，然後用事先準備的鋒利水果刀，往被害人的胸膛猛刺十餘下，被害人當場死亡。被害人的同夥見狀，飛腳踢了媽媽桑的臉部，嘴唇破裂，牙齒掉落，滿口鮮血的同時，還不停地狂笑。案發現場凌亂不堪，鮮血流了一地，慘不忍睹。

員警趕到現場時，被害人的胸膛、口腔還斷斷續續冒出強酸氣味的白煙。楊姓媽媽桑坐在地上，口中念念有詞，滿嘴暗紅色的鮮血，顯然血已止住。

案發後，舒琪被帶到中山分局，猙獰的面孔，吵著要與我通話。副分局長遞過電話給舒琪，她只跟我說了一句：「照顧我媽媽！」我回：「一定！」「妳要鎮定！我會想辦法的。」

這起凶殺案，鬧得整個社會沸沸揚揚。舒琪工作的酒店也遭停業處分。因為角頭老大是個有錢有勢的名人，在他身邊靠他吃喝的，大有人在。這些人，不知道是要報角頭老大的恩，還是要刷洗自己的交友品德，競相睜著眼說瞎話，只頌揚他的捐贈與功德，對角頭老大的狠毒罪行，黑道大哥的背景，隻字不提。更汙衊酒店媽媽桑就是個瘋子，生活不檢點之外，還兇狠無情地殺害了一位為社會貢獻良多的善人。這背後顯然有高人指點，為舒琪說話的人，少之又少。我驚嘆這個社會的變態，與公開毫不顧忌地的謊言，我實在看不下去，整個社會必須知道真相，雖然，角頭老大的罪愆，多如狗毛，可是，大部分的案子都缺乏定罪的證據，例如，我清楚知道的，暴力強姦楊舒涵。我聯合基隆市的一位檢察官，詳述角頭老大曾被定罪的案底，並隱約暗示，這位死者，死有餘辜。楊姓媽媽桑，不畏強權，只能犧牲自己，伸張正義。

我們的文章刊在報紙民意論壇的頭條，有我和一位檢察官的親筆簽名。各大電視台也來電邀請，發通告上談話節目，我去了一次，也僅僅一次，就引起法官界的譁然，不少同僚、長官認為我有庇護楊姓媽媽桑之嫌，當然，也有為我喝采的同事。我心知肚明，討厭我的、不滿意我伸張正義的，大有人在。在他們的眼裡，這些都是我的黑材料，被記錄的好好的。

我幫忙舒琪找了一位年輕的公設辯護人，不但減輕她的負擔，更能因為我所提供的資料，執行對舒琪有利的辯護方向，希望能為舒琪減少一些刑期。舒琪在被羈押期間，我去看過她兩次。我們的對話，簡短而平淡。我出於關心，問：「都好嗎？心情如何？」舒琪回：「我很好。心若止水。」我說：「接下來的開庭，律師的建議，妳OK嗎？」她答：「我照做！我清楚。吳大哥，請放心。」舒琪平淡地問：「我媽媽都還好嗎？」我說：「都很好！逛市場，跳土風舞，自己做些吃的，應該是蠻愉快的。」「嗯，謝謝。」舒琪往昔傻大姐的表情與語氣，好像不復存在了。「你有跟 Jason 聯繫嗎？他的近況如何？」我說：「有一陣子沒看到他了。一個月前，我們見過一面。好像有點麻煩，跟軍方有些誤會吧！」舒琪的眉頭立刻皺了起來，擔心之情溢於言表：「替我向他問好，若他有空，來看看我。」

奉舒琪的旨意，我就去找 Jason。我這樣說，實在是在心裡把舒琪看得很重。她的身材好，勻稱豐腴的臉蛋，透著天真，又帶著憂鬱。她的心地善良，熱心助人，在風塵場所打滾十多年，卻仍然健康陽光。對我來說，真是令人著迷。

*

John Bradley 二〇〇七年到香港科技大學報到後，中國外交部、中央外事工作委員會，就注意到他了。John 的專業、學識與經歷，都是菁英級的人物。香港又是各國情報人員、間諜、顛覆分子的大本營，他的到來，當然引起各方關注。他到的第一週香港行政長官曾蔭權就撥冗接待，並且晤談了一個多小時。單純的港科大教授，怎麼可能有這種待遇？原因無他，John 是美國中央情報局（CIA）駐香港的重要人物。中國外工委的金米也當然清楚地知道 John 是誰，更對這位曾與 Jason 共事八年的老闆兼同事，產生無比的興趣。美國 CIA 是一個統籌的情報單位，中國則是分布在國家安全部、軍方的總參謀部，及中央外事工作委員會，這三個單位，各有分工，各有職掌。在香港，這三個單位聯繫頻繁，聯合隸屬北京的中國國務院。金米外語強、長相好，又是 Jason 的老相識，被派為研究、情蒐 John 的統籌組長。

一天，中國外交部次長專程來到香港，宴請老朋友晚餐，前美國國務院亞太助卿 John，也把相關部屬都帶上了。晚宴上，John 對金米印象深刻，除了一口比美國人還要棒的英文以外，John 更是金米在普林斯頓的學長，對於金米的獨特長相與結實的身材，目不轉睛。幾杯黃湯下肚以後，次長的叫喚、桌上的話題，John 都充耳不聞，色瞇瞇地看著金米，他的助理，提高嗓音或是輕輕碰觸John的臂膀，他才回過神來。金米對 John 這種男人的眼神見多了，她駕輕就熟地順著晚宴的節奏，談笑自若，風趣優雅。晚宴後，賓客離去，金米立刻召集跨部門小組會議。Jason 就是在這個會議上，被軍方總參代表設計陷害的。

接下來的兩個禮拜，John 約了金米兩次。第一次是個禮貌性的午餐，第二次是週末的晚餐，在中環的一家高級又有情調的法式餐廳，金米與 Jason 也曾在此用餐。週末的晚餐選在這樣的一家餐廳，是有暗示性的。金米知道傳達訊息的機會來了，假裝說，有事，會提早離開，John 不以為意，好不容易約到美女，晚餐照常進行。席間，金米稍稍多喝了兩杯酒，讓John覺得她的防備開始鬆懈，坐得靠近她些，金米也不以為意。當 John 談起（其實是金米的引導），他在GE的種種，金米抓住機會，不經意地提起 Jason，John 驚訝之餘，進一步詢問，才知董冬冬的夫婿丁同學是 Jason 的高中好友，而董冬冬是金米的小學同學，金家與董家是世交。接下來，金米片片斷斷、支支吾吾地說了北京旅館裡的事，然後，假裝吃驚地發現她的下一個約會，時間已遲，必須要離開了。John 不捨地送走了金米，親了她的臉頰，還熊抱了她二、三十秒鐘。John 花了兩天的功夫，捕風捉影的，串起一個故事，就是要讓Jason 受點苦頭，以報 Jason 當年不鳥他的仇恨。

金米回到家，心中滿是掙扎與後悔：「『要讓 Jason 起義投誠』，一定要這樣嗎？」軍方總參的代表態度堅定，金米不好違拗。光束晶片，這些年是有進展，但是，能量依然無法穩定，軍方還是需要 Jason 的協助。唯有讓 Jason 在台灣待不下去，死了心，中國出手解救，他才會死心塌地的助祖國一臂之力，也唯有透過台灣對臭老美的言聽計從，才能成就此事。John 是最佳人選，金米是傳達訊息的利器。John 地位高，台灣必聽；金米迷倒 John，John 又對 Jason 有嫌隙，簡直天衣無縫！

*

緒台媽媽的喪事辦完以後，除了打理媽媽的遺物，也召人將媽媽的大作出版，同時，繼承遺產的方方面面，也都打理妥當。該來的，還是會來！緒台接到法院的通知，黃非凡訴請認祖歸宗之外，還對緒台提出告訴，未經他的同意，非法繼承遺產。緒台自認已準備妥當，心中坦然。暖芯則有不同的看法，她常常逼著緒台，請我和律師到大別墅裡複習攻防。開庭前的第三天，是個週六，我們六個人用餐完畢，林律師，上次為緒台辯護的律師，帶了兩位助理律師，攤開七、八張紙，都是單張的文件，每張紙都是推演法庭上的每個爭點、證人、供詞的大綱版。每張紙的下面都是厚厚的一沓細部文件，分別裝訂成冊，用不同顏色的隔頁紙，按案情的內容，有秩序地分隔開來。林律師要為緒台做一次總複習。緒台也不是沒有準備，每一頁大綱的內容，他都能熟記，邏輯推理也十分清楚。我在旁邊聽著林律師的引導，緒台的回應，頗感滿意。進行到中間的時候，林律師說：「這個時候，我會傳關姓證人，你公司的員工。」緒台二話不說，直接模仿關姓證人的說話方式，舌頭吐出來：「我給你ㄘㄛ！我給你ㄘㄛ！今天禮拜次！禮拜次！」大家搞不清楚緒台在說什麼。緒台解釋：「老關是大舌頭，我每次看到他，都學他講話。我給你吃！我給你吃！今天禮拜四，禮拜四。」眾人恍然大悟，笑做一堆。總複習結束，林律師帶著兩位助理律師，把文件都收齊完畢後，先行離去。

我、緒台、暖芯移步到大別墅西餐廳邊上的小客廳，邊小酌威士忌，邊閒聊。暖芯忍不住問：「吳大哥，您說真的，這場官司，我們會贏嗎？」我說：「還行吧！妳的這個輸贏要怎麼定義呢？」我繼續說：「認祖歸宗的部分，我們是打不過科學的，黃非凡是不折不扣的，緒台的親弟弟。」我笑著繼續說：「我當初設計的策略，就是，讓對方以為，庭辯上，我們會主打認祖歸宗的異議，其實，打黃非凡才是主軸，希望幫緒台省點銀子，哈哈！」緒台說：「我真的不知道該如何感謝您！大哥，您對我的幫助，我該如何報答啊？」我回：「老弟，別客氣！我定策略，你執行讓策略成功的工夫，你蒐集的資料、物證、人證，那才是定輸贏的關鍵。」

法庭上，認祖歸宗的激辯，被黃非凡收藏的五十萬美金的匯票，有著收款人是媽媽，還有黃爸爸的親筆簽名的匯票，而急轉直下，林律師和他的兩位助理律師，從桌下的公事包，拿出好幾疊資料，準備下一輪的主要目標：打爛這個黃非凡。Doug 的媽媽在旁聽席上，看見自己的兒子請來的證人，當初幫她辦理房屋過戶、賣房手續、經手匯票的同事們，心中五味雜陳：「我的兒子，真的是處心積慮地爭遺產啊！」「這麼多年了，Doug 一步一步地下了這麼多功夫，我卻一點都沒察覺！」「原來，我心愛的、見物如見人的匯票，早被 Doug 收藏。」Doug 媽媽想著想著，心情越來越激動，突然站起來大聲喊道：「法官大人，我有話要說！」整個法庭鴉雀無聲，都看著這位老夫人。黃非凡面帶喜色，推了一下坐在一旁的律師。Doug 聘請的律師，立刻站起說：「請法官允許我的當事人的媽媽，以證人的身分，庭前說話。」整個法庭立刻充滿了驚訝聲、嘆息聲、議論聲，久久不止。直到法槌敲下，法官允許 Doug 媽媽，以證人的身分，走向庭前坐定後，整個法庭才回復安靜。

接下來，就是我設計的局，打得黃非凡毫無招架之力。

林律師引導著黃非凡媽媽，讓她娓娓道來，她與黃爸爸的開始，直到黃爸爸去世。非凡媽媽，從她進黃爸爸的公司，想著要平凡的、低調的盡職工作，到她被有些醉意的黃爸爸拉進廁所，強行侵入，到第二天黃爸爸滿臉歉容地給了她鑰匙與現金，接下來的偶而相處，不能見天見日地依偎在一起。她說得淡淡的，眼淚不時流下，沒有哽咽，只專心地說出她心裡深處的感情。法庭上，所有的人都為之動容，連法官也為之鼻酸，掏出手帕，假裝擋著咳嗽。Doug 媽媽一直說，一直說，說到她參加黃爸爸的元配的喪禮，站在祭台前，久久不能離去，心中對逝去的「姊姊」，不停地抱歉，她分了不少黃爸爸對姊姊的愛。她的眼淚慢慢流下，法庭上，所有的人，都被她這段淒苦的感情而感動。

Doug 媽媽看著她的兒子，繼續淡淡地說：「我安安分分地在美國，把這段往事埋藏在心裡，就是不想要造成姊姊及黃家的困擾。如今，事情發展至此，非凡長大了，要認他的爸爸，做媽媽的，也擋不了了。」Doug 媽媽說完了，要站起身來，林律師立刻喊道：「黃媽媽！請等一下。庭上，被告方還有問題，要釐清，請黃媽媽配合。」這句話，是厲害的，承認了黃非凡的媽媽，是黃媽媽，也間接承認了，黃非凡是黃緒台同父異母的弟弟。法庭上所有的人已經心知肚明，包括法官在內，認祖歸宗，勝負已分，未經黃非凡的同意，繼承遺產。還有什麼要釐清的？

有錢人打官司，百分之九十九，不會輸給沒錢的。林律師抓的時機，幾乎完美。隨便幾個問題，就讓沒有心機、還浸在對黃爸爸的愛意與對姊姊的歉疚的同時，讓 Doug 媽媽說出了許多她兒子的不求上進，一心認祖求榮，更說出那張匯票，是黃非凡為著認祖歸宗而偷竊的事實。

接著，緒台的員工，資深的、資淺的作證指出，黃董事長這些年為集團的努力、照顧員工不遺餘力、平易近人與員工打成一片，看起來像是繼承祖蔭的富三代，但是，捍衛公司的奮不懈怠，實不下於白手起家的開創主。歌功頌德完了以後，黃非凡的黑材料，錄影證人的指控，一一上陣，什麼捻花惹草、酒醉鬧事、借錢不還、工作曠職等等，批得黃非凡體無完膚，毫無招架之力。黃媽媽在一旁聽了，雖然覺得有些過分，但是，證據確鑿，也無從辯解。她別無選擇，只能低下頭，捫心自問：「我真的沒把兒子教好嗎？」「老闆，你的兒子變成這樣，是我的錯啊！我對不起你！」想著已過世三十多年的黃爸爸，潸然淚下。

兩個禮拜後，在緒台的大別墅裡，我、林律師、兩位助理律師、暖芯與緒台，大口喝著頂級紅酒、吃著米其林一星主廚現烤的牛排，六人忘我般地慶功。緒台和暖芯碰杯互敬時，因為用力過猛，兩支瑞士水晶杯都給碰碎了一地！我們頗為失態地慶祝，實在是因為法官判得太妙了！完全如我之前的推算。判決大致的內容是，黃緒台應妥善照顧黃媽媽的餘生，提供房舍、生活、醫療等相關費用；黃非凡不學無術，且不諳商業運作，難擔繼承家業之重擔，但，黃非凡身為同父異母之弟弟，也應分得一定比例之遺產，基於家業承擔與貢獻之比例原則，本判決裁定比例為十分之一以內，確實金額，由黃氏兄弟協議辦理。黃非凡身為人子，也自有扶養母親之義務。

這樁認祖歸宗的案子，整個台灣社會都在看。富豪家產爭奪戰，屢屢上演，這次，黃家的更是演絕了。黃媽媽去世後，平白冒出了一個私生子，要分遺產。這樣的主題，遠比黃媽媽去世時的嚴肅、哀淒、晚年浸潤在中醫的嘔心大作，要有趣、令人關注得多太多了。法官判決書出來的時候，鋪天蓋地的媒體報導，令人目不暇給。媒體上對黃非凡多年的處心積慮，肖想著認祖歸宗，從此飛黃騰達，著墨甚多，更多灑狗血、無中生有的指責。對黃媽媽令人感動的證詞，因為有不少媒體記者入庭旁聽，這段淒苦的愛情也被賦予各式各樣的解說與讚美。各式報導中，對法官的判決，幾乎一致性的喝采。法官精心的傑作，讓正義得以伸張，不能因為臨時蹦出來的親人，在毫無貢獻的情況下，爽分遺產。這項判決就是要讓黃非凡分不到什麼錢，反而要為他多年來的謀略付出代價。但是，黃媽媽是受過苦的，理應被照顧，安度餘生。

*

關於雅雅的事，我絞盡腦汁，要找出她對阿義死心的方法，但是，思前想後，毫無頭緒。我心想：「女人就是笨！愛到了，男人打妳罵妳，甚至打妳打到住院，讓妳傷透了心，只要他道歉，態度良好、誠懇的道歉，就能原諒。」這類案例，我看多了，雅雅就是這種女人，雖然阿義沒打過她。她從小苦命，逆來順受，能忍旁人所不能忍，阿義捻花惹草、到處有玩伴，她不在意，因為她是真心要阿義活得自在。她曾經跟阿義過上三年的好日子，愛與感恩混雜在一起，雅雅自覺應該對他全心付出。阿義曾經不告而別，雅雅卻說「回來就好」，我對雅雅直言：「阿義的回來，不是因為要重新愛妳，而是因為妳認識能幫忙他的法官！」每當我提起這事，雅雅不但不認同，還頗有責怪我沒盡力幫阿義換獄友的意思，因為她感覺到，阿義對這事，至今還無法完全諒解她。

我也嘗試著讓雅雅移情，男人、美好事物、學習一技之長，半推半哄地讓她去試，都無法移動雅雅對阿義的心。我尋求心理醫生的幫忙，希望藉由深度對話，引導雅雅對自己好一些，追求自己快樂與更好的未來。雅雅去了兩次，就覺得沒意思，還跟我說：「我這樣子，有什麼錯嗎？」這句話，真的打醒了我！我後悔當初的想法，執意要設計雅雅，離開阿義這個狡猾、不負責任、處處想占便宜的壞男人。雅雅活在自己的世界裡，安分、滿足、更充分實現心理學家阿德勒所說的「深層的自我」，所以她快樂。她的生活與生命，更像禪宗的頓悟，無貪、無嗔、無痴，雅雅可能完全不知道，自己已臻佛家思想的高級境界，重視自己的心靈與道德的覺悟。

身為世俗世界的法官，在刻意翻卷苦思，尋找幫助雅雅的方法的同時，我覺悟了，我自慚形穢！雅雅就是雅雅，實現自我的雅雅，堅守高尚的心靈與對道德的恪守，世俗的貪、嗔、痴根本近不了她的身。她根本就是一尊在世的佛。

但是，我出於關心、愛護、與身在世俗的衡量，實在心有不甘，幾經檢討自己之後，驚訝地發現，我出於嫉妒雅雅對阿義的真心，大過我身為長輩的關愛。我開始極努力地揮去這個嫉妒，可是，每當我想到雅雅，這位隱於塵世的佛，如此善對一個爛人，嫉妒之心不但始終揮之不去，人心的惡念，卻冉冉升起。

＊

Jason 輾轉到了太行山東邊的山麓角下的一個縣城，距離北京約二百五十公里。一路上禮數周到，吃、喝、睡都有趙阿姨與小江的照顧，與金米的通訊，與媽媽的聯繫，在離開福建省之後，就一路暢通。當然，手機是小江提供的，每次都是不一樣的行動電話，Jason 猜，裡面的 SIM 卡也是不同的。他們三人，有時自駕，有時搭高鐵，大多時候是往北，可是，偶而往東，又偶而向南；有時夜行，白天遊景區，有時日行，晚上休息。迂迴了十一天，才到達河北蔚縣。Jason 知道這是防範衛星照像，越是不趕路、越是像旅遊，就越不容易被追蹤。有趣的是，若是小江開車，總會請一位當地的導遊，為 Jason 講述地方的歷史，更常常驅車前往導遊說過的景點印證，如果當地有博物館，也必定入內參觀，以得歷史故事的全貌。一路上造訪的景點，都是名不見經傳的小縣城，隱約中，Jason 感覺到從明朝走入時光隧道，一直往更久遠處走，回到元朝、宋朝、唐朝，一直到內蒙的遼朝（契丹）、金國（女真），中間當然也穿插著一些不為人知的清朝往事。這段行程，肯定是設計過的，安全兼洗腦的作用。Jason 重溫中國歷史，新鮮、感動、佩服，中國之大，何止土地！少數民族的爭戰，文人思想的底蘊，宗教薰陶的擴散，幾千年來，跌跌撞撞，紛紛擾擾，數不盡的故事，停不了的傳統，如海納百川，融會成不可破的中國。

Jason 和趙阿姨自從在新竹南寮漁港上了漁船，換了一身漁夫的裝扮，把自己的衣褲疊在背包裡，極破舊的衣服褲子，臭得很，乾脆打赤腳，把自己的 Tod's 休閒鞋也包起來。Jason 戴的棒球帽鑾新的，原以為也要換掉，船老大、趙阿姨都沒說話，Jason 樂得繼續戴著。趙阿姨找的漁船鑾破的，引擎聲音極大，恨不得要讓所有的人都知道，船要離港了。船慢慢地走著，Jason 心中緊張得很，時不時，因為引擎偶而發出像是要抛錨的破音，整個身體都會抖動一下。趙阿姨扯著嗓門，用帶著山東腔的普通話，跟滿口閩南語的船老大在聊天，Jason 聽不清楚他們在說什麼，但是，心想：「這樣的溝通，行不行啊！」漁船到了定點，引擎熄火，Jason 的雙耳頓感舒暢。海浪打著船身，咿咿呀呀地叫著，Jason 搖搖晃晃地起身，拿起船上的釣竿，甩了出去。他在美國、澳洲都有自己的釣竿，釣過不少難釣的魚，自認技術不差。魚竿架定後，偶而坐著、偶而站著，眼睛盯著，假裝專心的在釣魚。釣魚是趙阿姨事先就告知的，Jason 努力照做，心臟砰砰地跳著，其實是擔憂得很，如果被抓的話，不就是承認自己是匪諜了。忽然，遠處有兩艘海巡署的艦艇，慢慢地向北航去，Jason 坐的船，北邊和南邊，相距兩百、三公尺左右，也有個六、七艘漁船，熄火釣魚。船老大笑著說：「今天的天氣不錯，要釣魚，就要真的釣，像你這樣，魚餌都不掛，閃亮亮的魚鉤，魚會吃嗎？」趙阿姨、船老大、船老大的兒子笑得東倒西歪，Jason 也窘到無地自容。海巡艦艇離開了半小時後，船老大吆喝坐在一旁的兒子：「放點音樂來聽！」船老大抽著菸，跟著樂曲哼著，第四首歌曲要結束的時候，船老大看著趙阿姨，趙阿姨看了一下手上的大電話（衛星電話），點頭。引擎再次發動，往台灣海峽中線前進。Jason 大約知道，海巡艦艇已在超過十五海里的遠處，雷達看得到他們的船，但是，艦艇趕不過來。其實，海上走私，以物易物，太平常了，估計，即使在雷達上看到，也會裝做沒看到。船老大的船飛奔著，引擎聲音簡直吵翻天，沒多久，前方出現一艘全黑的小艇，一眨眼，無聲無息地靠在船老大的船旁邊。Jason 先跳上小艇，趙阿姨跟著，黑艇駕駛，拉著 Jason 往船艙裡送，嘴上說：「Jason 哥！挺住！」駕駛就是小江。趙阿姨站在副駕駛位，兩人大聲叫著：「船同志！再見！」黑艇加速駛離現場。船老大的破船，也加速返回剛才的釣魚處。從 Jason 躍下，到黑艇駛離，不到三十秒。船老大回航時，也不曾再見過海巡艦艇。

這艘黑艇，實在太快了！Jason 躲在小船艙內，時常被無法預期的震動，害得嘔吐不止。黑艇飛快，但，它不是飛，每當艇身與海面接觸時，就會有很大的震動。Jason 不舒服地叫著：「趙！過中線了沒？」趙阿姨怎會理他！Jason 又再叫了兩聲，接著，黑艇速度放慢，但也不很慢，震動更頻繁了，可是，力道變小了。再接著，速度更慢了，艇身穩穩地駛過海面。興化灣到了，Jason 狼狽地鑽出船艙，小江抱著 Jason，高興地大叫：「歡迎來到福建省莆田市！」

Jason 從莆田到蔚縣的十一、二天中，像是一趟歷史文化之旅。沿路上，對中國的發展，尤其是偏鄉的建設，Jason 佩服得不得了，唯有交通、網路建設完備，脫貧才能快速成功。每晚，當他獨處的時候，想著自己因為會念書，工作又努力，賺了不少銀子，躋身上流。想著回台灣終老，卻又被台灣的認同問題，牽連到如今的窘境。想著民主自由的台灣，卻處處被美國牽著走。想著台灣汙穢的政治，卻又看見中國在默默的耕耘、雪恥。這年是二〇一一年，中國國民所得總額正式超越日本，成為世界第二大經濟體。

*

舒琪入監服刑。我盡了全力，但刑法上黑紙白字寫得清清楚楚，持刀殺人，致人於死者，判七年以上有期徒刑。她被判了七年。入監的第二天，我就去看她。不施脂粉的臉龐，依然白皙美麗，瘦了不少，眼角旁的那一絲憂鬱，也多了不少。她始終對我淡淡的，我也漸漸把她當成一位熟識的好友，正因如此，探監的次數也少了。當然，我的工作仍舊忙碌得很，隨著年歲越長，我越是自我，開庭審理案件，微服查訪，寫判決書、拼圖以外，就是埋頭整理自己判過、或同儕判過的有趣、有疑慮的案子。我的一生，其實平淡，家有賢妻打理，兩個小孩中規中矩，知上進。我與其他人的不同，在於我見過的事情、看過的人，不平淡。法官，這是一個太不一樣的工作了，為了不浪費這份工作珍貴的資源，我一得空，就開始埋頭整理所有案件的人事物，寄望於不枉此生。

舒琪已經入監一年多了，我偶而去探監的時候，她都問：「Jason 還好嗎？你怎麼都不告訴他，我想他來看我？」我無言以對。我知道，我盡了很大的努力，還找到 Jason 的媽媽，一問三不知，只生氣地說：「我沒這個兒子。」我也找到了金米，通了電話，答案是：「很久沒聯繫了。」Jason 就像人間蒸發了一樣，沒人知道他的下落。我曾經跟舒琪說過，Jason 跟軍方有些誤會，我更擔心，Jason 的消失，可能是事實，但是，這是無從得知的。問題是，我完全不知道答案，我又能說什麼呢?我的潛意識告訴我，不能跟舒琪說，我怕她擔憂、怕她想不開。

第十章

二〇一〇年，暖芯的朋友放棄上訴，入監服刑。很快的，兩年過去了，他被放出來以後，沒有工作，卻住豪宅、開法拉利。他的生活從不糜爛，淺嘗好酒，不太近女色，他生來就是要賺錢，賺錢就是他唯一的享受，如果還有其他的話，暖芯就是第二。他對暖芯，充滿著好奇，就像他研究股票一樣，好奇而且深入，可是，暖芯沒有給他深入的機會，卻吊著他，操控著他，讓他為暖芯神魂顛倒。

出獄後的這位朋友還是以炒股為業，沒了敏感的身分，一介平民，炒股起來更得心應手。他的外圍，不，滴水不漏的團隊，重複以前的模式，按照大將軍的指示，每戰皆捷。暖芯不願意也不敢再與他聯手，只願偶而與這位朋友吃吃飯，小酌佳釀而已。暖芯的心中其實很想聽聽他報的明牌，想藉由緒台的戶頭累積一些財富。這位朋友也聰明得很，知道暖芯不參加他的聯合炒股，唯一的原因就是她依靠著黃緒台。大將軍沒法子將暖芯綁入聯合炒股團隊，想得到暖芯就變得機會渺茫，心中自然對緒台懷有敵意。

認祖歸宗的判決在報章媒體大伺渲染之下，工於心計的大將軍找到黃非凡。窮困潦倒的 Doug 心中充滿怨恨，他從高中就開始肖想著繼承龐大的資產，一步一步地思考、一點一點地設計，花了錢，也耗精費神，祖宗是認到了，卻遭各方撻伐，名譽掃地之外，他同父異母的哥哥像打狗一樣的，扔了微薄的一千萬元給他。Doug 媽媽得了一棟在林口的房子，三房兩廳，有八十坪大。媽媽與 Doug 各住一房，剩下的房間預留給 Doug 娶妻生子之用。緒台用公司的名義出帳，經法院公證，房子的所有權人是 Doug 媽媽。符合判決書的內容，又能撇清與緒台的關係。

大將軍教他買股票，讓 Doug 賺些小錢，大將軍出手大方，常常邀 Doug 吃好的，還給他零花錢，買些好衣服、好鞋子。看他住在林口，搭公車、捷運不太稱頭，還買了一輛很新的二手保時捷休旅車給他代步，為了顧 Doug 的面子，謊稱這車子是自己的，因為沒時間開它，借給 Doug 用，等他有錢了，要買新車的話，再還給大將軍就好。

Doug 在台灣無親無故，認祖歸宗的官司，雖然贏了，但是注意看新聞的都知道，黃非凡輸得徹底，沒了裡子更沒面子。Doug 的心中早就存有報復緒台之意，憑著身分證上父親欄的名字跟緒台的一樣，他的恥辱，終將得到報償。大將軍的出現，就像溺水時的緊急救援，不但拉他一把，更推波助瀾，Doug 把大將軍當做大哥看待，言聽計從。

Doug 被大將軍豢養加擺布了一、二年。他在股票市場賺了一點錢，就食髓知味，恢復本性了。每天吃香喝辣，經常出入高級場所，什麼大名牌的新品發表會，藝術品拍賣會，保時捷舉辦的品酒會，各式流行的時裝秀，都有他的身影。他身材壯碩高大，相貌英俊，又是說話帶著美語腔的 ABC（美裔華人），每次出現在這類的場合，常是群眾目光的焦點。Doug 的本質就是個輕佻、炫耀之人，腦袋裡裝不了什麼東西，給他三兩顏色，就像是開染房了，雖然，這些場合的邀請函都是大將軍的關係，或是出於大將軍的指示，Doug 心中也很清楚，只是久而久之，他被參與的美女們、主辦商、業主們包圍著，好像 Doug 才是眾人烘托的明星。可笑的是，這些都是社交場合的虛偽，Doug 不但信以為真，更因此而得意忘形，連大將軍的好心勸告都不聽了。暖芯的這位朋友，大將軍何許人也！他頭腦冷靜、工於心計，更精熟於設計行動綱領，執行起來更是不達目的，絕不放棄。Doug 被大將軍牽著，一步步走向深淵。Doug 的媽媽看著她的寶貝兒子，重返浪蕩不羈、糜爛不能自拔的日子，只能求佛祖保佑，不再浪費口舌。

Doug 自以為闖出了一點名堂，偶而，帶上兩個美女，請緒台哥哥吃一頓晚餐，炫耀一下。緒台若完全不理會 Doug，好像也不太對，Doug 約五次，緒台赴約一次，可是，每次三杯黃湯下肚，Doug 的輕佻、炫耀，讓緒台很受不了。每次到了最後，緒台鄙視的眼神，口無遮攔的奚落，Doug 當然不會示弱，惡言相向之外，更叫喚著祖宗恨恨地罵緒台是竊取家產的爛哥哥。兄弟倆幾乎每次都要打起來了，還好有服務人員，在場的朋友相勸，才不致真的拳打腳踢。

兄弟倆水火至此，完全應了大將軍的計畫。他一開始伸枝枯木，救助正在溺水的黃非凡，接著讓 Doug 食髓知味，露出本性，再接著讓他出盡風頭，得意忘形。忘形後，自大與炫耀跟隨而來。大將軍鉅細無遺的流程圖，自大與炫耀被紅色的筆畫了兩層框，然後一個筆直的箭頭，指著畫著藍框內的黃緒台。大將軍這樣的筆記本有好多本，以前記錄關於暖芯的，何時認識、如何認識、何處認識，說過什麼話、對方的臉上的反應，自己是什麼感覺，下一次見面的計畫、地方、時間、主軸，怎麼引導話題、怎麼讓暖芯動心等等，接近一萬五千字。加上許多手繪的流程圖、相關圖，在內線交易案子的官司中，檢方看了都大吃一驚！怎麼會有這樣可怕的人！聰明、頭腦冷靜、什麼都不漏的、工工整整的、密密麻麻的、每個步驟都充滿心機而又連貫的計謀，令人不寒而慄。

以大將軍的功力，像暖芯這樣聰明、漂亮、迷人、又會操控男人的女人，都把持不住，差點踰矩，更上了大將軍的賊船，加入聯合炒股，要不是有我的幫忙，保證身敗名裂。黃非凡這種有外表沒腦袋的傻蛋，大將軍毫不費力的，跟拉木偶戲一樣，指揮著 Doug，做他想要完成的事。

一天，Doug 媽媽冷冷地跟 Doug 說：「兩個星期後的今天，是你父親的祭日。推掉所有的約會，你帶我去墳前祭拜。」Doug 知道這是媽媽的重中之重，不敢違拗，立刻答應。黃媽媽又說：「我也會約緒台一起，你們的爸爸去世四十年了。好久了，我也去跟姊姊講講話吧。」大將軍得到 Doug 的通知，取消了一個派對，原因是要去掃墓。大將軍知道機會來了，等了兩年，終於要收成了。他把 Doug 叫來身邊，攤開幾張圖表，約略地解釋了一下，Doug 茫然，大將軍說：「我剛才給你看的是你們黃家的企業集團，去年的財務報表，淨利接近二十億元。」

拿出另一張份額圖，接著說：「藍色的部分，是黃緒台名下的股份，四十二%，他今年可以分到八億元的股利。」Doug 完全不知會有這麼多，張著嘴，驚訝地說：「Fuck! 他真是個 Fucking animal!」大將軍不急不徐地說：「他的太太與兩位女兒，也都有股份，但是，都比趙暖芯少。」Doug 急了：「幹！連她都有！他媽的！我什麼都沒有！」大將軍說：「你想要這四十二%嗎？我無法保證有這麼多，但是二十%左右的股份，應該是垂手可得的。」大將軍把抽屜打開，拿出一把掌心雷手槍，銀質的槍身配上黑色的手把，很是精緻。「你們掃墓的時候，你用槍指著黃緒台，逼他簽署這張股權讓渡書。你看看。」大將軍邊說，邊拿著兩張訂好的、重磅數的厚紙給 Doug 看，一式兩份，見證人的地方，大將軍已請律師簽名用印。「你怕嗎？」「他簽的話，你得二十%，他強硬不簽的話，就開槍打死他，你獨得四十二%！」

*

二〇一三年年初，大年三十，我接到 Jason 的拜年電話。這通電話太令人興奮了，Jason 消失兩年了，沒死！舒琪以後總有機會見得到她的心上人，可是，Jason 不願意說出自己住在哪裡，只透露是在中國大陸的一個小縣城，過著隱姓埋名、自由自在的生活，一年有九十天是在旅行，Jason 說：「就算是這樣，玩到死，中國大陸的自然風景與歷史人文的故事景點，都玩不完，愉快極了。」他的聲音沒什麼變化，不過，我感覺，他說的，比真實的快樂。我掐指算算，Jason 也快六十歲了。我說：「大家都老了啊！我找不到你，但你找得到我，要常聯繫！」我的鼻子酸酸的，說完「保重」就掛了電話。

大年初三，我去探視舒琪，告訴她 Jason 打電話給我拜年的好消息。她沒有很高興，反而有點失望。舒琪心中痛苦，自己命運多舛不說，卻連心中喜歡、愛慕的人，看都看不到一眼。我想勸舒琪看開一點，話到嘴邊，又嚥回去了。本想說，等妳出獄，再去看他，不就好了嘛。舒琪的刑期還有五年，我若提及出獄，必將刺激她已經平靜的心。其實，五年還蠻久的，將來的事，誰又算得準呢！

二〇一四年，緒台與暖芯大概是掃墓前的兩天，約我吃飯。他們選在一家有名的牛排館，乾式熟成的牛排是這家館子的獨門。我們三人在緒台訂的包廂裡，品著昂貴的紅酒，吃著老闆精心安排的前菜，有說有笑，甚為愉悅。我提起 Jason 跟我打了電話，他一切安好，本來我都以為，他人間蒸發了呢！話匣子一下打開了，緒台抱怨暖芯曾經對他有好感，暖芯否認，只不過是欣賞他的專業。緒台又說，有一次餐敘，H 董也在，Jason 一聽暖芯懷孕了，還對我翻白眼呢！從實招來，你倆有沒有曖昧！暖芯知道緒台在開玩笑，還是捶了緒台肩膀一拳，三人高聲笑著。緒台又提到騷辣的金米，那晚在舒琪店裡，喝得爽快。暖芯岔嘴說：「金米明明是一位大家閨秀，怎麼騷辣了？」我也搶著說：「妳是沒看到她前一晚的打扮！哈哈！緒台，形容一下給暖芯聽！」緒台說了，加油添醋了一些，暖芯尖叫聲、雙手拍掌，大聲笑著說：「太帥了！金米好樣的！」「我哪天也來學學！」這時，包廂門突然響起大聲的叩門，然後，門被用力地推開，衝進來一個人，生氣地說：「公共場所，小聲一點！」這位先生說完，掉頭就走。我們三人都覺得有點不好意思。

過了三、五分鐘，一位喝得半醉的，短袖白襯衫的胖子，鬆開著領帶，衝進我們的包廂，大叫：「你們才三個人，坐八個人的包廂，讓一讓吧！我們五個人，跟你們換一下。」連續兩次被打擾，緒台發火了，站起身來，要去叫他熟識的餐廳老闆，包廂門口站著二、三位服務員，嘗試拉住這位穿白襯衫的客人，可是，顯然是沒辦法。緒台咆哮：「你們這個餐廳是怎麼搞的，叫黃老闆出來！」那位其中的一位服務員說：「今晚老闆不在，請黃董見諒。我們會處理好的。」那位白襯衫的胖子客人，轉過身來，指著說話的服務員，大聲說：「叫他們出來，跟我們換！」他們那一桌的其他四個人，也站起來勸阻，其中一人眼尖，看見發火的黃董，一個箭步上前，說：「黃董，不好意思！鄭委員喝多了，失禮了。我是莊議員啊，我們認識的，您大人大量，別介意啊。」一陣紛擾混亂當中，我看見他們那一桌站起的四個人，邱維義赫然在其中。還聽見其中一人，跟阿義說：「叫你不要去挑鄭委員，你就硬是要進去包廂，看他們有幾個人！你看，糗了吧。」我心中燃起憤怒！但是，我壓著！我嫉妒雅雅對阿義的真情真義，從腦中升起。

後來，白襯衫也聽從友人的勸阻，乖乖回到坐位，我們三人也回到包廂。緒台繼續抱怨，明明是一場好聚，卻碰到攪局之人。暖芯懂緒台，跟我使個眼色，牛排沒吃到，我們三人就決定離開，草草結束這頓晚餐。我坐在緒台的車上，想著我的在世佛，想著狡猾齷齪的阿義，緒台沿路飆罵，不停地抱怨，今晚衰到極點了！緒台的司機熟門熟路，車行不久，我到家了，說了謝謝，互道晚安。

我進了家門，直接走進我的書房。老婆孩子們正好奇著，晚餐這麼早就結束？看見我一聲不吭地走進書房，陷入沉思，他們心中充滿忐忑，因為我從來沒有這麼生氣過。

*

黃爸爸的墓園位在桃園鄉下，緒台媽媽也葬在旁邊，偌大的土地，還有很多預留的空間，留給後世子孫。墓園是在一個小丘的頂端，只有一條路上去。路是自己開的，山丘上的地都是黃家的，墓園被一大圈種植整齊的柏樹圍起來，進口處有兩隻坐著直挺挺的德國牧羊犬，就是俗稱的大狼狗，黑黃相間的狗毛，陶土做的，眼睛是紅色的水晶嵌上去的，炯炯有神。十公尺外有圍柵，鏤空的鐵鑄大門鎖著，除了專屬的整理人員，旁人是進不去的。

黃爸爸祭日的當天，下著毛毛雨，天氣陰得很。墓園整理的人員，已將祭台備置妥當，緒台公司的員工也把鮮花、祭品、蠟燭、酒水、香爐、祭拜用的烏沉香等等，一應俱全，擺設妥當。Doug 開車帶媽媽先到了，媽媽小心翼翼地把自己親手做的上海點心、小菜，擺在祭台上。蔥燒鯽魚、滷烤麩、毛豆炒豆乾丁、辣椒釀肉、蘿蔔絲餅。這些都是以前黃爸爸午餐喜歡吃的，配兩碗白稀飯，簡單爽口。黃媽媽擺著擺著，眼淚就慢慢滴下。黃非凡看了，有點不耐煩地說：「好了啦！媽！我們先坐一下，等緒台來。」墓園管理員送上熱茶，放在雕花桌面的石頭桌上。三、五分鐘後，緒台帶著暖芯一路走著，手指著，嘴上說著，為暖芯介紹著黃家墓園的風水。坐車來的路上，暖芯的心情不是很好，頭痛發暈，緒台特地讓車子停在鐵鑄大門外面，讓暖芯呼吸點新鮮空氣，司機沒上來，他倆一路走上來的。Doug 心中有氣：「遲到了！還慢吞吞的！司機沒上來，最好！」口中跟媽媽說：「這女的姓趙，緒台的姘頭！很久了。」黃媽媽沒理會。

緒台還算有禮貌的，讓 Doug 媽媽站在主位，他與黃非凡站在後面兩側，暖芯則站在緒台的右後方。各人都拿了三支已燃好的祝香，各自祭禱。緒台在心中祭禱完畢，看著 Doug 媽媽還在念念有詞，不知道要等多久，索性走向祭台，把祝香插到香爐裡，誠心地向父母親的牌位，深深的一鞠躬，暖芯也照著做了。緒台按以前的習慣，虔心慢步地繞著父母的安葬處走一圈，緒台走在前，暖芯跟在後。繞完之後，又向父母親的墓碑，各鞠了三鞠躬。

行完了禮，緒台招呼都不打，摟著暖芯的臂膀，就往大鐵門走，準備離開。Doug 不管媽媽是否還在跟他爸爸說心中的話，大聲喝道：「站住！」緒台回頭：「還有事嗎？」Doug 從西裝內袋，拿出股權讓渡書，走向他同父異母的哥哥，說：「我們倆的事，今天要做一個了斷。」緒台瞥了一眼，啥都沒看到，就說：「這是什麼？」Doug 說：「股權讓渡書，請簽字！」緒台拿到手中，假裝要讀一下。這時，黃非凡掏出掌心雷，對著緒台說：「這上面著密密麻麻的，寫了很多，大意是，你身為哥哥，眼見同父異母的胞弟，勵精圖治，很有長進，集團事多煩雜，急需能人分擔，思前想後，不給弟弟，還能給誰！」Doug 向前走了兩步，槍對著緒台更近地說：「對吧！哥哥，簽字吧！」緒台大怒：「去死吧！想都別想！」這聲大叫，驚動了黃媽媽，轉身向後，看見兒子拿著一把小手槍對著黃緒台，驚恐之下，正要張嘴制止。暖芯自從看到來攪局、分財產的黃非凡以後，就極度討厭他的存在，看到他正拿槍對著緒台，毫不考慮地、像她游泳比賽時一樣，正面衝上前去，雙手抓住 Doug 持槍的右手小臂，妄想著把槍搶下，Doug 右手向左下方轉動，想要掙脫暖芯的雙手，Doug 右手轉了一圈，暖芯再也無力跟上 Doug 孔武有力的右手，正要被甩開的時候，槍聲響了！緒台被子彈擊中，應聲而倒。墓園管理員衝出，卻哪裡趕得及，黃媽媽見狀大叫：「不可以啊！非凡！」暖芯看見緒台倒下，同時悲慘地大叫一聲：「啊……」就暈過去。緒台的上身完全沒有傷口，鮮血從兩腿的胯下湧出，褲襠也被鮮血染紅，鮮血與尿液混雜著，流滿了一地。

從黃媽媽轉過身來，到緒台中彈倒下，只不過是幾秒鐘的事。接下來，時間好像是停住了。墓園管理員心中閃過：「董事長啊！你不能死啊！」黃媽媽呆住了：「非凡啊！你這個孽子，我該怎麼去見你爸爸！」暖芯腦子裡都是志雄幼時的臉龐：「緒台！保佑你的兒子，讓他順利成為你的接班人。」Doug 露出勝利得意的笑容，張大了嘴，無聲地喊著：「我成功了！」這四個腦子裡，各有屬於自己的畫面播放著，不管簡單或是複雜，在這靜止的時間裡，他們想的，都是真真切切的！

緒台沒有死，子彈不偏不移地打到了他的命根子，睪丸也打破了一顆。這個部位，雖不致命，可是，疼痛要掉半條命，要重建起來更是困難重重，攝護腺、輸尿管都是人工做的，還必須要一根人工陰莖包覆著，緒台願意花大錢，把剩下的睪丸的造精功能，利用接駁、接通神經的方式，讓人工陰莖隨著腦袋使喚。經過多次手術與術後的疼痛，終究事與願違。從此以後，他對於性的反應，只存在於腦中。這年的緒台快五十八歲了，他的爸爸是五十八歲過世的。想起年少時的恣意手淫、膽大妄為，長大後的隨意採花，多少美女被他臨幸，快意隨興了一輩子，從來沒想過會落得如此下場。

黃非凡的腦袋真的裝不下多少東西，什麼股份都沒得到，還換得入監服刑七年，服刑期間，大概是又笨又不知自己幾斤幾兩，在獄中，不是被騙，就是與人發生衝突，看起來，牢房的歲月，遙遙無期。

這場家族爭產的精彩鬧劇，最後很不驚擾社會地收場，也是出於我精心的策畫。我建議緒台低調處理被開槍的事，民事的部分，不提出告訴。刑事的部分，自有檢調提起公訴，尤其是槍枝的部分，按刀槍管制條例，雖未致人於死，依然可以加重判刑。緒台透過各種關係，央求或壓抑媒體高層，結果，大多只報導了一天，刊出的版面也很不顯眼，有些媒體，乾脆報都不報。後來，緒台出院，Doug 被判刑入獄，主流媒體幾乎都沒有報導。緒台終於知道低調的好處，在越來越安靜、落寞的生活中，他也想著回歸家庭。不過，緒台的命運，就是含著金湯匙出生的，荒唐、隨興、高調了一生，要靜逸下來，還是要付出點代價的。

*

好幾年以前，趙暖芯因為內線交易的案子，不但自己的租屋處、辦公室被搜索，她在新竹的家也被徹頭徹尾地翻了個遍。這件事情是暖芯與她老公離婚的導火線。這對夫婦的關係，從一開始就是女強男弱。老公對暖芯恩愛有加，處處以老婆馬首是瞻，暖芯說東，老公不會往西。暖芯因念碩士，生了兒子，加上後來的工作，一直住在台北，自己過著選男人打發時間的日子，就如同男人在外捻花惹草，正宮元配晾在家裡一樣。暖芯的元配老公，上班之外，就是帶兒子，引頸期盼的夫妻生活，只能是短短的週末。有時暖芯有事，週日中午到家，胡亂一頓晚餐又趕回台北。元配老公是工程師，不笨也不醜，雖然不願意往暖芯對他不忠的方向想，但，久而久之，總覺得要填補一下家中妻子的空缺。在新竹科學園區裡，工作占據了半個整天，回到家中，獨守空閨的男女工程師多了去了！元配老公與一位隔壁公司的女工程師對上了眼。常來家中一起做些吃的，偶而還代父接送志雄，搞得學校老師都認女工程師是志雄媽媽。志雄也沒什麼異議，畢竟，女工程師常做飯給他吃，還為他在課業上的難題解惑，志雄是打從心裡接受這位代母的。

暖芯的老公在檢調搜索之後，就鼓起勇氣主動提出離婚。暖芯不理，拖著，不是因為她想要繼續維持這段婚姻，而是時機尚未成熟。她與緒台如膠似漆，各自上班的時間除外，幾乎天天見面，也偶而住在緒台的大別墅裡。她知道她在緒台心裡的地位，但還不足以讓緒台與他的妻子離婚，接納自己與兒子。暖芯一步一步地設計，像她的這位朋友一樣，只差沒有工工整整地詳細寫下。就在那晚，在緒台的大別墅裡，贏了認祖歸宗官司的慶功宴之後，暖芯向緒台半認真、半藉著酒意，說：「我們結婚吧！」暖芯酒後，瞇著一雙媚眼：「我們在一起，多少年了！我從來沒圖你什麼，一直為你付出，還為你生了個兒子，你覺得好嗎？」緒台也喝了酒，親了暖芯薄薄的嘴唇，半開玩笑地說：「報告！是！」暖芯嗲嗲地說：「我喜歡你開玩笑的時候的坦白。」這句話，厲害了！把半開玩笑的回答，當做是對她的坦白，完全不介意開玩笑的恰當與否，甚至還真心地喜歡呢！緒台被擠兌著，說：「放心吧！今生有妳，我心足矣！」

慶功宴之後，暖芯開始跟元配老公談離婚。她什麼都不要，只要志雄。元配老公哪肯！他平靜地說：「我的兒子，妳搶不走的！」暖芯心中竊笑：「你別這樣！我們好聚好散。我對志雄有長遠的規畫，對兒子有莫大的幫助。」元配老公受夠了暖芯的任意支配，咬牙切齒地說：「我也有！」眼看著他們倆談不攏，暖芯心中自有打算：「先把緒台的婚離了再說，老娘自有殺手鐧。」暖芯精心設計的局，慢慢接近她想要的結果。她想著：「緒台跟他老婆離婚，順理成章，我取而代之，易如反掌。」

在緒台被開槍的幾個星期前，他的太太已經簽了離婚協議，也經過北美事務協調會的公證。離婚的過程，因為早就沒有愛了，又分開太久，兩個女兒對這位荒唐的父親，也早無思念，不但沒有爭吵，雙方還分享解脫的愉悅。幾封書信往返，還都是電子檔，幾通簡短的電話，互道珍重、祝福而已。緒台的髮妻也是大門大戶，視財富如俗物，一向不上心。不過，緒台還是為妻子與兩個女兒增加了一些股份，像是幫她們存了一筆特優定存一樣，每年拿股息。

暖芯與元配老公的離婚，因為志雄的關係，一直拖著，直到緒台恢復到單身的身分後，暖芯提出離婚之訴，並堅持要搶到志雄的扶養權。暖芯的算盤是，贏得志雄後，就低調與緒台登記結婚，從此一家三口，過著幸福快樂的日子。做人，不能算計太多，不但累到自己，更會徒勞無功！

暖芯夫婦既然已經法庭相見，自然不會客氣。雙方都想節省時間，除了扶養權以外，其他的完全沒有爭議。暖芯提出DNA檢測，以證明志雄不是元配老公的親生骨肉，而是與暖芯相愛、同居、即將結婚的人所親生。小法庭上，暖芯的元配老公，不但沒有驚嚇，更出奇的冷靜，表示願意完全配合對方提出的檢測程序。人算不如天算！檢測報告的結果，志雄是暖芯的元配老公親生，完全無誤。暖芯震驚到無法接受，口中念念有詞：「我的感覺不會錯的！我的感覺不可能錯的！老天啊！」

其實，順服她的元配老公，沒敢吐實，早在志雄快滿週歲的時候，因為急性腸胃炎而住院四天，又吐又拉，又完全不能吃喝，只能靠打營養針維持。志雄已經瘦了一整圈，臉色也黯淡無光，眼看著即將夭折。志雄爸爸急暈了，央求醫師：「大夫！想想辦法吧，救救我可憐的兒子。」醫師沉思後，慢慢地說：「只能在體外培養抗毒血清，必須要近親的血液。培養血清可能要一天半的時間，然後，注射到嬰兒體內。成不成功，靠老天了。」醫師又說：「血液必須乾淨，沒有任何傳染病，否則，純化費時，嬰兒可能撐不住。」志雄爸爸急著說：「我是他爸爸，身體健康，血液應該沒有問題。」就這樣，志雄爸爸被抽了一百五十毫升的血，DNA驗過無誤，並且頗為乾淨。醫院用了剩下的血，培養抗毒血清，兩天後，從志雄的小屁股，注射到體內。

暖芯得知志雄是她與元配老公的結晶後，當下實在無法接受。但是，這是科學證明的事實，無法逆轉的。她突然想起老公下排的牙齒長得很不整齊，志雄的也不整齊，不整齊的左右、高低、角度，竟是一模一樣，她讚嘆遺傳的奧妙之外，決定對緒台隱瞞真相，至少要等到登記結婚之後，或是，再想想有什麼更好的辦法或說實話的時機。暖芯萬萬沒有想到，過了幾天之後，第一次陪緒台去黃家墓園掃墓緒台就被開槍，擋不住的悲劇啊！這時的暖芯可能也有些覺悟，從小嚴格的訓練，養成不達目的絕不放棄的習性，雖然一生順遂，卻喜愛操弄、貪念橫流，搞到如此意料之外的下場。暖芯不是沒有錢，也不是沒有能力，只是她太好強了，總覺得不夠。她的覺悟沒往好的方向去，心灰意冷的同時，與元配老公離了婚，巴著緒台，是唯一的念想。這時的緒台，假陰莖，假尿管，假攝護腺，剩下一顆沒用的睪丸，下體難看得嚇人，自己都覺得噁心，連尿個尿，都有困難。他萬念俱灰，只想著寧靜。倘若，緒台還有念想的話，那就是帶回志雄，他心中認為的兒子，好好栽培，接管黃家的企業集團。

一天，我約了緒台中午便餐，有一陣子沒見了，不喝酒，看看他、聊聊近況而已。我約在法院附近一家不起眼的咖啡館。緒台進來後，高興地跟我打招呼，說：「老哥！快一個月沒見了吧，都好嗎？」我看他的樣子，對這樣的小店完全不介意，心定了許多，我回：「早就想約你扯扯了。請坐！」店裡沒什麼人，我們點的簡餐很快就來了。緒台點了黑胡椒牛肉燴飯，我點了青椒牛肉炒飯，每份兩百八十元而已，還附咖啡、甜點。我問：「這樣的店，你來過嗎？」緒台說：「還真沒有耶！不過，吳老哥約，去吃路邊攤，我也行啊！」我說：「你出院有半年多了吧！現在感覺如何？氣色不錯啊！」「我現在安分得很。專心上半天班，很少應酬，大部分都待在家裡，靜靜的，反省一下自己的一生。」我說：「這就對了！心中平靜如水，才是真快樂！」我繼續說：「暖芯跟你啥時結婚？還是已經登記了？」緒台搖搖頭：「沒！她的婚，離得好像不太順利。」緒台雙手一攤，說：「我也催過她，小錢就不要管了，趕緊辦好，我也趕緊跟我兒子，追上一點父子之親啊！並且，我還指望他能接我的班呢！」

我腦中一片懷疑：「怎麼可能呢！」當了這麼久的法官，什麼沒見過，離婚官司不是財產、贍養費，就是子女歸屬權。暖芯老公的財產，暖芯看不上，贍養費，暖芯不稀罕。一定是兒子的扶養權卡住了。我好心跟緒台建議：「此事宜快！別讓暖芯一人擔著，你要介入幫忙。」

這句話，起了作用。緒台要介入，暖芯再也阻擋不住，紙包不住火，只有向緒台說實話。緒台像是在晴天被霹靂打到，腦袋中閃過所有過去的荒唐不羈，每一件都像是一道閃電，打到緒台的好命盤。他的好命像是一個精雕細琢的骨瓷大盤，已經被打到不成盤形，碎片到處散落。他心中痛楚萬分，怨天也怨自己：「報應！這都是報應！」緒台變得寡言、鬱悶、不相信任何人，他琢磨著他後來的蹇運，必定跟暖芯有關，想盡辦法要擺脫暖芯，而暖芯不可能輕易地被打發走，後來，他倆交惡，吵吵鬧鬧、惡言相向，相處起來毫無品質，雞飛狗跳似的，持續了兩、三年，暖芯也受不了了，決定離開。緒台終於回歸平靜，一人活得黯淡，抑鬱而終。

我的故事講到這裡，應該是快講完了。

故事的結局，大家應該了然於心。舒琪在二〇一六年假釋出獄，只少坐了一年的牢，其實，我從二〇一四年就開始為她努力，即使我自己在二〇一五年被整得焦頭爛額，我還是盡力運用關係，幫忙這位命苦的、專情的傻大姐，能早出獄就早出獄。她出獄的時候，我還沒被關進去，僅僅只差三個多月而已，這樣我也心滿意足了。這三個月裡，我們常常碰面，看著舒琪的眼角，沒了嫵媚，只有憂鬱，整個人都瘦了一圈。以往傻大姐高興的笑聲都沒了，只剩下沒啥情緒的平淡與充滿無奈的對話。她一定是認命了，認了這一輩子的苦命，面對身體還行，但是有一點老年痴呆的媽媽，更只能接受，無心也無力與命運爭搏。舒琪帶著楊媽媽搬回基隆，就在以前山坡上租的鐵皮屋的下面一點，為了家計，找了一份長照的工作，這工作有苦有樂，看見每位老去的人，都有解不開的苦，解不開的結，想想自己，人的一生，大概就是這樣的吧，也就坦然了。得空時，舒琪會站在陽台，倚著斑駁的鐵欄杆，噴一支菸，看著輕飄飄的淡藍色煙氣，想著 Jason 到底在哪裡。

Jason 不怪金米，知道她身不由己，要怪，只能怪自己投錯行，又做得太好，成為大國角力的犧牲品。他聰明冷靜，清楚地知道，自己在中國，是最安全的，這輩子也不可能離開中國了。Jason 在董將軍領導的公司裡，也算盡心盡力，只是貢獻有限，中國的後起之秀，實在太強了。Jason 跟軍方申請退休，拿了不少的一筆錢，再加上他原先在香港的資金，在河北的小縣城裡，過得安逸。時不時揪幾位大陸朋友，自駕旅行，倒也暢快；丁同學每一、二個月就請 Jason 到北京作客，還曾想著介紹女朋友給他，以療孤寂之生活，Jason 已有歲數，不想再淌女人的混水，一一婉拒。不出遊時，潛心閱讀中國歷史，把自己浸潤在數千年的文明與無數個扣人心弦的故事當中，什麼政治上的荒謬，什麼對 John 的仇恨，什麼舒琪、金米，根本微不足道，早已拋在腦後。倒是住在同縣城的一位年近五十歲的寡婦，研究生學歷，搞食品營養的，在縣城的麵粉廠工作，兒子在南方從事金融業。Jason 逛菜市場時，聽見她對茄子的營養成分，高談闊論，好奇心驅使，認識了這位寡婦，他倆頗談得來，偶而來 Jason 家做做飯，飲飲酒，愉快而沒負擔。

暖芯去了哪裡，沒人知道，肯定是混得不錯的，說不定，搞上她的大將軍呢！她的內心好強，好掌控、好取得勝利；外表聰明、漂亮，又懂溫柔；心思細膩，善於設計、巧於攻心，實在是位無堅不摧的強者。不過，即使如此，暖芯最終什麼都沒得到，一場空啊！我強烈認為，她做的壞事多了，藉著傻博士，報她不太應該報的仇，槍殺H董；她利用大將軍，藉著黃非凡的手，為著她兒子，槍殺緒台；片刻僅存的善念，奮不顧身地想搶下手槍，卻造成更大的傷害。她心神不定，不安於室，肯定睡不安穩，久而久之，就算有運動員般的好身體，也難敵心裡的負荷。

記得緒台去掃墓，被開槍的前兩天，在牛排館發生的事情嗎？我目睹邱維義慫恿鄭委員鬧場，事發之後，看見從包廂裡出來的緒台是號人物，阿義就龜縮不前，狡猾得令人憤怒。所有站在一旁的人，沒有人會有這種憤怒的感覺，只有我，因為我知道我心中大隱於世的佛，雅雅，還是真心又寬大地對待他。我嫉妒，我憤怒，我替雅雅不值。

當晚，我回到家中，氣到沒理會家人，就一頭衝進書房，悲憫著苦命的雅雅，嫉妒著雅雅對壞人的真心，我揮不去心中的惡念，決定替天行道！

當法官的要使壞，真可謂行雲流水。我藉著我的權力，布下天羅地網。我要調查員跟蹤邱維義，查清楚他交友的情況；我要桃園縣國稅局，稽查阿義父母、姊姊、弟弟的租賃農地的繳稅紀錄；我要新北市政府重查阿義登記、撤銷的建設公司；我要台北市財政局把阿義的房地產、銀行帳戶總歸戶；我要公共工程委員會提供準備公開招標的工程案件，比對阿義的動向。這只是開始而已，不過資料齊全之後，真正費心費力的，還是要找出違法事證，然後再抽絲剝繭找到人證，真可謂工程浩大！憑我一己之力，根本無法完成。其實，大張旗鼓的調查，就是要打草驚蛇，引蛇出洞。邱維義很有警覺，隱約覺得有人要陷他入罪，開始尋找相關、相熟的議員立委，試圖掙脫。這正是我要的反應，他的一舉一動，被我牢牢掌握。

一天，雅雅來電約我晚餐，我選了一個離她住得很近的地方，一間連鎖的台灣小吃店，座位不多，人也不多。我當然知道雅雅約我的目的，可是，我沒準備跟雅雅深談，就選了個半小時可以解決晚餐的地方。雅雅不介意，準時到了。她圓圓可愛的臉龐，不施脂粉，清白亮潔。圓領T恤，外罩一件運動薄外套，配上一條牛仔褲，白色球鞋，輕鬆的便裝，自在又舒服。點了簡單的食物以後，雅雅直接說：「吳法官，你放過阿義吧！」她直接，我也直接，說：「不可能！他的齷齪配不上妳的高尚，我看不下去！」雅雅說：「我這輩子，孤苦清涼，就他，我認了。」我立刻斬釘截鐵地說：「不可能！我要救妳！我的觀世音佛祖！」雅雅淡淡地回：「我知道阿義是什麼人，我的一輩子，是要超渡他的。」我聽了，無言以對。

我掙扎著，想著這世界沒有天理！「舒琪命苦，可憐；緒台害人，但下場也可憐；傻博士窮一生之力，卻遭H董詐騙，行險自縛；Jason不害人，卻毫無理由地被犧牲，也可憐；暖芯壞，但，也有報應，最終一定可憐。唯獨妳，最命苦，碰上壞人，卻坦然、無怨無悔地接受，可憐極了！」我想的，雅雅怎麼可能懂！簡單的台灣小吃，很快地，到了最後，我說：「做為大妳三十多歲的長輩，我太清楚了！」我把握時間繼續說：「我受不了妳對壞人的真心與寬大，我要為正義做點事。雅雅，抱歉，誰叫我知道這麼多呢！」雅雅略低著頭，靜靜地回答：「這是世界上的因，但是，不見得是今世的果。」這句話，讓我閉嘴了。雅雅沒念過什麼書，怎麼會說出讓我閉嘴的話！

接下來，我逼得阿義越緊，這句話的迴音在我腦中越響。我想：「我是上帝嗎？我能救贖世人嗎？雅雅需要我的救贖嗎？」我聽見另外一個微弱的聲音：「我就是要！我要今世的果！」人心的惡念悄悄地升起，微弱的聲音驅使我修正計畫，本來是要阿義坐監，把他關個夠，修正為直接置他於死，止於不可不止。我匿名密告檢調單位，直接指名幾位議員立委收受阿義賄賂，密告的內容，真實得很，雖無實證，但以我拼圖及蒐證的能力，足以誘導被阿義賄賂的民意代表，認為是被阿義出賣，為求自保，不得不直接找黑道，取了他的性命。人算不如天算啊！這些不堪的民代找來的黑道，恰巧是與阿義熟識的玩伴，林同學。這個壞傢伙，命不該絕！狡猾又善於脫逃的阿義，不但說服前來尋事的林同學，也向找兇的民代證明，這是誤會一場。他又花了更多的錢，賄賂敵對我的同事，對我提出告訴。告我，偏頗地運用權勢，為人關說、開罪；假正義之名，羅織罪狀，陷好人於罪。我不是辯不過、告不贏他們，我萬念俱灰是因為，舒琪倚著斑駁的鐵欄杆，可能在想著 Jason，不知原因的，欄杆塌壞，舒琪墜落山谷而亡。我萬念俱灰，放棄所有的辯駁、抗拒，放棄豐厚的退休金，坦然入獄。我轉到外役監獄以後，唯一的念想，就是要說出以上的故事。苦命、壞人、男女之間，我嘆：「無解的苦難命運，無解的世間惡毒，無解的男女情愁。」

INK PUBLISHING

Unicorn 01

苦命、壞人、男女之間

作　　者　　丁予嘉
總 編 輯　　初安民
責任編輯　　陳健瑜
美術編輯　　黃昶憲
校　　對　　孫家琦　陳佳蓉　陳健瑜

發 行 人　　張書銘
出　　版　　INK 印刻文學生活雜誌出版股份有限公司
新北市中和區建一路249號8樓
電話：02-22281626
傳真：02-22281598
e-mail：ink.book@msa.hinet.net
網　　址　　舒讀網http://www.inksudu.com.tw

法律顧問　　巨鼎博達法律事務所
施竣中律師
總 代 理　　成陽出版股份有限公司
電話：03-3589000（代表號）
傳真：03-3556521
郵政劃撥　　19785090　印刻文學生活雜誌出版股份有限公司
印　　刷　　海王印刷事業股份有限公司

港澳總經銷　　泛華發行代理有限公司
地　　址　　香港新界將軍澳工業邨駿昌街7號2樓
電　　話　　852-27982220
傳　　真　　852-27965471
網　　址　　www.gccd.com.hk

出版日期　　2024年 5 月　　初版
ISBN　　978-986-387-734-9
定　價　420 元

＊本書內容，純屬虛構，如有雷同，概不負責。

國家圖書館出版品預行編目資料

苦命、壞人、男女之間
／丁予嘉著 --初版，
新北市中和區：INK印刻文學，
2024. 05 面；公分.（Unicorn；01）
ISBN 978-986-387-734-9（平裝）
863.57　　113005487

舒讀網